Fackel
träger

Norbert Klugmann

Der Schwede und der Schwarze

Ein krimineller Roman

Fackel
träger

CIP-Kurztitelaufnahme der Deutschen Bibliothek

Klugmann, Norbert:
Der Schwede und der Schwarze:
e. krimineller Roman / Norbert Klugmann
Hannover: Fackelträger-Verlag, 1986
ISBN 3-7716-1468-6

Umschlagfoto: dpa
Gesamtherstellung: Küster-Pressedruck, Bielefeld
Printed in Germany 1986
ISBN 3-7716-1468-6

»Nun komm endlich«, knirschte Eichel, faßte mit beiden Händen den Griff, stemmte die Schulter gegen den Schrank und zog. An den Schläfen traten die Adern hervor, hektisch pumpte das Herz Blut zur Unterstützung herbei, in der Oberarmmuskulatur blitzte ein Elmsfeuer elektrischer Impulse. Die Hände, wiewohl schweißnaß, krallten sich um den Griff. Eichel zog und zog. Der Schrank blieb zu. Für einen Moment ließ er ab, schüttelte die Arme aus und startete dann einen zweiten Versuch. Nur nahm er diesmal die andere Schulter zu Hilfe.

»Los«, zischte er durch die zusammengepreßten Zahnreihen. »Und willst du nicht, so mußt du doch.« Längst hatte Eichel die Halbheiten bürgerlicher Höflichkeit hinter sich gelassen. Er war jetzt ganz animalische Natur: Kraft, Wille, Wut, Wut bis zur Weißglut. Der Schrank blieb zu. Eichel spürte, wie ihm die Kraft aus allen Körperöffnungen rann. Er vermeinte, sie davonzischen zu hören wie Luft, die einem Fahrradreifen entweicht. Aber er wollte es zwingen, er wollte diesen Kampf nicht verlieren, nicht zum vierten Mal in vierzehn Tagen.

»Du mußt deine Energie auf einen Punkt bündeln.« Er bemühte sich, seiner Stimme einen magischen Klang zu geben.

»Selbstsuggestion, davon liest man doch immer wieder. Es gibt Leute, die laufen barfuß über glühende Kohlen und holen sich nicht mal ein Hühnerauge. Bündeln, die Kraft bündeln! Pack zu, umklammer sie, zwing sie! Heute, Freunde, soll's gelingen!«

Und Eichel packte zu. Kein Mensch in der Stadt vollbrachte zu dieser Sekunde um 22 Uhr 42 eine auch nur annähernd große Anstrengung wie Alexander Eichel. Aber der Schrank blieb zu.

Angewidert betrachtete der Kommissar seine tropfnassen Handflächen. Er wischte sie an den Hosenbeinen ab, lockerte alle Finger und die Daumen noch dazu – da nahm er den Schatten hinter sich wahr. Erkennen und Reagieren waren eins. Eichel federte herum, hatte eine Zehntelsekunde später

Verteidigungsstellung eingenommen. Er war bereit zu töten, wenigstens weh zu tun.

»Mann Gottes«, keuchte Eichel. »Müssen Sie mich so erschrecken?«

Johannes von Manger-Koenig drehte sich um. Der Raum war leer. Daraufhin bezog er das Gesagte auf sich: »Ich? Ich wollte Sie nicht erschrecken. Ich will doch meinen Vorgesetzten nicht erschrecken.«

Eichel versuchte quasi nebenbei die alberne Verteidigungshaltung aufzugeben. Nichts in Mangers Gesicht deutete darauf hin, daß er etwas bemerkt hatte. ‚Aber der Kerl könnte sich mit einem Orang-Utan unterhalten und würde es nicht merken.'

»Ich wollte ja auch nur fragen, ob ich Sie vielleicht zu Hause absetzen soll«, fuhr Manger fort. »Ihre Frau hat heute Ihren Wagen, haben Sie gesagt, und da dachte ich ...«

»... da dachten Sie, daß Sie sich ein bißchen hinter der Rotdornhecke herumdrücken könnten, um meiner Tochter bei der Abendtoilette zuzusehen. Geben Sie's zu, Sie Ferkel.« Manger lief zartrosa an, ging zum Schrank, schlug mit der Faust gegen die linke Seitenwand und fing die zurückspringende Tür auf.

»Voilà«, sagte er.

Mißmutig holte Eichel seinen Mantel vom Bügel.

»Über das Vorgefallene kein Wort zu niemand, klaro?« zischte Eichel, als sie durch die menschenleeren Flure des Polizeipräsidiums Richtung Ausgang strebten.

»Wovon reden Sie eigentlich?«

Dankbar betrachtete Eichel das verständnislose Gesicht seines Assistenten. Dann tätschelte er nicht übermäßig zart Mangers Wangen und murmelte: »Ich hätte dir sonst auch ein Ding in deine Personalakte gedonnert, damit wärst du nie mehr auf einen grünen Zweig gekommen.«

»Wissen Sie, Chef, ich fahre eigentlich nicht gerne Auto«,

sagte Manger, als sie vom Parkplatz bogen. Eichel schnallte sich an. »Meine Talente liegen mehr auf anderen Gebieten«, fügte Manger verträumt hinzu.

»Die werden Sie mir eines Tages mal verraten, ja?« Eichel blickte schnell nach rechts und grinste häßlich. ‚Muß sein. Irgendeinen Vorteil muß das ja haben, wenn man Chef ist.' »Sie meinen wahrscheinlich diese affige Tanzerei, mit der Sie meiner Tochter imponieren wollen.«

»Ach ja, die meine ich auch.«

Die Ampel sprang auf Rot. Manger nutzte die Gelegenheit, einen Blick in den Rückspiegel zu werfen.

»Ich seh' doch soweit ganz proper aus. Ich hab' Schlag bei den Frauen. Ich verkaufe mich nur nicht gut genug, das ist mein Fehler.«

»Das ist einer Ihrer Fehler. Wir wollen doch korrekt sein.«

»Mein Gott, ja. Aber sehen Sie das doch mal positiv. Der Bürger bekommt einfach mehr Zutrauen zu uns, wenn er sieht, daß wir auch nur Menschen sind. Wenn wir alle perfekt und hundertprozentig wären, das wäre ja schrecklich.«

»Och«, sagte Kommissar Eichel und suchte in Mangers Handschuhfach nach etwas Eßbarem, »ich könnte damit leben. Ich wollte schon immer mal jemand treffen, der so ist wie ich.« Leicht verwundert legte er die Tränengasdose zurück. Auch angesichts des Autoquartetts verkniff er sich einen Kommentar.

Aber dann: »Sagen Sie mal, Manger, haben Sie irgendein Gelübde abgelegt, das es Ihnen verbietet, in den dritten Gang hochzuschalten?«

Mangers Kieferknochen mahlten, als er die 60-km/h-Marke hinter sich ließ. Der Wagen schoß an der Spielhalle »Glücks-Stern« vorbei, in der in derselben Sekunde Pächter Wondratschek in den Ruf »Feierabend! Fertigwerden!« ausbrach. Die meisten Kunden waren schon gegangen. Nur im vier Stufen höher gelegenen Billardraum spielten zwei junge Männer, und Frührentner Tümmler kämpfte seinen verbissenen Kampf um die Goldene Sieben.

»Na, Tümmi«, sagte der Pächter freundlich und legte Tümmler einen Arm um die Schulter, »will's mal wieder nichts werden heute?«

»Da steckst du hinter«, rief Tümmler in seiner immer etwas nervigen, überraschend hohen Stimmlage. »Du drehst daran. Wenn du siehst, daß ich komme, drehst du daran.«

Der Pächter hatte keine Lust auf dieses Thema. Mit den Worten »Die Groschen noch, Tümmi, und dann ab nach Hause in die Heia!« ließ er Tümmler hinter sich.

»Sie heißt nicht Heia, sondern Heidi, das habe ich dir schon hundertmal gesagt«, quäkte Tümmler.

Wondratscheks Blick streifte die Billardspieler. ‚Sind zum zweiten Mal hier. Sind mir dadurch nicht sympathischer.' Er ging zum Tresen, der zum Schutz vor der Zugluft von der Eingangstür mit Glasscheiben eingefaßt war. Dann blickte er noch einmal die Billardspieler an, griff unter den Tisch und machte Abendkasse.

»Es geht los!« flüsterte einer der Billardspieler seinem Kumpel zu. Er trug extrem blonde Haare. Sie changierten zwischen Knallgold und Strohgelb und wirkten irgendwie unecht. Sein Kumpel hatte schwarze Haare, pechschwarze. Sie glänzten und waren eng an den Kopfknochen geklebt. Zusammen mit seinen auffallend eng stehenden, dazu knopfförmigen Augen hatte er ein Aussehen, das ihn zwar gefährlich wirken ließ. Dennoch kam nicht der Eindruck auf, daß das Risiko unüberschaubar wäre. Der blonde Mitspieler war da schon ein anderes Kaliber. Seitdem er die Realschule erfolgreich abgeschlossen und die Zeit bis zur Bundeswehr mit drittrangigen Gaunereien überbrückt hatte, war es sein größter Traum gewesen, eines Tages mal ganz groß rauszukommen. Er wußte noch nicht, ob die beiden Maschinengewehre und der Karton Handgranaten, den er hinter den alten Bravo-Heften im Kleiderschrank versteckt hatte, ihm dabei irgendwie dienlich sein konnten. Aber es beruhigte ihn, einige Trümpfe in der Hinterhand zu wissen. Das Gefährlichste, was sich in der Eineinhalbzimmerwohnung des Schwarzhaarigen befand, war ein Kartoffelschälmesser. Allerdings war es höllisch scharf und hatte schon manchem Erdapfel den Garaus gemacht.

»Jetzt muß nur noch der Opa da unten raus«, flüsterte der Schwarzhaarige. »Hoffentlich holt der jetzt nicht die Goldene Sieben.«

»Why not?« konterte der Blonde, der eine polyglotte Ader besaß. »Erhöht die Beute.«

»Von der Seite habe ich das noch gar nicht betrachtet«, sagte der Schwarze staunend. Der Blonde lächelte selbstgefällig. Er liebte Freundschaften, bei denen er oben auf dem Gipfel stand, und unten stand die Herde Schafe und blökte ihn an.

»Gönnen wir uns eben noch einen Stoß«, sagte der Blonde und erschauerte vor seiner ungeheuren Coolness. Er machte das, was er »Anschneiden« nannte, und als er aus Versehen die weiße Kugel so unglücklich traf, daß sie hektisch umhersprang und dabei zwei seiner Kugeln in die Löcher schubste, fühlte sich der Blonde rundum gut. Die verkupferte Uhr an der Längsseite der Spielhalle »Glücks-Stern« sprang auf 23 Uhr. Tümmler ließ vom Automaten ab. Er strich über die Frontabdeckung und vergrub beide Hände in den Hosentaschen.

»Man sieht sich«, rief er Wondratschek zu.

Der hob kurz die Hand und zählte weiter das Geld. Die Eingangstür schaufelte einen Schwung aprilfrischer Nachtluft in das verbrauchte Klima der Spielhalle. Der Blonde und der Schwarze blickten sich an, sahen sich witternd nach allen Seiten um, blickten sich wieder an. Dann nickten sie gleichzeitig mit dem Kopf, stellten die Queues ordnungsgemäß in die dafür vorgesehene Halterung – und dann gingen sie auf den Pächter zu. Als sie vor seinem Glashäuschen standen, blickte Wondratschek auf.

»Nichts sagen«, forderte er sie auf. »Laßt mich raten.«

Der Schwarze, der soeben den Mund geöffnet hatte, kam aus dem Rhythmus und blickte verstört zum Blonden.

»Na gut«, knurrte der, »aber schnell.«

»Danke«, sagte der Pächter, legte einen Finger auf die Nasenspitze, zog die Stirn kraus und rief:

»Überfall?«

Gleichzeitig sagten der Blonde: »Du sagst es« und der Schwarze unter hektischem Herumschießen des Kopfes: »Wo? Mensch, wo denn?«

»Na, dann schließe ich wohl besser ab«, murmelte Wondratschek und hielt im selben Moment ein kapitales Schlüsselbund in der Hand.

»Die Tür bleibt auf!« schrie der Schwarze.

»Offen.« Das Wort des Blonden kam wie ein Messerstich.

»Die Tür bleibt offen«, wiederholte er.

»Aha«, sagte der Pächter, zwischen Blondem und Schwarzem hin- und herblickend.

»Weißt du, was du in meinen Augen bist?« knirschte der Schwarze und sah den Blonden haßerfüllt an. »In meinen Augen bist du ein kleiner, gemeiner Germanist, bist du.«

»Hat uns im Oktober aber gut geholfen, als es darum ging, die Erpresserbriefe zu formulieren, oder nicht?«

»Ach, das«, knurrte der Schwarze bockig. »Mein Text war gar nicht so schlecht. Die hätten schon gewußt, worum es geht.«

»Erahnt«, sagte der Blonde unglaublich höhnisch. »Bestenfalls erahnt.«

Die Augen des Pächters flitzten zwischen den Männern hin und her. Halb hatte er die Schublade mit der Gaspistole schon aufgezogen.

»Darüber unterhalten wir uns nachher zu Hause«, sagte der Blonde zu seinem Kumpel.

»Na klar«, entgegnete der sauer, »kaum sitzt du in der Diagonalstraße 23 am heimischen Herd, wirst du auf einmal ganz großzügig.« Der Schwarze blickte den Blonden mit brennenden Augen an und stieß hervor: »Ich will nicht immer der Dumme sein.«

»Wer will das schon?« sagte Wondratschek und zog zwei

weitere Zentimeter. Längst konnte er den Griff der Pistole sehen.

»Manni«, sagte der Blonde, trat auf den Schwarzen zu, und als der dachte, daß er jetzt eine Kopfnuß kassieren würde, legte ihm der Blonde einen Arm auf die Schultern und sagte mit butterweicher Stimme: »Manni, was hatten wir zwei Hübschen heute abend vor? Na? Magst du es mir sagen?«

Der Schwarze dachte nach, schlug eine Hand vor die Stirn und rief erleichtert: »Stimmt ja.« Im nächsten Moment baute er sich vor dem Pächter auf und donnerte ihn an: »Dies hier ist nämlich ein Überfall!«

»Sag bloß«, konterte Wondratschek, »das hat doch dein Spießgeselle schon gesagt.«

»Woher kennst du Holgers Namen?« stieß der Schwarze verblüfft hervor.

Der Blonde versuchte zu retten, was zu retten war. Aber es war ja nichts mehr zu retten. »Das, was Sie eben gehört haben, das vergessen Sie auf der Stelle«, herrschte er den Pächter an.

»Wieso? Was denn?«

»Daß Manni gesagt hat, Sie würden meinen Namen kennen, weil Sie eben ‚Spießgeselle' gesagt haben.«

»Ach, das«, sagte der Pächter und stellte mit jäh aufschießender Panik fest, daß die verdammte Schublade klemmte. »Das habe ich sofort vergessen. Passen Sie auf!«

Der Blonde und der Schwarze hingen am Gesicht des Pächters. Er konzentrierte sich, für einige Sekunden sah es aus, als ob er auf dem Klo sitzen und Druck auf den Darmtrakt machen würde. Dann entspannte sich sein Gesicht, und er sagte:

»Seht ihr. Schon vergessen, den Spießgesellen.«

»Dein Glück«, sagte der Schwarze finster.

»Für dich immer noch ‚Sie'«, konterte der Pächter, verzweifelt an der Schublade ziehend.

Mit drei schnellen Schritten war der Schwarze um das

Glaskabäuschen herum und packte den Pächter am Aufschlag seiner Hausjacke.

»Gucke mal da«, rief der Schwarze, griff in die Schublade und hielt eine Gaspistole in die Höhe.

»Na und?« entgegnete der Blonde. Er suchte in der Innentasche seiner C&A-Wildlederjacke und hielt im nächsten Moment eine Pistole in der Hand.

»Toll«, rief der Schwarze erfreut, »jetzt sind es schon zwei.«

»Drei«, sagte Wondratschek freudestrahlend und zog dem Schwarzen die Pistole aus der Tasche. Einen Moment lang starrten sie gegenseitig auf ihre Ballermänner.

»Machen wir hier Vorschule oder was?« fragte der Blonde.

»Manchem könnte das nicht schaden«, sagte der Pächter und blickte spöttisch den Schwarzen an.

Der faßte die Waffe fester und zog sie dem Pächter durchs Gesicht. Er konnte sich noch wegdrehen, doch die Pistole erwischte ihn zwischen Ohrläppchen und Schlüsselbein, wo die Haut aufplatzte und leicht zu bluten begann.

»Ts, ts, ts«, machte der Blonde.

Der Schwarze zuckte mit den Schultern:

»Ich kann das nicht ab, wenn sich einer über mich lustig macht.«

»Nimm die Waffe weg«, kommandierte der Blonde.

Der Schwarze gehorchte. Wondratschek wimmerte leise vor sich hin.

»Ihr Schweine«, stieß er hervor.

»Ach?« sagte der Blonde erfreut. »Sie sind ein Freund des chinesischen Horoskops? Da hörst du es, du Ratte«, sagte er scherzhaft zum Schwarzen, der entsetzt einen Satz nach hinten machte.

»Blut!« flüsterte er entgeistert, »Blut auf meinen funkelnagelneuen Slippern. Dir sollte man doch . . .« rief er in jäh aufschießender Wut.

Wondratschek duckte sich und wimmerte:

»Nehmt endlich das Geld und verschwindet.«

Der Blonde und der Schwarze blickten sich an.

»Wo er recht hat, hat er recht«, sagte der Blonde, eilte hinter die Glasverkleidung, stieß den verletzten Pächter auf dessen Rollstuhl rücksichtslos zur Seite und raffte das Geld zusammen.

»Tüte?« blaffte er.

Stumm wies der Pächter auf den Papierkorb neben seinem Kabäuschen, in dem einige Plastiktüten steckten.

»Nicht die von der PRO«, sagte Wondratschek leise, »die hat ein Loch.«

Der Blonde war gerührt: »Danke.«

»Dafür kann ich mir nichts kaufen«, murmelte der Pächter, während der Blonde Hartgeld und Scheine in eine Tüte der Internationalen Buchhandlung raffte. »Wie wär's denn damit?« fragte der Blonde und hielt dem Pächter ein funkelnagelneues Fünfmarkstück vors Gesicht. Lächelnd warf er es dem Pächter in den Hemdausschnitt. »Sollst auch nicht leben wie ein Hund.«

Der Schwarze rannte zur Eingangstür und rief:

»Nun komm endlich! Ich will teilen!«

Der Blonde ging auf den Pächter zu und betrachtete die Wunde.

»Das heilt«, sagte er mit sonorer Stimme.

»Ich habe eine miserable Heilhaut«, jammerte Wondratschek. »Außerdem gibt das eine Narbe. Ich bin entstellt, für den Rest meines Lebens entstellt.«

»So eine Narbe kann aber auch interessant machen«, sagte der Blonde freundlich und bot dem Pächter eine Zigarette an.

»Wie soll das denn gehen?« fragte er mißtrauisch und ließ sich Feuer geben.

»So eine Narbe, die hebt dich von den Dutzend-Visagen ab . . .«

»Kommst du vielleicht bald mal«, quengelte der Schwarze an der Tür. Genüßlich entließ der Blonde den Rauch aus den Lungenflügeln.

»Guck mal, Eddie Constantine zum Beispiel. Was meinst du, warum der soviel Erfolg hatte? Weil er so ein wahnsinniger Schauspieler war? Weil er ein Gesicht hatte, das du suchen mußt. Mann, was dieser Mann die Filmfritzen an Geld gespart hat. Den mußte man doch nie schminken, der kam rein und war fix und fertig Eddie Constantine.«

»Na ja«, sagte der Pächter nachdenklich, »von der Seite betrachtet natürlich.«

»Siehst du«, sagte der Blonde freundlich, schlug ihm kameradschaftlich auf die Schulter und ging zum Schwarzen, dessen Nervosität unerträglich geworden war. Der Schwarze zerrte an der Tür herum.

»Ziehen«, rief der Pächter, »feste ziehen.«

Der Schwarze zog, die Tür öffnete sich, die Räuber verschwanden in der Nacht. Und während der Pächter leise wimmernd zum Telefon wankte, war die Luft erfüllt von den durchdrehenden Reifen eines hastig gestarteten Autos.

»Manger hat mich hergefahren«, sagte Alexander Eichel beim Betreten des Wohnzimmers.

Alexandra stand auf und ließ die Jalousie herunter.

»Er hat Stein und Bein geschworen, daß er sich heute zusammenreißt.«

»Wer's glaubt«, höhnte Alexandra. »Johannes braucht den Schutz der Nacht. Und ein Nachtglas.«

»Stimmt«, sagte Eichel verblüfft. »Er hat im Handschuhfach eins liegen.«

»Quod erat demonstrandum«, sagte Alexandra und setzte sich wieder an den Couchtisch, der mit Papieren übersät war.

»Also Mutti, Stichwort latin lover. Wie sieht's aus? Könnte dich so einer aufs Kreuz schmeißen? Also mich nur, wenn er mir vorher ein Bein stellt. Aber ich wollte dich natürlich nicht beeinflussen.«

»Na ja«, sagte Ulrike Eichel, die bildhübsche Ehefrau von Alexander Eichel, »du könntest nicht mal kurz 'rausgehen, Alex? Mir würde die Antwort dann leichterfallen.«

»Es ist halb zwölf, ich habe Feierabend, ich lasse mich nicht vertreiben. Schließt euch doch im Klo ein. Das ist sowieso der angemessene Ort für solche Ferkel-Interviews.«

»Bringen aber schlappe 60 Mark«, sagte Alexandra. »Die Kosmetik-Kiste letzte Woche hat nur 40 gebracht.«

»Und einen halben Zentner Proben«, sagte Eichel. »Ich begreife sowieso nicht, warum die von diesem Meinungsforschungsinstitut dir nicht schon längst auf die Schliche gekommen sind. Das ist doch bestimmt schon die zwanzigste Umfrage, die du für die machst bzw. fälschst.«

»Die dreiundzwanzigste. Und nun Ruhe bitte. Mutti ist mit dem latin lover zugange.«

Eichel stand auf, nahm Bierflasche und Glas: »Ich ziehe mich ins Bett zurück.«

Er warf seiner Frau einen sengenden Blick zu: »Und wenn du dich mit diesen lovers so richtig schön angetörnt hast, darfst du gerne nachkommen.«

»Ich stürze mich nachher noch ins Nachtleben«, teilte Alexandra mit. »Im ‚Eimer' tritt eine Band auf, die muß man gehört haben. Der Bassist soll besser sein als ich. Ich lach' mich tot.«

Eichel blickte seine Tochter überrascht an. Das war nun also sein einziges, über alles geliebtes Kind. 22, ein Jahr vor dem Abitur vom Gymnasium abgegangen, Dolmetscherschule, Haare voller Tischlerleim oder was das war, Baßspielerin in einer verjazzten Musikkapelle, Einzimmerwohnung in einem Abrißhaus, zwei Abtreibungen, notorische Geldnot, stadtbekannte Affäre mit einem Zahnarzt, dessen Frau sich daraufhin die Pulsadern aufgeschnitten hatte und von Alexandra in letzter Minute gefunden worden war.

Eichel verließ den Raum, betrachtete sich im Badezimmerspiegel, putzte die Zähne, sah sinnend den blutigen Schlieren nach, wie sie von der Schwerkraft in den Abfluß gezogen wurden, dachte an Manger, an seine Zukunft. Und solange er auch grübelte, immer war das Ergebnis das gleiche: Alexander Eichel war mit seinem Leben zufrieden. Ausgiebig kämmte er sich die Haare, strich sie mit der Bürste über beide Ohren nach hinten und suchte dann so lange, bis er an den Schläfen zwischen den vielen grauen das eine und andere braune Haar fand. ‚Partisanen.' Eichel sorgte für ordentliche Beleuchtung, räumte die wenig lyrische Bierflasche weg und stupste die Kissen in eine Form, von der Ulrike nachher den Nutzen davontragen würde. Dann wartete Eichel. Er wartete bis zum Einschlafen. Dann schlief Eichel. Er schlief, bis sich jemand im Dunkeln neben ihn auf die Matratze verfügte. Eine Sekunde lang leistete er sich den Luxus zu denken: ‚Wenn das nun jemand ganz anderer ist, eine Fremde.' Dann griff Ulrike zu, und Eichel spürte, daß Vertrautheit durchaus angenehme Seiten haben kann. Die Kissen lagen genau richtig.

»Haaaaaatschi!«

Kommissar Eichel schnellte nach hinten.

»Das machen Sie weg!« herrschte er Manger-Koenig an. »Aber auf der Stelle. Und nächstes Mal machen Sie den Mund zu beim Niesen.«

»Das ist mir ja so peinlich«, säuselte der Assistent und entfernte die kleine Schleimbombe, die er zwischen Eichels Locher und Aschenbecher plaziert hatte.

»Und nun? Und nun?« fragte Eichel vibrierend, als der Assistent mit dem Stück Zellstoff unschlüssig vor seinem Tisch herumstand.

Manger steckte es in die Hosentasche.

»Das ist okay so«, murmelte Eichel. »Verursacherprinzip. Liest man doch immer wieder.«

Ein Geräusch ertönte, Eichel gefror. Er faßte Manger ins Auge: »Das machen Sie nicht noch mal. Das zieht einem ja die Schuhe aus, dieses In-der-Nase-Hochziehen.«

»Wo soll ich denn sonst hin damit?«

»Wo haben Sie sich das denn aufgehalst? War wohl ein bißchen kalt in der Rotdornhecke. Hätten Sie eben klingeln müssen. Ich hätte Ihnen selbstverständlich meine Höhensonne zum Wärmen geliehen.«

»Aber ich war doch nicht ...«

Eichel sah den Assistenten an. »Nein, natürlich waren Sie nicht.«

Manger lächelte dankbar.

»Das wäre ja auch die erste tolle Gelegenheit, die Sie auf dem Posten findet.«

Manger war eingeschnappt. Patzig trollte er sich zu seinem Schreibtisch. Das war ein Riesending, das er aus dem Fundus des Präsidiums abgestaubt hatte. Vor allem war der Tisch größer als Eichels, das war für Manger wichtig. Eichel war es abgrundtief gleichgültig. Er hätte seine Arbeit auch an einem Caféhaustischchen erledigt.

»Wenn Sie mit diesen Arbeitsimitationsgeräuschen fertig sind, könnten Sie mal rüberkommen«, rief Eichel durch die offenstehende Tür in den Nachbarraum.

»Ich komme aber nicht gleich, weil ich erst meine Würde wahren muß«, rief Manger zurück.

»Wahren Sie, aber wahren Sie schnell.«

Vier Sekunden später saß Manger vor Eichels Schreibtisch.

»Wissen Sie, was ich an Ihnen besonders wenig mag?« fragte der Kommissar freundlich.

Wohl wissend, daß Gegenwehr nicht möglich war, wartete Manger ab.

»Ihre Sitzhaltung.«

»Meine Sitzhaltung?«

»Ihre Sitzhaltung.«

»Was ist mit meiner Sitzhaltung?«

»Sie ist so eifrig, so ehrgeizig, unterwürfig. Hören Sie zu.« Eichel nahm die Akte vom Tisch, schlug sie auf, blickte dann träumerisch aus dem Fenster. »Bumm... bumm... bumm...«

»Wie? Ich verstehe nicht«, sagte Manger unsicher.

»Sie Glücklicher. Sie würden besser verstehen, wenn Sie auch ein Zweithaus in der Lüneburger Heide direkt neben einem Truppenübungsplatz hätten.«

»Lüneburger Heide«, sagte Manger mit kaum verhohlener Verachtung.

»Manger, nehmen Sie sich in acht! Ich sage nur: 10. Dezember.« Am 10. Dezember des Vorjahres hatte Alexandra Eichel ein Wochenende mit Manger-Koenig in dem Wochenendhaus der Eichels verbracht. Seitdem war er unsterblich in Alexandra verliebt. Eichel hätte einen Finger gegeben, wenn er gewußt hätte, was damals vorgefallen war. Zur Not sogar einen Zeigefinger, obwohl er mit keinem anderen Finger beim Popeln eine auch nur annähernde Fertigkeit erreicht hatte. Und er übte nun schon seit Jahrzehnten.

»Bumm . . . bumm . . .«

Eichels Kopf fuhr herum. Er wollte gerade die ironischen Laute seines Assistenten geißeln, als Manger sagte:

»Ich verstehe Sie. Das muß fürchterlich sein, dieses Bumm. Immer wieder dieses Bumm.«

»Ja, ja«, sagte Eichel versöhnt. »Aber manchmal macht es auch biiieh. Zweimal kurz hintereinander, also biiieh-biiieh. Das ist, wenn sie irgendwelche Granaten abfeuern. Da ist das Bumm ja noch Gold dagegen.«

»Sie haben's auch nicht leicht, Chef, wie?«

»Wahr gesprochen, Manger. Aber ich habe auch ein paar Trümpfe.«

»Welche denn?«

»Beispielsweise bin ich nicht mit Ihnen verwandt.«

»Gut«, sagte Manger ernüchtert, »nachdem Sie sich mal wieder auf meine Kosten entschlackt haben, können wir vielleicht zu einer Tätigkeit übergehen, die in den Augen des Rechnungshofes eine entfernte Ähnlichkeit mit Arbeit aufweist.«

»Wenn ich mit Ihnen über mein Leben plaudere, mein lieber Manger, fällt das für Sie unter ‚Fort- und Weiterbildung'.« Eichel gierte nach einem unbedachten Zucken in Mangers Gesicht. Aber der Assistent hatte sich unter Kontrolle. Eichel hob die Akte:

»Listen to me: Überfall auf die Spielhalle ‚Glücks-Stern' in der Prager Straße. Zeitpunkt 22 Uhr 58 oder 59.«

»Prager Straße? Das ist ja ein Ding. Da sind wir doch gestern durchgefahren. Auch zu dieser Zeit, das ist ja ein Ding«, sagte Manger aufgeregt. »Man stelle sich vor. Da überfällt so ein Galgenstrick eine Spielhalle, ballert um sich, sackt die Taler ein, flüchtet aus der Spielhalle und läuft mir direktemang vor den Kühler meines Opels, acht, neun, aus, das nenne ich zügige Ermittlungsarbeit.«

»Pfui, Manger, das will ich nicht gehört haben. Das ist Faustrecht, das ist Wilder Westen.«

»Na ja, na ja«, gab Manger zu, »vielleicht habe ich mich hinreißen lassen.«

»Sie haben. Außerdem haben Sie zuviel Phantasie, Sie Optimist. Wenn man einen auf den Autokühler nehmen will, setzt das ja ein Minimum an kinetischer Energie oder was das ist voraus. Wenn Sie in Ihrer Rostlaube einem Räuber begegnen, der geht doch zu Fuß über Kühler und Dach und hinten wieder 'runter, während Sie noch in der Betriebsanleitung nach der Lage des dritten Ganges suchen.«

Manger stand auf, trat ans Fenster und sagte, ohne sich umzudrehen: »Vor ein paar Tagen habe ich vor der Tür des Personalrats gestanden.«

»Was wollten Sie da? Sich unanständige Witze erzählen lassen?«

»Mich über Sie beschweren.«

»Wieso denn das? Das kann keiner von mir verlangen, Ihnen auf Verlangen unanständige Witze zu erzählen.«

Manger stand am Fenster und blickte die Hauptverkehrsstraße hinunter. ‚Alles fließt, alles ist in Bewegung. Alles kommt von irgendwoher und will irgendwohin. Wo komme ich her, und wie bin ich hierher geraten?' Wie durch Watte drang die Stimme des Kommissars an seine großen Ohren:

»Zwei Täter, beide Anfang zwanzig, beide bewaffnet, gingen zielstrebig vor. Vollprofis offensichtlich. Besondere Kennzeichen: Der eine ist extrem blond, der andere ist extrem schwarz.«

»Ein Schwede und ein Schwarzer«, sagte Manger leise.

»Die Täter überfielen den Pächter der Spielhalle, Beute

rund 600 Mark. Offensichtlich haben die beiden die Spielhalle ausgekundschaftet. Der Pächter hat sie vorher gesehen.«

Manger setzte sich wieder hin: »Irgendwelche Parallelen zu anderen Spielhallenüberfällen? Ich meine, außer daß es Spielhallen sind?«

»Zwei Täter, das gibt's nicht oft bei Spielhallen. Und beide sehr solide Arbeiter. Gerade Spielhallen, die suchen sich ja oft Anfänger aus, die da ihre Gesellenstücke ableisten, bevor sie sich an richtig dicke Dinger ranwagen. Tresore.«

»Wirtschaftsverbrechen.«

»Oder das. Obacht jetzt, ich verteile die Arbeit.«

Manger-Koenig setzte sich aufrecht hin.

»Sie verhören den Pächter der Spielhalle. Hat übrigens Schläge bezogen von den Kerlen. Ich werde zum Revier 51 fahren.«

»Kleine Freundin dort im Streifendienst, was?« Im nächsten Moment schlug sich Manger eine Hand vor den Mund.

»Entschuldigung, Chef«, haspelte er, »das nehme ich zurück. Das ist unverzeihlich. Ich weiß gar nicht, wie ich ... es ist mir so 'rausgerutscht.«

»Passen Sie bloß auf.«

»Jawohl.«

»Fein. Also Revier 51. Da spreche ich mit der Besatzung des Streifenwagens, der der Scirocco vor dem ‚Glücks-Stern' aufgefallen ist.«

»Was ist denn das, ‚Glücks-Stern'?«

»Sagen Sie mal, Manger, haben Sie in letzter Zeit Ihr Kurzzeitgedächtnis auf einer Parkbank liegen lassen? ‚Glücks-Stern' ist der Name der Spielhalle. Merken Sie sich das gut: ‚Glücks-Stern'.«

Johannes von Manger-Koenig wollte den Zettel aus der Tasche ziehen und faßte voll in sein schleimiges Taschentuch. Er wischte den Glibber mit dem Zettel ab und faltete ihn dann auseinander. Er hatte Mühe, sein Gekrakel zu entziffern.

»Glücks-Stern«, murmelte er. Dann blickte er auf das Schild über den Fenstern der Spielhalle. Danach steckte er den Zettel tief befriedigt ein, reckte und streckte sich unternehmungslustig und betrat im vollen Bewußtsein der eigenen Wichtigkeit das Etablissement.

»Da kommt er«, flüsterte Wilhelm Eichel, über die ganze Länge des Queues zum Eingang blickend.

»Lenk nicht ab«, sagte Norbert Fackelträger eifrig. »Heute kann ich dich packen, das habe ich im Urin.«

Wilhelm tupfte die weiße Kugel elegant an.

»Da geht sie hin«, knurrte Norbert.

»Das ist deine 96. Niederlage im 98. Spiel«, tönte Wilhelm.

»Und die beiden Male war ich . . .«

». . . geschenkt«, winkte Norbert ab. Auf die Queues gestützt, beobachteten sie, wie sich Manger dem Kassenhäuschen des Pächters näherte. Wondratschek hatte seinen Standort feldmarschmäßig gesichert. Gegen die Glasscheiben gelehnt standen Sandsäcke, die in zwei Reihen übereinander gestapelt waren. Als Mitglied im Technischen Hilfswerk war es für Wondratschek ein leichtes gewesen, die Säcke zu organisieren. Wäre die Stadt an diesem Tag jedoch von einer Sturmflut heimgesucht worden, die Sandsackdeiche wären an einer ganz bestimmten Stelle entscheidend gehandicapt gewesen.

Neben der Registrierkasse hatte der Pächter eine Batterie von Waffen aufgebaut: Tränengas in Sprühdosen- und Pistolenform, CS-Reizgas, das einst ein spielsüchtiger Polizeibeamter gegen zehn Mark in Groschen eingetauscht hatte, sowie eine schußbereite Polaroidkamera.

»Bleiben Sie stehen!« herrschte der Pächter Manger an. Die Wunde zwischen Ohrläppchen und Schlüsselbein zierte ein weißer Verband.

»Stehenbleiben sollen Sie! Hören Sie schlecht?« Fachmännisch wählte Wondratschek unter der breiten Angebotspalette und entschied sich für das CS-Reizgas, das er Manger entgegenstreckte.

»Na, na«, entgegnete Manger, »ich bin doch von der Polizei.«

»Und ich bin vom Verfassungsschutz«, bellte Wondratschek, dem in der Aufregung kein ernsthafterer Arbeitgeber einfallen wollte.

»Sie? Fußvolk, oder?«

In diesem Moment mischte sich Wilhelm ein:

»Halten Sie inne!« herrschte er den Pächter an. »Dieser Herr ist tatsächlich von der Polizei.«

»Was mischen Sie sich hier eigentlich ein?« fauchte Manger, »ich bin durchaus in der Lage, meine Sache allein zu vertreten.«

»Seit wann?« fragte Wilhelm ehrlich verblüfft. Da erkannte ihn Manger.

»Oh nein«, stieß er hervor. »Nicht das! Wilhelm Eichel.«

»Angenehm.«

»Woher wissen Sie, daß ich hierher wollte?« fragte Manger mißtrauisch.

»Ich bin einfach den kreisenden Geiern nachgegangen.«

Im Hintergrund sorgte Norbert durch diskretes Umlegen der Bälle für eine Verbesserung seiner Siegeschancen.

»Wilhelm«, knirschte Manger, »ich kenne Sie seit zwei Jahren. Das sind 730 Tage zuviel. Sie sind nur gekommen, um sich einzumischen. Sie sind pensioniert, begreifen Sie das endlich! Pensioniert! Ruhestand! Ausschlafen können, Malheur mit der Prostata, Altersflecken auf dem Handrücken, Ärger mit den Krampfadern, Schaufensterkrankheit, Schonkost, Seniorenpaß und was es sonst noch alles gibt. Warum genießen Sie nicht endlich Ihr Leben? Warum müssen Sie mir meins vermiesen?«

Wilhelm Eichel blickte sich um.

»Ich frage mich schon die ganze Zeit, von wem du eigentlich redest«, sagte er dann. »Meine Eigenschaft, mich um das zu kümmern, was sich vor meinen Augen abspielt, kannst du ja wohl nicht gemeint haben mit deiner Suada eben.«

»Wilhelm Eichel, Sie sind ein Querulant«, sagte Manger

finster. »Ich begreife von Tag zu Tag weniger, wieso aus meinem Vorgesetzten am Ende denn doch noch ein relativ normaler Mensch geworden ist.«

Wilhelm Eichel beugte sich zu dem fassungslos lauschenden Wondratschek: »Der beruhigt sich gleich wieder. Und dann wird er dir einige Fragen stellen.«

»Na gut«, entgegnete Wondratschek, »ich werde antworten. Aber wehe, er kommt mir dumm.«

Manger spürte, wie sein Blutdruck stieg und stieg. »Ich bin wegen des Überfalls hier«, sagte er zum Pächter.

Das Polizeirevier 51 lag in wenig anheimelnder Umgebung. Die Besitzer der umliegenden Mietshäuser taten nichts für die Erhaltung ihrer Anwesen und begründeten diesen Schlendrian mit dem Wertverlust, den ihr Besitz durch die unmittelbare Nachbarschaft eines Polizeireviers erlitten hätte. Um ein Vorbild zu bieten, hatten die Beamten in Eigeninitiative die Straßenfront der Revierwache renoviert und durch das Aufnageln von Brettern einen Fachwerkhaus-Effekt erreicht, den die oberste Polizeiführung so allerliebst fand, daß seitdem alle auswärtigen Gäste der Stadt auf ihrer Besichtigungstour an der Wache 51 vorbeigeschleust wurden. Die Wochenendschichten hatte seinerzeit ein Einser-Absolvent der Polizeischule angeregt. Er hatte auch den Namen für die Aktion vorgeschlagen: »Subbotnik 51«. Im Vorfeld der Fertigstellungsfeier blätterte dann jemand in diversen Lexika und stieß auf das historische Vorbild eines Subbotnik. Daraufhin wurde der Einser-Absolvent an ein Revier im Emsland versetzt, was für ihn als gebürtigen Mittelgebirgler eine besondere Demütigung bedeutete und einen Karriereknick einleitete, an dessen Ende der Abschied aus dem Polizeidienst und der Beginn der Arbeit als Strandkorbwächter auf der Nordseeinsel Wangerooge standen. Dort hat er seitdem viermal den jährlichen Strandburgen-Bauwettbewerb gewonnen, das letzte Mal hauchdünn vor einem ehemaligen Baustadtrat aus Berlin.

Kommissar Eichel lenkte den Mazda auf den Parkplatz der Revierwache. Er verzichtete darauf, den Wagen abzuschließen ,wäre ja noch schöner' und schlenderte an den weiß-grünen Streifenwagen entlang zum Hintereingang. Ein VW Jetta hatte nicht nur vorne rechts und links Außenspiegel, sondern auch an beiden Hintertüren. Eichel schmunzelte. Hauptwachtmeister Martin hatte immer noch nicht seinen Familiennamen entfernt, den er sich liebevoll mit Letter-set-Buchstaben an die Fahrertür gepaust hatte. Irgendein Witzbold hatte »Aston« davorgemalt.

Den Vogel schoß aber der Jetta von Wachtmeister Lügenbold ab. Der begeisterte CB-Funker fuhr mittlerweile fünf Antennen an seinem Dienstwagen durch die Stadt. Zwar verbesserten die Antennen sowie der 2x80-Watt-Sinus-Verstärker auf der Rückbank die Empfangssituation des Polizeifunks keinen Deut. Doch Lügenbold war bei seinen Ritten über die Funkwellen bereits einer Rindfleischschieberei zwischen zwei Lkw-Fahrern auf die Schliche gekommen, die ihren Umladetermin über Funk ausgetauscht hatten. Und Lügenbold kriegte Radio Luxemburg über UKW rein! Keiner wußte, wie er das schaffte, er verriet es auch niemandem. In keinem anderen Stadtteil hatten Einsätze der Schutzpolizei ähnlich schwungvolle musikalische Untermalung.

Eichel stieg die Treppe zum Hintereingang hoch. Das Büro von Hauptkommissar Wegerich war leer. Eichel guckte sich den Stuhl hinterm Schreibtisch an. Er besaß keine Lehne und sah aus, als wenn ihn jemand in einem Wutanfall zerschlagen, die Lehne heruntergebrochen und den Stuhl dann um 180 Grad gedreht hatte.

»Tolles Stück, was?«

Eichel drehte sich um, begrüßte den Kollegen Wegerich und versuchte ohne besonderen Erfolg, den Geruch von Pfefferminztee zu ignorieren. Auf seinen Birkenstock-Holzbotten klapperte Wegerich über die abgewetzten Bastmatten zu dem Stuhl und führte Eichel vor, wie man es schafft, darauf zu sitzen, ohne herunterzufallen.

»Keine Belastung der Lendenwirbel mehr«, sagte Wegerich mit belegter Stimme. »Und die Schulter bleibt weich wie Butter. Ich lasse gerade ausrechnen, was wir hier allein im letzten Quartal an Massagekosten eingespart haben. Das dauert keine 15 Jahre, dann haben sich die Anschaffungskosten der Stühle amortisiert. Willst du mal?«

Eichel lehnte ab, aber Wegerich nötigte ihn auf das Ding. »Du mußt mich aber festhalten«, bat er den Kollegen.

»Na, ein wunderbares Gefühl, wie?«

Als Eichel in das begeisterte Gesicht von Wegerich blickte, brachte er es nicht übers Herz, ihm seine Meinung zu sagen.

»Ich komme gerade aus unserem Kräutergarten«, sagte Wegerich, während er sich mit grüner Seife die Hände säuberte. »Wir machen uns seit kurzem unser Essen selbst. Jede Woche ist jemand anderer dran. Köstlich, sage ich dir, köstlich.« Wegerich spitzte genüßlich die Lippen.

»Euch hat's erwischt, was?« fragte Eichel beeindruckt.

»Und es breitet sich im ganzen Stadtteil aus«, sagte Wegerich, fortgesetzt mit dem Kopf nickend. »Im ‚Sir Henry' verwenden sie jetzt Strohkernmatratzen, aber nicht irgendwelche, sondern die guten von Rintelen. Ich selber habe . . .«

»Was ist das ‚Sir Henry'?«

»Das ist der Edelpuff hier im Stadtteil.«

Während Wegerich schwadronierte, wartete Eichel auf eine günstige Gelegenheit, um seinen Wunsch vorzubringen. Er sah aus dem Fenster. Eichels Blick wurde starr.

»Mit dem ‚Donkey' war letzte Woche Probefahrt«, berichtete Wegerich, der Eichels Blick mitbekommen hatte.

Ein Polizeibeamter, der auf einem weiß-grün bemalten Fahrrad über die Straße strampelte, hatte eine Art Kinderkarre am Gepäckträger befestigt, in der ein Schäferhund saß, der sich sichtlich unwohl fühlte.

»Is 'n bißchen eng für die großen Kerle«, sagte Wegerich bekümmert. »Wir überlegen, ob wir nicht einen Wechsel vornehmen.«

»Ist doch auch Quatsch, solche Anhänger«, sagte Eichel,

erleichtert über diesen nicht mehr erwarteten Ausbruch von Normalität.

Wegerich blickte ihn erstaunt an. »Die Karren bleiben. Austauschen wollen wir die Schäferhunde. Gegen Pudel. Die passen anatomisch perfekt und sind auch optisch gefälliger. Treffen in der Bevölkerung auf größere Akzeptanz. Sagt jedenfalls unser Psychologe.« Wegerich nahm einen tiefen Schluck Pfefferminztee. »Damit ist jetzt unser Ausbildungszentrum für Hunde befaßt. Die prüfen gerade, ob man Pudel scharfkriegen kann.«

»Und die Schäferhunde, wo bleiben die?«

Wegerich wand sich etwas, näherte sich dann Eichel und sagte mit leiser Stimme: »Aber nicht weitersagen, ich habe es auch nur hintenherum erfahren. Da ist ein etwas anrüchiges Geschäft im Gange. Die Hunde sollen in ein Land gehen, ein weit entferntes, in Afrika. Wenn du verstehst, was ich meine. Die haben da wohl im Moment ganz gute Verwendung für scharfe Hunde. Na ja, so was muß die politische Spitze verantworten«, murmelte Wegerich achselzuckend. Er schlenderte zum Schreibtisch, bot Eichel einen Reformhauskeks an und sagte dann mümmelnd: »Wir werden natürlich darauf bestehen, daß die Tiere Ia behandelt werden. Da gibt es keine Kompromisse, das ist ja wohl klar. Die Würde der Tiere . . .«

». . . Logisch«, sagte Eichel, »da sind wir doch alle für. Weswegen ich eigentlich hier bin: Adam und Eva, wo stekken die gerade? Ich müßte sie kurz sprechen.«

Wegerich schluckte den Keks herunter, spülte mit Tee nach und begann sodann, mit einem Seidenfaden die Zahnzwischenräume zu reinigen.

»Die sind im Hause, wenn ich nicht irre. Soll ich sie dir gleich mal . . .« Wegerich griff zum Telefon.

»Danke, danke«, sagte Eichel schnell. »Ich kenne ja den Weg. Mach's gut, Wegerich. Halt dich aufrecht.«

Er war schon aus dem Raum, als es hinter ihm ein fürchterliches Geräusch gab. Eichel erstarrte: »Wegerich?«

»Man muß sich dran gewöhnen«, rief Wegerich mit benommenem Tonfall. »Aber die Schultermuskulatur, weich wie Butter.«

Eichel kam durch den Gang mit den Tee- und Milchautomaten ins Allerheiligste der Wache 51. Hier hatten sich die Beamten aus einer ehemaligen Arrestzelle einen gemütlichen Aufenthaltsraum geschaffen. Die ganz in Blutrot gehaltenen Wände, die keinen überflüssigen Bilderschmuck trugen, schufen ein kuscheliges Gefühl von Heimat. Unter den Beamten war der Aufenthaltsraum als »Uterus« bekannt, eine gern aufgesuchte Stätte der Regeneration und Diskussion über gesellschaftlich brisante Themen, aber auch für den das Seelenleben eines Polizeibeamten erquickenden privaten Klatsch.

Als Eichel den Uterus betrat, ging die Pokerrunde gerade in eine entscheidende Phase. Zwei Beamte waren bereits ausgestiegen, jetzt ging der Kampf nur noch zwischen zwei Männern.

Eichel tippte Adam und Eva auf die Schulter und bedeutete ihnen mitzukommen. Die beiden folgten Eichel in den Vorraum des Uterus, wo ein nackter Tisch und vier alte Stühle zum Verweilen einluden.

Eichel holte Kugelschreiber und Notizblock aus der Jacke. »Sie wissen, worum es geht?«

Gleichzeitig sagten Adam »ja« und Eva »nein«.

Eichel blickte hoch: »Der Überfall auf den ‚Glücks-Stern' gestern abend.«

Eva schug sich vor den Kopf: »Aber ja, natürlich. Wie konnte ich das nur vergessen?«

Eichel blickte die Wachtmeister an: »Erzählen Sie doch mal.«

»Aber gerne«, sagten sie gleichzeitig.

»Einer nach dem anderen«, bat Eichel.

»Schon falsch«, trumpfte Adam auf. »Sie kamen beide zugleich aus der Spielhalle.«

Eichels Kugelschreiber schwebte über der jungfräulichen Seite seines Notizbuches. Es tat ihm in der Seele weh, dieses schöne Stück Papier mit den Ausflüssen solcher Dummbeutel beschmutzen zu sollen.

»Personenbeschreibung«, knurrte Eichel.

»Der eine war blond«, sagte Adam eilig.

»Der eine war schwarz«, sagte Eva kaum weniger schnell.

»Der andere war schwarz«, ließ Adam etwas nachdenklicher folgen.

»Der andere war blond«, sagte Eva.

Der Kommissar schrieb, strich durch, verglich, blickte kurz auf, durchschaute den Sinn des Gesagten.

»Körpergröße?«

Adam wollte etwas sagen, doch Eva legte ihm eine Hand auf den Unterarm: »1 Meter 82 und 1 Meter 69.«

»Wie kommst du denn darauf?« fragte Adam.

»Der Frage schließe ich mich vollinhaltlich an«, sagte Eichel.

Eva strahlte: »Macht sich gut, wenn man genaue Zahlen nennt, was?«

»Sie stimmen darin überein, daß es sich um zwei Täter handelte? Ich wiederhole: Stücker zwei?«

Adam und Eva blickten sich an, steckten die Köpfe zusammen, flüsterten miteinander. Dann lehnten sie sich zurück, und Adam sagte mit fester Stimme: »Jawohl, Herr Kommissar.«

»Und die beiden bestiegen einen dunkelblauen VW Scirocco.«

»Woher wissen Sie das?« fragte Adam verblüfft.

»Ich habe Ihr Protokoll gelesen.«

Adam schlug sich gegen die Stirn: »Natürlich, ist ja klar. Dunkelblauer Scirocco. Der eine der beiden fuhr, und der andere der beiden . . .«

». . . Nun halte den Kommissar nicht für dümmer, als er ist«, unterbrach Eva seinen Kollegen.

»Wie meinen Sie das?« fragte Eichel spitz.

Eva riß sich zusammen: »Ich meinte eben zu meinem Kollegen Adam, daß so was doch wohl sonnenklar ist. Einer ist immer der Fahrer, und der andere ist immer der Beifahrer. Vorausgesetzt natürlich, daß überhaupt ein anderer dabei ist, sonst . . .«

». . . Wer fuhr denn von den beiden?«

Wieder antworteten sie praktisch zeitgleich: »Der Blonde.« Anschließend guckten sie sich erstaunt an.

»Das Autokennzeichen haben Sie sich nicht zufällig gemerkt?« Eichel merkte, wie Spannung in ihm hochstieg.

»Ich wollte es mir merken«, sagte Adam verärgert, »ich hatte es mir so fest vorgenommen. Aber dann . . .«

»Ja?« fragte Eichel.

». . . Aber dann habe ich es mir doch nicht gemerkt.«

Eichel packte ein. »Das ist aber doch schon sehr viel mehr, als wir realistischerweise an sachdienlichen Hinweisen erwarten durften. Ich darf Ihnen, meine Herren, auch im Namen meiner Kollegen meinen tief empfundenen Dank aussprechen. Danke, danke. Machen Sie nur weiter so.«

Adam und Eva waren regelrecht beschämt.

Eichel erhob sich: »Auf dieser Grundlage sehe ich unserer weiteren Zusammenarbeit überaus zuversichtlich entgegen. Nehmen Sie meine Hand.«

Adam und Eva wischten die Innenflächen der Gebehände an den Hosenbeinen ab und ergriffen nacheinander Eichels Hand. Anschließend schüttelten sie sich gegenseitig die Hand. Aber das sah Eichel schon nicht mehr.

Tante Ursel hatte ihre James-Last-Bestände geplündert. Seit Öffnung des »Herz-Blatts« am späten Vormittag dudelte das Band die Musik dieser Kapelle. Tante Ursel liebte James Last. Hinzu kam eine für den Mittwoch klar überdurchschnittliche Frequentierung der Spielhalle. Tante Ursel freute sich auf die Tageskasse wie ein Schneekönig. Diese Vorfreude teilte sie mit zwei ihrer Besucher.

»Der Schuppen kommt mir größer vor als der gestern«, flüsterte der extrem schwarzhaarige Billardspieler seinem Mitspieler zu. Auch an ihm waren die Haare das Auffallendste. Sie waren von einem Blond, das sich in die Augen fraß und dazu führte, daß ihn niemand länger als nötig anblickte.

»Ich weiß nicht, was die Sozis immer haben«, sagte der Schwarze. »Jammern ständig, daß in diesem Land alles rückwärts geht. Dabei gibt es doch was, was eindeutig auf dem Vormarsch ist.« Schelmisch wies er auf die Uhr über dem Kabäuschen von Tante Ursel. Der Blonde und der Schwarze lächelten die Uhr an, sie tappte Schritt für Schritt auf 23 Uhr zu. Tante Ursel bemerkte das strahlende Lächeln der beiden. Und weil sie schon ein wenig schwach auf den Augen war, dachte sie, es würde ihr gelten.

»Ja, der James«, rief sie den beiden Billardspielern zu, »der James, der kann's!« Sie schnippte mit den Fingern und vollführte einige Tanzschritte, die Ähnlichkeit mit der Bewegungsweise von Polizeibeamten aufwiesen, wenn der Befehl »Auflösen« ertönt ist. Nur daß Tante Ursel keinen Knüppel in der Hand hielt. Aber vielleicht würde sie nachher beim Gute-Nacht-Bier ja noch Wondratschek, den charmanten Pächter des »Glücks-Sterns« treffen.

»Kommt zu Stuhle, Jungs«, rief sie den letzten Kunden zu.

»Plopp und plopp und rein ins Loch. So gehört es sich«, sagte der Schwarze zufrieden und verfolgte den überlegenen Lauf seiner Kugeln.

»Beim 17 + 4 bin ich dir über«, muffelte der Blonde.

»Aber wir spielen häufiger Billard als 17 + 4.«

»Aber erst, seitdem ich dich das erste Mal in 17 + 4 geschlagen habe.«

Soeben verließ ein Paar die Spielhalle. Sie schäkerten mit Tante Ursel herum und verschwanden im Freien. Der Blonde und der Schwarze waren allein mit der Aufseherin. Ohne Worte stellten sie ihre Queues in die Halterung und gingen auf Tante Ursel zu. In diesem Moment betrat ein Mann die Spielhalle. Der Blonde und der Schwarze beschrieben einen Bogen und kehrten zum Billardtisch zurück.

»Warten können gehört zum Geschäft«, sagte der Schwarze. »Unsere Zeit kommt schon noch.«

»Zum Beispiel jetzt«, rief der Blonde freudig erregt.

Die Tür war nach dem Abgang des Mannes noch nicht wieder zurückgeschwungen, da hielt er Tante Ursel schon die Pistole unter die Nase. Die Frau erschrak bis in die Zehenspitzen. Und über allem war James Last.

»Psst«, sagte Tante Ursel, als der Blonde zu seiner Rede ansetzen wollte. Verdutzt folgte er dem ausgestreckten Arm der Frau. Er zeigte zur Tür.

»Da geht die Abendkasse zum Nachtschalter«, kicherte Tante Ursel.

Mit den Worten »Das darf ja wohl nicht wahr sein« hechtete der Blonde zur Tür und verschwand im Dunkeln.

»Ist wohl stark, Ihr Kassenbote?« fragte der Schwarze.

»Das will ich meinen«, entgegnete Tante Ursel hochzufrieden. »Sie können es ja mal ausprobieren.«

»Boxer?«

»Schlimmer. Schläger.«

»Einer von diesen richtig Fiesen, Gemeinen, Niederträchtigen?«

Tante Ursel zersprang fast vor guter Laune: »Ein Tier. Der zerschlägt dir das Gesicht, schüttelt die Arme aus und schlägt es dir wieder in die alte Form.«

»Aber warum haben Sie das gemacht?«

»Na, der Überfall gestern. Auf den ‚Glücks-Stern'. Haben Sie bestimmt schon von gehört. Man muß sich doch schützen. Und ich als alte, wehrlose Frau, was soll ich . . . ?«

Tante Ursel griff unter die Platte des Tisches, der Schwarze verspannte sich.

»Einen Whisky auf den Schreck?«

Erleichtert blickte er auf die Flasche in Ursels Hand. Und dann hörten sie die Kampfgeräusche draußen. Vor der Tür mußte der Teufel los sein. Stöhnen, Schreie, Schmerzenslaute die Tonleiter hoch und wieder runter – und es war nur eine Stimme, die für die Musik sorgte.

»Sah eigentlich ganz nett aus, der junge Mann«, sagte Tante Ursel betrübt.

»Aber zu draufgängerisch, viel zu wild. Keine Disziplin. Ein richtiger Sponti.«

In diesem Moment betrat der Mann die Spielhalle. Unter dem Arm trug er die Geldbombe. Sein Gesicht war unversehrt, an seiner Kleidung gab es nichts auszusetzen. Während Tante Ursel ihre Geldbombe in die fleischigen Arme schloß, öffnete sich die Tür ein zweites Mal, und der Blonde wankte in die Spielhalle.

»Ogott«, entfuhr es dem Schwarzen. »Manni, bist du's? Manni, sag doch ein Wort. Kannst du nicht mehr sprechen?«

Statt dessen sprach der unversehrte Mann: »Er hat mich gebissen.«

»Wo?« fragte Tante Ursel erstaunt.

»Das war unfair«, sagte der Blonde mit schwacher Stimme. »Schmutzige Tricks. Du Schläger. Du miese Kieztype.«

Der Unversehrte trat auf ihn zu.

»Es ist genug!« rief der Schwarze und stellte sich schützend vor die Reste seines Freundes.

»Wie sehe ich nur aus?« lallte der Blonde.

»Wo haben Sie denn Ihre Nase gelassen?« rief Tante Ursel schadenfroh und spendierte dem Unversehrten einen Whisky. In der Tat: Der Blonde war nach allen Regeln der Zweikampfkunst aufgemischt worden. Die Grundfarbe seines Gesichts war ein leuchtendes Rot. Er blutete aus einigen Rissen, ein Auge war tiefblau unterlaufen, aus einem Nasenloch zog sich ein dickes Blutgerinnsel über Kinn, T-Shirt und Hose bis auf die Schuhspitze. Die Kleidung war reif zum Kunststopfen. Es würde eine teure Reparatur werden.

»Das gibt Ihnen ein Gefühl der Befriedigung, was?« Erstaunt blickte der Unversehrte den wütenden Schwarzen an: »Logisch. Soll ich vielleicht niedergeschlagen sein? Das ist doch der da schon.«

Er zeigte auf den ramponierten Blonden und gickerte.

»Eis!« rief der Blonde kläglich. »Ich will meine Wunden kühlen!«

Der Schwarze blickte stier auf die Uhr. 23 Uhr 04. »Das

kann alles nicht wahr sein«, murmelte er. Dann drehte er sich um und rief:

»Nun mal aufgemerkt, damit der eigentliche Grund unseres Zusammenseins nicht in Vergessenheit gerät. Dies hier ist ein Überfall!«

»Geschenkt«, sagte der Unversehrte lässig. »Das hatten wir heute schon.«

»Das hier ist ein Überfall«, sagte der Schwarze mit gefährlichem Unterton. »Und wenn es nicht im Guten geht, was sagen Sie denn hierzu?«

Mit triumphierendem Lächeln griff er in seine Jackentasche, stutzte, klopfte nervös auf die Tasche, griff in die andere Tasche und zog eine Pistole heraus: »Na, was habe ich denn hier?«

»Eine Pistole«, sagte der Unversehrte.

»Eis«, jammerte der Blonde. Aber auf ihn achtete niemand.

»Genau«, sagte der Schwarze befriedigt, »dies hier ist ein kleines, possierliches Schießgewehr. Und wie macht das Schießgewehr?«

Er fuchtelte mit der Waffe vor dem Gesicht des Unversehrten herum.

»Na?« fauchte der Blonde, »wie macht das Schießgewehr?«

»Peng?« fragte der Unversehrte mit leichtem Zögern.

»Genau. Es macht peng, das Schießgewehr. Und wann macht es peng?«

»Wenn der, der das Schießgewehr hält, auf den Abzug drückt«, antwortete der Unversehrte, blickte die Waffe an – und plötzlich wurden seine Augen größer und immer größer.

»Eine Knarre«, rief er mit überraschend ängstlicher Stimme. »Das ist ein Überfall«. Er packte Tante Ursel an den Oberarmen und stieß hervor: »Ein Überfall«.

In dieser Sekunde wurde die Tür der Spielhalle aufgerissen. Untergehakt taumelten Wilhelm Eichel und Norbert Fackelträger herein. Sie waren angeschickert, soviel war mal sicher. Blitzschnell verschwand die Pistole.

»Wette gewonnen«, rief der Vater von Kommissar Eichel. »Die haben noch nicht zu. Die haben noch offen.«

»Auf«, sagte der Blonde leise und hustete.

»Aha«, sagte Wilhelm zum Blonden. »Haben wir ein Wehwehchen?«

Der Blonde wischte sich den Blutfaden unter der Nase weg, ging zu seinem Freund und ließ seufzend den Kopf gegen dessen Brust sinken.

»Was erwartest du von mir?« fragte der Schwarze. »Daß ich ihm eins auf die 12 haue?«

»Au ja«, erwiderte der Blonde hocherfreut. »Au ja. Mach das, bitte, mach das.«

»Nun mal los«, rief Norbert seinem Begleiter zu. »Die Kugeln warten auf uns. Revanche für gestern. Neues Spiel, neues Glück.«

»Ich will hier weg«, sagte der Unversehrte leise.

Tante Ursel drehte die James-Last-Kassette um.

Das nutzte der Schwarze. Er trat auf den Kassentisch zu und raffte die Geldbombe vom Tisch. Dann trat er dem Unversehrten mit voller Wucht gegen das Schienbein. Im nächsten Moment packte er den Blonden und zog ihn aus der Spielhalle. Der Blonde riß sich los, rannte zurück und trat dem Unversehrten mit voller Wucht auf einen Fuß. Der Unversehrte kippte nach vorne weg, stützte sich auf dem Kassentisch ab und stammelte: »Meinen Blauen. Ich will meinen Blauen haben.«

»Du scherzt ja wohl«, sagte Tante Ursel. »Wofür denn, bitte schön? Wo ist denn mein Geld? Na, wo ist es denn?«

Der Unversehrte blickte sie mit waidwunden Augen an. Dann hinkte er Richtung Tür. Er war kaum draußen, als ein Ruck durch Tante Ursel ging:

»Überfall!«

Sie rannte zur Tür, verschwand im Dunkeln, wobei sie immer wieder »Überfall« rief.

Wilhelm Eichel und Norbert standen am Kassentisch und halfen sich den restlichen Whisky ein.

»Das waren die«, sagte Norbert. »Ich sage dir, die waren das.«

»Es spricht einiges dafür«, entgegnete Wilhelm. »Aber es spricht auch einiges dagegen.«

»Das ist ja das Fatale im Leben«, sagte Norbert. »Immer mußt du alles Mögliche bedenken. Kaum bist du mal zu einer Meinung vorgedrungen, klingelt es an der Tür, und davor stehen der Haupt- und eine Horde Nebenwidersprüche.«

»Laß gut sein, mein Junge. Wenn unsere Detektiv-Agentur erst mal am laufen ist, dröseln wir diese Widersprüche auf. Einen nach dem anderen.«

»Ach, Wilhelm«, entgegnete Norbert schwärmerisch. »Ich wünsche, daß du recht hast.«

»Es muß nur endlich ans Laufen kommen, das Projekt. Noch ein halbes Jahr, und ich habe meine durchschnittliche Lebenserwartung erreicht. Alles, was danach kommt, ist ja nur Verlängerung.«

»Und irgendwann kommt der Abpfiff«, sagte Norbert versonnen.

Draußen fuhr mit ungeheuer quietschenden Reifen ein Streifenwagen vor. Einer der beiden Polizisten stürmte sofort Richtung Spielhalle. Der andere rief ihm etwas zu, worauf der Läufer umkehrte und unter den wachsamen Augen des Kollegen die Fahrertür abschloß. Dann maßen sich die beiden mit einem langen Blick – und dann stürmten sie in die Spielhalle. Einer spritzte nach rechts weg, der andere nach links. Zeitsynchron ergriff der eine ein Tischchen, der andere einen hohen Hocker, auf dem die Automatenspieler während der Ausübung ihrer Sucht saßen.

Sie stürzten Tischchen und Hocker um, warfen sich hinter den Möbeln auf den Parkettboden, und an Tischchen und Hocker vorbei erschien je eine Pistole. Es war auf den ersten Blick nicht festzustellen, welche von beiden stärker zitterte.

»Das Spiel ist aus«, rief Eva.

In diesem Moment stand Adam auf, ging zu Eva und redete erregt auf ihn ein.

»Pardon, Leute«, sagte Adam entschuldigend zu Wilhelm und Norbert, tippte an die Dienstmütze und fügte hinzu:

»Vergeßt, was ihr eben gehört habt. Es gilt das Folgende.«

Er stürzte hinter dem Tischchen in Deckung, man konnte hören, wie er auf drei vorzählte. Bei »drei« meldete sich wieder Eva:

»Guten Abend, hier spricht die Polizei. Links, von Ihnen aus gesehen, Wachtmeister Adam. Mein Name ist Ephraim Konietzka, Freunde nennen mich Eva.«

Ein Wagen fuhr vor. Zwei Männer stürmten herein. Da peitschte ein Schuß durch die Halle! Er traf die Schmalseite eines Automaten, setzte ihn in Gang. Kommissar Eichel erstarrte. Die Kugel war zentimeterdicht an seinem linken Arm vorbeigeflogen.

»O nein, nicht das. Nicht schon wieder die beiden.«

»Sind Sie getroffen, Chef?« fragte Assistent Manger, dem der Schreck wie üblich mitten in den Zwölffingerdarm gefahren war und der sich schon diskret nach der Lage der Toiletten umsah.

»Noch bin ich nicht getroffen«, antwortete der Kommissar mit gefährlicher Ruhe. »Diesmal haben Sie mich noch verfehlt.«

Er drehte sich um, faßte Tischchen und Hocker ins Auge, näherte sich den zitternden Pistolenläufen. Er blieb vor dem eindeutig stärker Zitternden stehen und schrie los:

»Menschenskind, Adam! Was soll denn die Ballerei?«

Hauptwachtmeister Adam nahm Haltung an und antwortete:

»N'Abend, Kommissar. Die Ballerei soll uns Gesetzeshütern Achtung und Respekt verschaffen.«

Nun erschien auch Eva:

»Jawoll. Und ich sage immer: besser einmal zuviel losgeballert als einmal zuwenig, was, Adam?«

Mit übermenschlicher Kraftanstrengung hielt Adam dem Blick des Kommissars stand, ohne in den Knien einzuknikken.

»Euch müßte man doch . . .«, knurrte Eichel. Er drehte sich angewidert um, blieb vor Manger stehen, der unheimlich die Beine zusammenkniff:

»Sie sorgen mir dafür, daß die Brüder zur Verantwortung gezogen werden.«

Adam und Eva wollten sich ausschütten vor Lachen. Diesen Moment nutzte Manger, um auf die Toilette zu stürzen, wo er die vegetativ-labilen Manifestationen seiner ängstlichen Natur der Kanalisation überantwortete.

»Haha, Brüder«, rief Eva, der kaum noch Luft bekam. »Stimmt doch gar nicht. Für Brüder hält man uns nur immer, weil wir so gut miteinander harmonieren.«

Während Adam und Eva Hocker und Tischchen wieder aufstellten, wandte sich Eichel seinem Vater und Norbert Fackelträger zu.

»Zufall!« rief Wilhelm. »Reiner Zufall, daß wir hier sind. Uns trieb die Lust nach einem Billardspiel um, weiter nichts. Ist es nicht so, mein Junge?«

Norbert nickte beklommen. Die Gegenwart seines Onkels pflegte ihn stets defensiv zu machen. Um die unangenehme Pause abzukürzen, die nur von der im Hintergrund donnernden Wasserspülung unterbrochen wurde, sagte Wilhelm Eichel:

»Es waren zwei, ein Blonder und ein Schwarzer, und sie sind durch diese Tür abgängig.« Er wies auf die Eingangstür, durch die in diesem Moment Tante Ursel kam und augenblicklich von Adam und Eva hart angefaßt wurde. Sie schüttelte die Polizistenhände wie lästige Insekten von ihren fleischigen Oberarmen, stieß Eva vor die Brust, daß es hohl hallte, und trat Adam zwischen die Beine, daß er zusammenklappte wie ein Schnappmesser. Schaurige Schmerzensschreie hallten durch den Raum.

»Hättet ihr die beiden nicht, sagen wir mal, festhalten können?« fragte Eichel mit erzwungener Höflichkeit.

»Sie waren bewaffnet«, rief Wilhelm empört. »Was drängt dich danach, Vollwaise zu werden?«

Manger kam vom Klo zurück, er wirkte entschlackt.

»Eine Beretta übrigens«, sagte Wilhelm Eichel.

»Aber hallo!« höhnte Eichel. »Die handfesten Informationen häufen sich ja. Wir werden bald Datenverarbeitung brauchen, um den Informationsfluß zu bewältigen. Dann packte er Norbert am Aufschlag seiner Popelinejacke:

»Aber du, du bist jung und kräftig. Warum stehst du nur immer rum und greifst nie ein?«

»Aber Onkel. Ich bin Schriftsteller. Wir Schriftsteller sind eben Beobachter.«

»Ach komm«, sagte Eichel, »diese Einstellung ist seit Jahrzehnten überholt.«

Manger kam mit Tante Ursel heran.

»Wer sind Sie denn?« fragte Eichel überrascht.

»Aber Chef«, stammelte Manger. »Ich bin's doch, Johannes, Ihr treuer Assistent.«

»Schiele ich oder was?« fauchte Eichel. »Sie habe ich doch gar nicht gemeint.«

»Ich bin die Pächterin«, sagte Tante Ursel.

»Und warum pächtern Sie nicht hier drinnen? Warum treiben Sie sich draußen herum?«

Tante Ursel blies sich empört auf: »Ich bin 'rausgerannt, um Hilfe zu holen. Und draußen geblieben bin ich, weil Ihre Ballermänner hier so einen Zauber veranstaltet haben.«

»Die sind doch zu Ihrem Schutz da«, sagte Eichel mit wenig Überzeugung.

»Die?« Verdutzt wies Tante Ursel auf Adam und Eva.

»Wir?« fragte Eva noch verdutzter und tippte gegen seine Brust.

»Sie benachrichtigen die Spurensicherung«, sagte Eichel zu seinem Assistenten. »Sie sollen sich zur Abwechslung mal anstrengen, vielleicht ist ja doch etwas hängengeblieben. Ich möchte sicher sein, daß wir's mit denselben Tätern zu tun haben und nicht mit irgendwelchen Nachahmern.«

Strahlend griff Tante Ursel zu einem der Whiskygläser und hielt es dem Kommissar entgegen.

»Das hier müssen Sie untersuchen. Das hilft Ihnen weiter. Da hat einer der Kerle draus getrunken.«

»Sofort lassen Sie das Glas los«, rief Eichel.

Tante Ursel erschrak und ließ das Glas fallen.

Alexandras Gesicht erschien über der »Post-Monster verschickt Leichenteile als Büchersendung«-Schlagzeile.

»Lies ruhig weiter«, knurrte Eichel, »ich komme schon allein klar.«

Alexandras Gesicht verschwand hinter der Tageszeitung, Eichel vergewisserte sich, daß Ulrike den anderen Teil der Zeitung studierte. Dann schlug er zum zweiten Mal auf das Ei. Dieser Schlag lag schon jenseits der zierlichen Höflichkeit, der man sich im Abendland an Frühstückstischen befleißigt. Das Ei dachte überhaupt nicht daran zu platzen. Mit übernächtigten Augen blickte Kommissar Eichel auf die japanische Kirsche im Vorgarten. Noch vier, fünf frühlingshafte Tage, und der Baum würde wieder mit seiner hektischen Wachstumsphase loslegen. Eichels Blick glitt am schlanken Stamm entlang. Vielleicht waren sie schon auf dem Weg nach oben, die Säfte. Eichel war gespannt, was seine körpereigenen Säfte in diesem Frühjahr treiben würden. In den 23 Jahren ihrer Ehe hatten Ulrike und er in bisher jeder April-Mai-Phase ein Ansteigen ihrer sexuellen Gelüste festgestellt.

»Zack!«

Eichel hatte einen überraschenden Ausfall gegen das Frühstücksei gelandet – vergeblich. Der Blick des Kommissars glitt zur Zeitung, hinter der seine Tochter steckte. ‚Warum haben wir eigentlich nur ein Kind bekommen? Vielleicht hätte es Alex gut getan, ein Brüderchen zu haben. Platz genug war doch immer da, seitdem wir das Haus haben, und ich wäre nicht so allein gewesen als Mann unter lauter Frauen. Immer eine Minderheit sein, das reibt auf.‘ Eichel wurde melancholisch. ‚Und dann wäre er gewachsen, mein Sohn, größer und größer wäre er geworden. Die Schönheit hätte er von seiner Mutter geerbt und die Intelligenz auch. Die

Schlagfertigkeit hätte er von seiner Mutter geerbt, den Charme und das Durchsetzungsvermögen. Von mir hätte er sein Schniepelchen geerbt. Zum Abitur hätten wir ihn nicht überreden müssen, das hätte er von sich aus gewollt. Und dann hätte er studiert und wäre unser ganzer Stolz gewesen, ach ja.

Und dann wäre er mit dem Diplom aus der Universitätsstadt zu seinen alten Eltern zurückgekehrt. Der Vater hätte sein Fleisch und Blut umarmt. Er hätte seinem Sohn in die Augen geblickt, und gefragt hätte er ihn: ‚Was, mein Sohn, willst du jetzt anfangen mit deiner strahlenden Zukunft?' Und er hätte mir in die Augen geschaut und hätte geantwortet: ‚Lieber Vater, ich will zur Polizei gehen!' Dann hätte ich ihm eine geschallert, und vier Minuten später wäre der Lümmel enterbt gewesen und raus aus meinem Haus, keinen Fuß mehr über die Schwelle und so weiter und so fort, und deshalb ist es ganz gut, daß ich keinen Sohn habe.'

Diesmal machte es Eichel aus dem Handgelenk. Das Ei wankte, aber es fiel nicht.

»Eijeijei.«

Eichel blickte auf, Ulrike lächelte ihn an. Sie war eine totale Morgenschönheit. Sie mußte nur die Augen öffnen und damit diese immer etwas leichenähnliche Assoziation vertreiben, dann war sie voll da und trieb die Männer scharenweise zur Raserei, wenigstens Alexander. Sie roch morgens noch nicht einmal aus dem Mund. Dieses physische Phänomen war Eichel unbegreiflich. Schaudernd erinnerte er sich daran, wie er Ulrike vor Jahren in einem Moment grenzenloser Vertrautheit gebeten hatte, ihre Nase an seinen Mund zu halten – direkt nach dem Aufwachen. Danach hatten sie zwei Wochen gebraucht, bevor ihre Beziehung wieder das Maß an Vertrautheit aufgewiesen hatte, das sie gewöhnt waren. Seitdem hatte Eichel im Dienst stets nicht nur seine Dienstmarke dabei, sondern auch eine Packung Chlorophylltabletten.

»Guck mich nicht so an«, bat er seine Frau mit koketter Kleinjungenstimme.

»Laß ihn, Mama«, mischte sich Alexandra ein. »Im Privatleben darf auch der stärkste Mann Schwächen zeigen.«

»Es schockiert aber doch, wenn man so etwas in der engsten Verwandtschaft erlebt«, sagte Ulrike.

Da ging die Tür auf, und Johannes von Manger-Koenig betrat die Küche. Er wirkte sauber gewaschen, frisch rasiert, roch würzig und strahlte eine Unternehmungslust aus, die Eichel als provozierend empfand. Schweigend stand er auf, zog das Oberhemd über sein ärmelloses Unterhemd und strich die Haare nach hinten.

»Einen wunderschönen sonnigen guten Morgen, allerseits«, rief Manger mit einer Stimme, die perlte wie Schaumwein.

»Haben Sie eben etwa etwas mitbekommen?« fragte Eichel.

»Das mit dem Ei? I wo, wie kommen Sie denn darauf?«

Die Frauen lächelten Manger an. Er ging zu Alexandra und küßte sie sanft auf die Stirn. Er wollte sich seinem Stuhl zuwenden, da ließ Alex die Zeitung fallen, ergriff seinen Kopf und zog den verdatterten Mann zu sich herunter. Lautes Schmatzen erfüllte den Raum.

»Ach, Alexander«, sagte Ulrike mit wehmütiger Stimme, »ist es nicht schön, welche Leidenschaft die jungen Leute heutzutage haben?«

»Bei uns im Präsidium nennt man das vorsätzliche Körperverletzung, was Alex da begeht.«

Manger ließ sich atemlos auf den Stuhl neben Eichel fallen. Der Assistent hatte einen Lippenstiftfleck auf der Wange. Eichel griff ein Geschirrhandtuch vom Haken, spuckte kräftig drauf und wischte Manger den Fleck weg. Danach schob ihm Eichel sein Frühstücksei hinüber.

»O danke, danke«, sagte Manger gerührt. »Das wäre aber nicht nötig gewesen.«

»Sie sollen nicht essen. Sie sollen zuschlagen.«

Manger beäugte das Ei. Eichel kam ihm zu Hilfe:

»Stellen Sie sich vor, Sie sitzen hinter Ihrem Schreibtisch und müssen einem Verdächtigen ungemein sensible und behutsame Fragen stellen. Wie macht in solchem Fall der Polizeibeamte, na?«

»Ach so«, rief Manger frohgemut und hieb dem Ei donnernd auf die Spitze.

»Man dankt«, sagte Eichel, nahm dem Assistenten schnell das aufgeschlagene Ei fort und löffelte es in sich hinein.

»Essen Sie in aller Ruhe, aber schlafen Sie nicht ein«, sagte Eichel. »Wir müssen ins Präsidium.«

»Och, Vati, laß ihn doch«, girrte Alexandra mit Schmollmund. »Ich nehme Johannes nachher in meinem Wagen mit.«

»Bleib doch auch noch«, sagte Ulrike, die Zeitung zusammenfaltend. »Dann kannst du uns ein bißchen über dieses legendäre Duo aus den Spielhallen erzählen.«

»Das werde ich mit Sicherheit nicht tun«, sagte Eichel. Er faßte Manger ins Auge, stand auf und sagte: »Ich hoffe zuversichtlich, daß meine Untergebenen im Lauf des Tages Zeit und Gelegenheit finden werden, einen Blick in mein Büro zu werfen.«

Eichel verließ die Küche. Augenblicklich rückten Mutter und Tochter mit ihren Stühlen Manger auf die Pelle.

»So«, sagte Ulrike, »und jetzt erzählst du uns von den Überfällen. Aber ein bißchen plötzlich.«

Die Aprilsonne peilte die Lage – und sieh da: Die Welt war bereit, bereit für einen neuen Frühling. Schlagartig trugen zwei Drittel aller Mädchen und Frauen Röcke zur Schau. In der Schillerstraße schlug sich ein 20jähriger Bankangestellter die Stirn blutig, als er – abgelenkt durch rassige Fesseln – frontal auf einen Laternenmast auflief.

Wilhelm Eichel umging alle Laternenmasten und guckte als alter Polizist nicht nur nach links und rechts, sondern auch nach hinten, bevor er eine Straße betrat. Der Blick nach hinten hatte seine Ursache in Wilhelm Eichels Biographie. Im Jahre 1934 hatte ihm in einer pommerschen Kleinstadt ein damals sehr populärer Wilderer beim Betreten der Hauptstraße einen tückischen Schlag in den Rücken versetzt. Um ein Haar wäre Wilhelm von einem Mercedes-Benz überfahren worden. Der Wilderer hatte lange auf diesen Augenblick gewartet: In der gesamten Stadt gab es damals nur acht Personenkraftwagen, von denen einer Wilhelm Eichel persönlich gehörte.

Nachdenklich betrachtete Wilhelm das Schaufenster der Apotheke. Angeblich würden die Knoblauchpillen keinen Geruch verbreiten. Wilhelms Phantasie reichte nicht hin, sich geruchlosen Knoblauch vorzustellen. Die marktschreierischen Behauptungen wie »Erhöhung der Spannkraft«, »Förderung der Durchblutung« und »Erhöhung der Konzentrationsfähigkeit« betrachtete er jedoch mit Wohlwollen. Wilhelm wollte es wissen und kaufte eine Packung. Er warf probehalber gleich zwei Knoblauchpillen ein, stieß donnernd auf und spülte an einem Stehimbiß mit einem Milchshake nach.

Die ersten Kinder hatten für diesen Tag schon ihrer Schulpflicht genügt. Vergnügt beobachtete Wilhelm die Kabalen und kratzbürstigen Lieben, die sich diese Zwerge lieferten. Hätte jemand an diesem herrlichen Frühlingstag den alten Mann beobachtet, wie er dastand, mit den Backenzähnen den Strohhalm seines Milchshakes zerkauend und einem Jungen von zwölf beim Werben um ein niedliches Mädchen zusehend, er hätte sich gefreut, welche Funken ein Senior ohne Funktion, Beruf und Ehefrau aus seinen alten Tagen zu schlagen vermochte. Doch die Harmlosigkeit trog. Hier verordnete sich kein alter Mann die üblichen Ablenkungsmanöver gegen den existentiellen Frust des Altwerdens, hier war ein Mann mit einem Ziel. Das Ziel hatte eine Adresse: Dachsgang 4.

Keine Viertelstunde später stieg Wilhelm Eichel aus dem blaugelben Stadtbus, blickte uninteressiert in die noblen Vorgärten der teuren Wohnanlagen und bog in den Dachsgang ein. Unter dem Arm trug er eine Tüte und eine überregionale Tageszeitung. Die Tüte enthielt drei Kümmelstangen, zwei Mohnbrötchen und ein Croissant.

Das Haus mit der Nummer 4 besaß einen automatischen Türöffner. Wilhelm zog ein reichhaltiges Schlüsselbund aus der Jackentasche. Er wählte mit Kennermiene, schon der zweite Schlüssel paßte. Souverän verschmähte er das Angebot des Fahrstuhls.

Vor der Penthousewohnung zog er wieder das Schlüsselbund aus der Tasche. Diesmal paßte schon der erste Schlüssel.

Wilhelm prallte zurück. Massiver Geruch nach kaltem Rauch, in den sich süßliche Reste von Marihuana mischten, raubte ihm in Verbindung mit dem beißenden Gestank aufdringlicher Duftwasser den Atem. Alle neun Türen, die vom breiten Flur abgingen, standen offen. Durch Jalousien gedämpftes Tageslicht verbreitete Dämmerung in der Wohnung. An der Tischtennisplatte stand eine Harley Davidson.

Wilhelm legte Tüte und Zeitung in der Einbauküche ab und ging am in Gold-Schwarz gehaltenen Badezimmer mit der runden Badewanne und der echten Palme vorbei in den hinteren Trakt der Wohnung. Im 60 Quadratmeter großen Wohnraum, von dem aus man auf die Terrasse trat, zählte Wilhelm nicht weniger als vier Aschenbecher. Und alle waren überfüllt. Die meisten Kippen trugen Spuren von Lippenstift. Der Teppichboden war mit einer unglaublichen Menge Erdnußschalen übersät. In den beiden Sektkübeln standen Champagnerflaschen, insgesamt vier Flaschen lagen hinter der Sitzlandschaft und vor der Stereoanlage. Eine Flasche steckte in einer der mannshohen Lautsprecherboxen. Wilhelm gönnte sich einen langen Blick auf drei hochhackige Frauenschuhe, die beiden Büstenhalter und die zerrissene Seidenbluse. Er seufzte tief auf, wandte sich Richtung Schlafzimmer.

Die Wände waren mit Plakaten übersät, auf denen Tarzan, Arnold Schwarzenegger und Berti Schumann abgebildet waren. Ein Mann lag mit zwei Frauen in den Weiten der Bettlandschaft aus schwarzem Satin.

»Berti, du alter Räuber«, murmelte Wilhelm gutmütig.

Berti Schumann: der mächtigste Zuhälter der Stadt, Pächter der Diskothek »Shooting Star« und Inhaber des Nachtklubs »Sir Henry«, über dem eines der beiden Bordelle beheimatet war, das die 38 000-Einwohner-Stadt zu bieten hatte. Nummer zwei dümpelte auf dem Kanal: das Motorschiff »Christel«. Berti war ein muskulöser, untersetzter Mann, der auf seine aus der Bundeswehrzeit stammenden Tätowierungen nicht mehr stolz war. Die Frauen waren nackt wie Berti. Beide besaßen astreine Körper, eine war blond, eine schwarzhaarig. Der Anblick dieser Körper zog Wilhelm magisch an. Er setzte Schritt vor Schritt, stieß gegen den Kopf des Tigerfells und stürzte, laut »Scheiße« rufend, auf das schlafende Trio. Die Frauen fuhren entsetzt in die Höhe. Berti richtete sich nur auf, griff unter seine Achselhöhle.

»Die Knarre liegt nebenan neben dem Sektkübel«, sagte Wilhelm, sich hochrappelnd.

Ängstlich kuschelten sich die Frauen an Berti.

»Berti«, stammelte die Schwarze, »wer ist das? Was will der Mann?«

»Das ist Opa«, sagte Berti mit schwerer Zunge.

»Wie kommt er hier rein?« flüsterte die Schwarze.

Wilhelm suchte die Kleider der Frauen zusammen, warf sie auf das Bett.

»Opa hat einen Schlüssel«, sagte Berti.

Ungläubig starrten ihn die Frauen an: »Keiner hat einen Schlüssel von deiner Wohnung.«

»Opa hat«, sagte Berti.

Wilhelm kam zurück und fragte, Berti die Pistole entgegenhaltend: »Willst du, oder kannst du auch ohne?«

Bertis Kieferknochen mahlten.

Wilhelm klatschte in die Hände: »Kinder, kommt in die Hufe, der Kaffee ist fertig.«

Berti fischte sein Hemd vom Tigerfell und zog es mißmutig über den breiten Brustkorb.

»Das ist ein Verrückter.« Es waren die ersten Worte, die die blonde Frau sagte.

»Wenn einer nicht verrückt ist, dann Opa«, knurrte Berti. Gschamig, wie es manchmal seine Art war, schlüpfte er im Schutz der Bettdecke in die Hose.

Im Türrahmen lehnend verfolgte er dann den emsig den Frühstückstisch deckenden Wilhelm.

»Kümmelstangen!« sagte Berti angewidert. »Immer wieder Kümmelstangen.«

Wilhelm goß Kaffee ein, Berti schnappte sich die Tageszeitung.

»Was ist denn das für eine?« fragte er verdutzt. »Die hat ja gar keine Überschriften. Und Bilder auch nicht.«

Wilhelm faltete die Zeitung zusammen und sagte: »Es geht ganz schnell. Nur zwei Fragen.«

Die Toilettenspülung rauschte.

»Ich muß pinkeln«, sagte Berti postwendend.

»Das ist doch kindisch, Mann«, sagte Wilhelm tadelnd. »Lernst du es denn nie?«

»Ich muß nun mal pinkeln, wenn ich Wasser laufen höre«, sagte Berti, schon im Flur stehend.

Wilhelm schmierte sich ein Mohnbrötchen. Draußen kreischten die Frauen. Als sie in knappen Bademänteln die Küche betraten, waren sie immer noch sauer:

»Er hat uns aus dem Badezimmer geworfen«, schmollte die Blonde. »Berti ist ein richtiger Gewaltmensch.«

»Regt euch nicht auf«, sagte Wilhelm und goß Kaffee ein. »In Oberhausen hat er mal eine Klofrau mißhandelt, weil sie erst Bargeld sehen wollte.«

»Berti, stimmt das, was der Mann hier sagt?« fragte die Blonde, als Berti zurückkam. »Du hast in Oberhausen eine arme alte Klofrau mißhandelt?«

»Das war in Aachen«, sagte Berti. »Und es war ein Klomann.«

Berti setzte sich hin und sah interessiert zu, wie Wilhelm auf seinem Stuhl zur Seite wegrutschte und einen Blick in den offenstehenden Bademantel der Schwarzen warf.

»Na?« fragte Berti gespannt.

»Es bringt mir nichts«, sagte Wilhelm ernüchtert und setzte sich wieder ordentlich hin. »Es bringt mir einfach nichts.«

»Mach dir nichts draus«, sagte Berti und tätschelte Wilhelms Hand. »Das Leben hält genug andere Freuden für dich bereit.«

»Also, Berti«, sagte Wilhelm, »ein Blonder und ein Schwarzer, beide Anfang bis Mitte zwanzig. Der Blonde ist ein bißchen doof, und der Schwarze ist ein bißchen naseweis, neigt zu Gemeinheiten. Spezialität der beiden: Spielhallen. Ich brauche Namen, Anschrift und was du sonst noch weißt.«

Berti schmierte das zweite Mohnbrötchen und sagte beiläufig: »Mortadella.« Sofort sprang die Blonde auf.

»Man glaubt es nicht«, sagte Wilhelm betrübt. »Berti, wieviele Jahre hast du gesessen, 14?«

»Fast 15«, antwortete Berti stolz. »14 Jahre und zehn Monate.«

Die Blonde kicherte.

»Du gehst jetzt rüber und fegst die Nußschalen zusammen«, giftete Berti sie an.

»Nun mach mal halblang«, mischte sich Opa ein. »Was kann sie dafür, daß sie so blöd ist?«

»Genau«, verteidigte sich die Blonde. »Was kann ich dafür?«

Berti winkte entnervt ab.

»Ein Blonder und ein Schwarzer, sagst du?«

»Exakt. Wie deine beiden Cousinen hier, nur eben männlicher, wenn du weißt, was ich meine.«

Die Frauen reagierten geschmeichelt.

»Es ist nicht zu fassen«, entrüstete sich Wilhelm. »Das ist ja frauenfeindlich, so was.«

»Berti, der Mann macht uns an.«

»Nun habt euch nicht so«, sagte Berti. »Das ist eben die gesellschaftliche Realität.«

»Also los, Berti«, drängte Wilhelm. »Name, Adresse.«

»Spielhallen, sagst du? Aber da gibt es doch nur Groschen zu holen.«

»Kleinvieh macht auch Mist.«

Draußen schrie die Schwarze, die die Küche verlassen hatte, gellend auf: »Iiih! Rebmann hat in den Flur geschissen.«

»Hast du einen Untermieter?« fragte Wilhelm.

Die Schwarze kam in die Küche, auf dem Arm hielt sie eine getigerte, verfettete Katze.

»Du böser, böser Scheißer du«, sagte sie tadelnd zu dem Tier.

»Das ist ein Ding«, rief Berti fassungslos. »Dieselben Worte hat sie heute nacht zu mir gesagt, aber wörtlich.«

»Wieso?« fragte Wilhelm verdutzt. »Hast du denn heute nacht in den Flur . . .«

Berti winkte ab: »Also der Blonde, der Blonde könnte Overath sein.«

»Interessant«, sagte Wilhelm eifrig. »Name? Adresse?«

»Overath ist der Name.«

»Aha. Und weiter?«

»Aber der kann es nicht sein. Ist auf Ibiza, soviel ich weiß. Ist mit der Gattin eines Immobilienhändlers liiert. Außerdem arbeitet Overath allein.«

»Und wer kann mir sagen, wo Overath steckt?« fragte Wilhelm.

Berti kicherte: »Der Mann der Gattin vom Immobilienhändler.«

»Name? Adresse?«

»Das weiß ich doch nicht.«

»Wer weiß es denn dann?«

»Am besten, du gehst zu Rita.«

»Die Rita?«

»Genau. Mit der hatte Overath was Kurzes, aber Heftiges.«

»Ist Overath blind?« fragte Wilhelm.

Die Schwarze stieß der Blonden in die Seite: »Siehst du, das ist frauenfeindlich.«

»Ach«, sagte die Blonde erstaunt. »So geht das? Das ist ja ganz einfach.«

Wilhelm stand auf: »Ich gehe denn jetzt mal. Macht's gut, ihr drei.«

Die Blonde stieß Berti an: »Aber das haben wir doch schon heute nacht, was, Bärchen?«

»Bärchen«, wiederholte Wilhelm, lachte dem peinlich berührten Berti ins Gesicht und verließ die Küche. Er hatte die Wohnungstür beinahe erreicht, da rutschte er tierisch auf Rebmanns Haufen aus.

Kommissar Eichel blickte auf die Hände des Pächters.

»Ist irgendwas?« fragte der patzig.

»Allerdings«, erwiderte Eichel. »Dieses ständige Geknacke mit den Fingerknochen geht mir auf die Nerven.«

»Dann geben Sie mir irgendwas, was ich in der Hand halten kann. Die Nervosität bringt mich um sonst. Sie müssen das verstehen. Wenn man Sie überfallen hätte, wären Sie auch nervös.«

»Das häuft sich«, sagte Eichel. »Sie sind der dritte, den die Spielhallentäter heimgesucht haben. In drei Tagen.«

»Deshalb müssen Sie die auch endlich fangen.«

»Wir tun, was wir können.«

»Tun Sie mehr«, forderte ihn der Pächter auf. Ein Satz genügte, und er hatte bei Eichel verschissen.

»Wir stimmen also darin überein, daß es sich bei den Tätern um zwei Exemplare der Rasse Homo sapiens gehandelt hat?«

»Wieso Homo sapiens?« entgegnete der Pächter mißtrauisch. »Der eine war blond, und der andere war schwarz.«

Die Tür ging auf, Manger betrat das Büro.

»Na?« fragte Eichel häßlich. »Haben die beiden Sie ausgehorcht?«

»Unersättlich, Ihre Frauen«, sagte Manger kokett.

Der Pächter prustete los.

»Sagen Sie mal, Helferlein«, fragte Eichel den Assistenten. »Wie hoch ist eigentlich die Aufklärungsrate bei bewaffneten Überfällen?«

»Zu gering«, entgegnete Manger, der sich schamlos Eichels Seife zum Händewaschen bediente. »70 Prozent und ein paar Zerquetschte, glaube ich.«

»Also gibt's solche wie Sie häufiger«, sagte Eichel zum Pächter.

Der plusterte sich auf: »Erlauben Sie mal! Wer ist denn für die Aufklärung von Verbrechen zuständig?«

»Und wer für die Vereitelung im Vorfeld?« blaffte Eichel zurück.

»Deshalb betreiben wir die Automaten doch«, sagte der Pächter selbstgerecht. »Damit die Jugendlichen von der Straße kommen.«

»Praktizierte Sozialarbeit, wie?«

»Wenn Sie es so nennen wollen«, sagte der Pächter kokett.

»Das möchte ich auf keinen Fall«, stellte Eichel klar. Dann verfolgte er, wie Manger eine Kassette aus der Jacke holte und sie in seinen Walkman einlegte.

»Also, das ist nicht rechtmäßig«, sagte der Pächter alarmiert. »Wenn Sie hier ein Tonband mitlaufen lassen, müssen Sie mich erst fragen, und ich bin dagegen.«

»Sie haben auch keine besonders schöne Mikrofonstimme«, meinte Eichel sachlich. »Etwas quäkig, zu sehr aus den Bronchien heraus. Reicht bestenfalls für die Wasserstandsmeldungen von Elbe und Saale.«

»Aber ich wollte doch nur ein bißchen Musik hören«, verteidigte sich Manger.

»Ach so«, sagte der Pächter. »Da habe ich natürlich nichts gegen. Ich liebe Musik.« Und ehe ihn jemand daran hindern konnte, stimmte der Unglücksmensch die Capri-Fischer an. Eichel drehte sich der Magen um.

»Unmusikalisch, was?« Der Pächter juxte sich. »Das kenne ich. Meine Frau hat auch keinen Sinn . . .«

»Ihre Frau kann mir gestohlen bleiben«, stellte Eichel klar.

»Das will ich auch sehr hoffen«, sagte der Pächter vibrierend. »Das ist nämlich meine Frau. Da kann ich sehr ungemütlich . . .«

»Nun hören Sie doch endlich mit Ihrer Frau auf«, bat Eichel entnervt.

»Hören Sie mal!« Der Pächter sprang auf. »Meine Frau ist eine Schönheit. Etwas üppig, aber sehr reizvoll. Jedes einzelne Pfund reizvoll. Da könnten Sie stolz drauf sein, wenn Sie die ... wenn Sie mit der ... also ich meine ...« Der Pächter brach ab, fiel auf seinen Platz zurück.

Eichel raffte die Papiere zusammen und warf sie Manger zu: »Hier, Sie sind dran.«

Eichel schaffte sich den nervenden Zeugen vom Leib und sah Manger beim Studium der Akten zu. Zwischendurch schaltete er kurz den Walkman ein und lauschte den Klängen von Alexandras cooler Musikkapelle. ‚Der Baß da, das, was dir so in den Magen schlägt, das ist Alex. Wie konnte es dazu kommen? Welche Weiche hast du falsch gestellt? Warum macht Alex das? Gibt es nicht schon genug Geräusche auf der Welt? Und warum läßt sie diesen Beamten da an sich ran? Was hat der, das mehr als zwei Minuten Beschäftigung lohnt?‘

»Eine harte Nuß«, murmelte Manger.

Eichel konzentrierte sich: »Unsere Anhaltspunkte sind mager, mehr als mager. Mir ist da was aufgefallen ...«

Er blickte Manger so lange an, bis der »Was denn?« gefragt hatte.

»Ich habe mir noch mal die Aussagen vorgenommen, die sich speziell auf das Verhalten der Täter beziehen, also wie sie reden, wie sie sich untereinander benehmen – pipapo. Ergebnis: Der eine ist der Anführer, und der andere spielt den Hund.«

»Das ist wie im Leben«, sagte Manger ohne Freude.

»Allerdings«, sagte Eichel mit bedeutend mehr Freude. »Aber bei Überfall eins war der Blonde der Schlaumeier und zwar eindeutig. Bei Nummer zwei, dem ‚Herz-Blatt‘, war's der Schwarze. Was lernen wir daraus?«

Manger hätte so gerne etwas gesagt. Aber es fiel ihm partout nichts ein.

»Wir lernen daraus«, sagte Eichel, »daß es sehr ungewöhnlich ist, wenn dermaßen festliegende Charaktereigenschaften wie Autorität, Führereigenschaft und ...« Er gönnte sich einen langen Blick auf Manger. »... und eine gewisse Beschränktheit, wenn die von einem Tag auf den anderen wie ausgewechselt sind.«

»Vielleicht hatte der eine einen guten Tag und dann einen schlechten«, gab Manger zu bedenken.

»Aber beim dritten Überfall gestern abend war es wieder der Blonde, der den Schlaumeier gemacht hat«, sagte Eichel. »Daher also hier meine Arbeitshypothese: Unsere beiden Täter färben sich zwecks Verunsicherung der Strafverfolgungsbehörden das Haupthaar.«

»Was soll denn das?« fragte Manger. »Das ist doch bescheuert, so was.«

»Ich habe in meinem langen Berufsleben schon ganz andere Marotten erlebt«, trumpfte Eichel auf.

»Ach ja, wirklich?« fragte Manger und rückte mit seinem Stuhl dicht an Eichels heran. »Möchten Sie mir nicht mehr davon erzählen?«

Eichel guckte seinen Untergebenen lange an: »Lieber Johannes, Interesse heucheln ist an und für sich schon widerlich. Aber wie Sie das anstellen, da zieht es einem ja die Schuhe aus.«

Traurig stand Manger auf und trug seinen Stuhl auf gehörigen Abstand. Eichel kam wieder zur Sache:

»Heute morgen ist die Anfrage ans Verkehrsamt rausgegangen und sicherheitshalber auch gleich an die Verkehrsämter der Nachbarkreise. Adam und Eva schwören ja Stein und Bein, daß die Täter einen dunkelblauen VW Scirocco benutzt haben. Diese tonnenförmige Pächterin von Spielhalle 2 schließt das nicht aus, aber sie versteht wohl nicht viel von Autos. Jedenfalls hat sie mit Sicherheit erkannt, daß die Täter keinen Panzer gefahren haben. Könnte ja noch mal wichtig werden. Nummer drei, dieser Fatzke von vorhin, hat nichts gesehen, hätte mich auch gewundert.«

»Fingerabdrücke?« fragte Manger zweckdienlich.

»Danke der Nachfrage. Natürlich Hunderte. Aber wir haben nichts in der Kartei.«

»In der inoffiziellen auch nicht?«

Eichel blickte sich nach allen Seiten um und sagte dann mit gedämpfter Stimme: »Leise, Mann Gottes, viel leiser.«

»Und in der inoffiziellen?« flüsterte Manger.

Eichel schüttelte traurig den Kopf. Er stand auf, ging im Raum hin und her, streichelte die Grünpflanze und hielt ein vertrocknetes Blatt in der Hand: »Außerdem läuft die Anfrage, ob irgendwo im Bundesgebiet ähnliche Spielhallenüberfälle vorgekommen sind.«

Eichel blieb hinter Manger stehen und betrachtete dessen penibel ausrasierten Haaransatz.

»Lieber Johannes, wie wäre es, wenn Sie mich zur Abwechslung mal mit einer konstruktiven Idee verblüffen würden? Einfach so, trocken aus dem Handgelenk in die Welt geschleudert. Menschenskind, Johannes, ich glaube, ich würde mich vor Überraschung auf den Hintern setzen.«

»Ich eine Idee?« fragte Manger zart.

»Wenn Sie darauf bestehen, nehme ich die Unterstellung natürlich auf der Stelle zurück.«

»Nein, nein. Ist schon gut. Ich gebe mir ja auch Mühe. Nur . . . es kommt eben nicht immer gleich was. Bei mir dauert das. Das ist wie mit der Verdauung. Bei dem einen . . .«

Eichel winkte ab: »Ich verstehe Sie doch so gut, mein Junge. Sie haben Verstopfung im Hirn.«

Eichel ging zum Waschbecken und planschte etwas mit dem Wasser herum.

»Ich muß immer an das Färben der Haare denken«, murmelte Manger.

»Immerhin, Sie beschäftigen sich mit dem Fall. Das ist löblich.«

»Das muß doch einen Grund haben. Es muß denen auch leichtfallen, an so was ranzukommen?«

»An was?«

»Na, an so Zeugs, was man eben braucht, um sich die Haare zu färben.«

Eichel blickte in den Spiegel. ‚Vorsicht jetzt. Du darfst ihn nicht gleich wieder verschrecken. Langsam aufbauen.'

»An was denken Sie dabei?« fragte er sachlich.

»Na ja, wer kommt mit so was beruflich in Kontakt? Schauspieler.«

»Und alle Frauen ab 14«, sagte der Kommissar.

»Es waren doch Männer, oder?« rief Manger alarmiert. »Oder habe ich da irgendwas falsch gele ...« Er begann hektisch in den Unterlagen zu blättern.

»Männer haben bisweilen Freundinnen oder Frauen«, kam ihm Eichel zu Hilfe.

»Stimmt natürlich auch wieder«, sagte Manger verblüfft. »Sieht man ja an mir.« Dann fiel ihm noch etwas ein. Die Wucht der Erkenntnis schleuderte ihn regelrecht aus dem Stuhl. Aufgeregt stand er vor Eichel und trat von einem Bein aufs andere. »Und wenn die Haare gar nicht gefärbt ...? Ich meine, wenn sie ... also Perücken?«

Eichel trocknete sich die Hände ab und legte besondere Sorgfalt auf die Partien zwischen den Fingern.

»Lieber Johannes. Wenn Sie sich die Mühe machen würden, nicht immer nur lautstark die Seiten umzublättern, sondern mal einen Absatz inhaltlich-intellektuell durchzuarbeiten, dann wäre Ihnen folgendes nicht entgangen: Pächter Wondratschek trägt ein Toupet, und diese Tante Ursel ist eine Frau, in dieser Eigenschaft also zwangsläufig mit Perükken befaßt.«

Manger verstand nichts, Eichel half ihm weiter.

»Diese Zeugen sind höchst scharfsichtig, was das Erkennen von Perücken betrifft. Unsere beiden Täter trugen keine Perücken.«

»Und was ist mit Pfalzstadt?« warf Manger dem sich setzenden Kommissar in den Rücken.

»Richtig, was ist mit Pfalzstadt?« fragte Eichel und bot dem Assistenten ein Stück Konfekt an. Beim Hinüberhalten der Packung ließ er einen Finger auf dem Stück mit Marzipan.

»Pfalzstadt ist eine große chemische Fabrik«, sagte Manger kauend.

»Und?«

»Pfalzstadt ist in unserer Stadt ansässig.«

»Na und?«

»Pfalzstadt stellt unter anderem Kosmetikartikel her.«

»Ach so. Sie meinen, die 600 Beschäftigten kommen auch als Verdächtige in Frage.«

»Wenigstens die Männer«, sagte Manger eifrig. »Wenn wir die Liste mit den Sciroccos auf dem Tisch haben, können wir die Kandidaten ja anschließend auf ihren Beruf durchchekken.«

Die Tür ging auf, Kollege Pfauenauge warf die Tageszeitung auf den Tisch und verließ den Raum wieder – aber vorher hatte er in Windeseile zwei Stücke Konfekt an sich gebracht. Eichel wollte die Zeitung gerade zur Seite legen, als ihm etwas auf der Titelseite ins Auge stach.

»Sieh mal an«, murmelte er. »Hintergrundreport über unseren ruhmreichen Fußballklub Teutonia.«

»Die Luschen gehen ja tierisch in den Keller zur Zeit«, sagte Manger. »Sind nur noch Klopper bei. Nichts mehr mit Technik wie damals bei Freddy Holprig. Nur noch Klopper.«

»Sie wissen sicherlich, welche Farben Teutonias Balltreter am Leib haben?«

»Klar«, sagte Manger eifrig. Er blühte auf, wenn er zwei Fragen hintereinander beantworten konnte: »Gelbe Hemden, schwarze Hosen.«

»Wie die Haare unserer Gesuchten«, sagte der Kommissar.

»Potzblitz«, stieß Manger aus. Er ging hektisch auf und ab. »Das heißt also«, rief er, »wenn wir einen dunkelblauen Scirocco-Fahrer auf den Tisch bekommen, der in der Kosmetikabteilung von Pfalzstadt arbeitet, in seiner Freizeit bei einer Laienspielgruppe dilettiert und Anhänger von Teutonia ist, dann sieht es verdammt noch mal nicht gut aus für den Kerl.«

Ergriffen von der Macht seiner Beweisführung pumpte Manger Luft in die Lungenflügel.

»Na, Chef«, rief er optimistisch aus. »Das ist es doch oder was?«

Eichel schluckte das Stück Marzipan herunter und sagte: »Finden Sie das nicht furchtbar konstruiert?«

Die Mädchen hatten viel Zeit in die Gestaltung ihrer Frisuren gesteckt. Ihre Mappen enthielten das für die schulische Laufbahn minimale Instrumentarium. Sie kauten Gummi, taten cool und schlenderten an den Regalen der Schallplattenabteilung entlang, nahmen da eine Schallplatte heraus, lasen da die Aufschrift einer Kassette.

‚Jammerschade', dachte Ulrike Eichel. ‚Noch keine 15 und schon so phantasielos. Sie haben doch noch das ganze Leben vor sich und was machen sie draus: die plumpe Tour. Jammerschade.'

Ulrike Eichel trug eine rote Bluse und einen figurbetonenden knielangen Rock. Sie hatte ein Täschchen am langen Band um den Hals hängen. Ihr Make-up war von der nachlässigen Eleganz, die den Profi auszeichnet. Niemand sah dieser Frau ihre 44 Jahre an. Dabei wäre es erstrebenswert gewesen, das Alter zu wissen. Erst diese Zusatzinformation machte ja die volle Schönheit Ulrike Eichels so atemberaubend. Natürlich war sie von der Natur begünstigt: Keine Probleme mit der Haut, keine Mitesser, keine Trockenheit, kein Faltenwurf, und die Schatten in den Augenwinkeln waren keine Krähenfüße, sondern Lachfalten.

Natürlich hatten die Mädchen die Frau in der roten Bluse bis jetzt nicht beachtet, und sie würden sie auch weiterhin nicht bemerken. Sie würden die Kassetten einsacken, und in diesem Moment würde Ulrike Eichel sich zum wiederholten Mal fragen, ob es für sie keine bessere Halbtagsbeschäftigung gab als Kaufhausdetektiv. Trotz aller Anfechtungen stand sie noch zu ihrer vor vier Jahren getroffenen Entscheidung. Sie wollte den Menschen mit seinen Tag- und Nachtseiten kennenlernen. Ulrike Eichel stellte sich in unmittelbare Nähe der Mädchen und blätterte mit epischer Geduld die Popschallplatten der Buchstaben O bis Z durch.

Die Mädchen warteten ungeduldig, daß sie endlich weitergehen möge. Aber Ulrike ging nicht. Sie wollte die beiden ausstehen, sie würde den längeren Atem haben. Ulrike war nicht sicher, ob das, was sie gerade betrieb, präventive Sozialarbeit war oder Gefühlsduselei. Sie blickte auf, in diesem Moment passierten der junge Mann mit den schwarzen Haaren und der junge Mann mit den blonden Haaren die Kasse der Schallplattenabteilung. Ulrike Eichel nahm sofort die Verfolgung auf. Sie vergaß die beiden Tüten nicht, die sie zur Herstellung hausfraulicher Fassade im Kaufhaus bei sich trug. Erleichtert seufzten die Mädchen auf und sackten endlich die Kassetten ein.

»Zieh doch eine Ritterrüstung an!« brüllte Alexandra Eichel über den Platz.

Zögernd nahm Inge die gekreuzten Hände von ihrem Busen. Alexandra lief an und zirkelte den Ball über die Mauer. Er schlug genau im Dreieck ein. Torfrau Marion warf sich vergeblich in den Matsch des Torraums.

»Sauber«, sagte Trainer Karl, »sauber. Da können sich die 1. Herren eine Scheibe von abschneiden.«

»Ja, ja«, rief Alex. »Wer's nicht hier hat . . .« Sie zeigte zwischen ihre Beine. ». . . hat's eben hier.« Sie tippte sich auf den Innenrist des rechten Fußes. Karl fand diese Frau ordinär, aber er verkniff sich jeden diesbezüglichen Kommentar. Als der leidenschaftliche Insekten- und Wappenforscher sich im Februar gegen eine zotige Bemerkung Alexandras verwahrt hatte, mußte er im kommenden Auswärtsspiel ohne seine Mittelfeldregisseuse auskommen. Ergebnis: 2:7.

»Auf, auf, Mädchens!« rief Karl, »zum Abschluß 15 Minuten sechs gegen sechs.«

Alexandra wollte sich zurückhalten, doch nach zwei Minuten brüllte sie schon wieder herum, schiß Anja zusammen, verhöhnte Eva und hielt Inge einen Vortrag über die Erfindung der Feinmotorik.

Der Trainer legte seine zarte Stirn in Falten, aber was sollte er machen? Ohne Alexandra wäre der Abstieg aus der Frauenliga beschlossene Sache gewesen. Mit Alexandra spielten sie zwar nicht um den Titel mit, aber immerhin sah es zeitweise nach Fußball aus, was sich da auf dem Rasen tat. Natürlich war das alles noch keine Spielanlage. Wo der Ball war, waren immer gleich 90 Prozent aller Spielerinnen. Als langer Paß galt, was weiter flog als 2,50 m. Und was hier unter der Überschrift »Zweikampf« ablief, sah in Nachtklubs, die Schlammringkämpfe anboten, auch nicht deprimierender aus. Aber die Gegenwart von Alexandra war so etwas wie eine Verheißung. Wie Alexandra zwei Gegenspielerinnen elegant über die Schienbeine sprang und Flügelflitzer Irene mit einem Paß auf die Reise schickte, das besaß Rasse.

Schnell gingen Alexandras Frauen mit 2:0 in Führung. Dann verlegte sich Alexandra aufs Zaubern. In diesen Momenten dachte sie an Hansi Müller, den früheren Spielmacher des VfB Stuttgart. So wollte sie spielen können; so sollte übrigens auch der Mann aussehen, dem sie eines Tages das Jawort geben wollte. Ein Dribbling, einmal um die eigene Achse gedreht, der Blick in die Weite – und Gegenspielerin Elvira gelang, was sie noch nie geschafft hatte: Sie nahm Alexandra den Ball ab. Zwar überraschte sie das dermaßen, daß sie sofort über ihre eigenen verdrehten Beine fiel, doch sie hatte ein Erfolgserlebnis gehabt! Alexandra stand auf dem Platz und starrte in Richtung Vereinsheim. Um sie tobte das Gestochere, Alexandra hatte nur Augen für die beiden Männer, die Richtung Sportplatzausgang joggten.

»Heh, Alex!« rief Irene. »Was ist Sache?«

Alexandra winkte ab. Dann setzte sie sich in Bewegung und verfolgte die beiden Männer. Einer war blond, der andere hatte schwarze Haare.

Ulrike Eichel blieb dran, obwohl sie schon nach wenigen

Minuten die Plastiktüten verfluchte. Zwar sahen sie authentisch aus, doch in der neuen Situation hatten sie die gleiche Wirkung wie Wackersteine. Außerdem legten der Blonde und der Schwarze ein höllisches Tempo vor. Ulrikes Hoffnung, daß sie nach hundert Metern in ein Haus gehen oder ein Restaurant aufsuchen würden, erwies sich als naiv. Als Ulrike an einer Ampel fast den Anschluß verloren hatte, stellte sie im Vorbeigehen die Plastiktüten auf einen Mauervorsprung.

»He, Sie! Sie da in der roten Bluse!« Tief schnitt der Ruf in Ulrikes Därme. Mürrisch nahm sie dem pubertierenden Kavalier die hinterhergetragenen Tüten ab.

Alexandra Eichel blieb dran, obwohl die beiden Jogger ein höllisches Tempo vorlegten. Immerhin steckten ihr 60 Minuten Training in den Knochen. Der Blonde und der Schwarze trabten nicht in diesem lahmarschigen Dauerlauf dahin, den Hunderttausende für »Joggen« halten. Sie liefen flottes Mittelstreckentempo. Alexandras T-Shirt und Hosen waren völlig durchgeschwitzt. Der Laufwind schuf ein unangenehm feucht-kühles Gefühl auf der Haut. Aber Alexandra blieb dran. Sie überwand ein Tief, bekam die zweite Luft und profitierte davon, daß die Männer rote Ampeln respektierten. »Hat eben doch Vorteile, wenn die Leute albernen Vorschriften gehorchen.«

Ulrike Eichel und ihre Männer näherten sich der Gudesstraße.

Alexandra Eichel und ihre Männer näherten sich von der anderen Seite der Gudesstraße. Am Zebrastreifen in der Nähe der Brücke trafen alle aufeinander: links der blonde und der schwarze Fußgänger mit der völlig verschwitzten Verfolgerin und ihren Plastiktüten im Schlepptau; rechts der blonde und der schwarze Jogger und die nur noch hilflos hechelnde Alexandra. Mutter und Tochter warfen sich einen verdutzten Blick zu. Jeder starrte die Blonden und Schwarzen der anderen an. Die Ampel schaltete auf Grün. Alle setzten sich in Bewegung. In der Mitte der Straße trafen Mutter und Tochter aufeinander. Schlagartig war ihnen die Lage furchtbar peinlich. Bei einem Kaffee bzw. drei Mineralwassern besprachen sie das Nötige.

»Zeit! Was ist Zeit? Zeit heilt alles Leid. Alles hat seine Zeit. Die Zeit ist kurz, der Tod ist schnell. Du solltest deinen ersten Kriminalroman in einer Familie von Uhrmachern spielen lassen.« Die Normaluhr sprang auf 15 Uhr, und Norbert Fackelträger wurde ärgerlich. Gaby war immer noch nicht da! Gaby war nie pünktlich. Sie hatte zur Zeit ein Verhältnis wie er selber zur Arbeit an der Schreibmaschine. Unwirsch schlug er den Frühlingsstrauß zu 5,95 gegen die linke Hand und drehte sich im Kreis. Es wimmelte von reizvollen Frauen, aber keine Gaby. Mißmutig blickte er dahin und dorthin. Plötzlich tippte ihm jemand auf die Schulter, Norbert fuhr freudestrahlend herum. Doch gefror seine Miene sofort, als die fremde Frau begann, an dem Strauß Blumen herumzuzerren, den er Gaby schenken wollte.

»Lassen Sie das«, rief Norbert. »Wie kommen Sie dazu ... geben Sie mir meine Blumen wieder!«

Die Frau ließ nicht locker, sie zog und zerrte und rief: »Aber Norbert, Liebling, was ist denn?«

Norbert ließ die Blumen los. Gaby – die das nicht erwartet hatte – wurde nach hinten geschleudert.

»Gaby?« fragte er zögernd.

»Ja doch, du Dummerchen.« Gaby kam mit dem zerzausten Blumenstrauß auf ihn zu. Sie starrte den Fassungslosen an und lachte: »Nur, weil ich beim Friseur war.«

»Haare färben«, sagte Norbert tonlos.

»Färben, schneiden, legen, pflegen, komplett für 89 Mark. Gefalle ich dir?«

Sie trat dicht vor ihn: »Und jetzt darfst du mich küssen. Dann verzeihe ich dir. Vielleicht.«

Gaby spitzte die begehrenswerten Lippen und schloß die schräg ins Gesicht gestellten dunkelblauen Augen. So stand sie da und lächelte erwartungsvoll. So stand sie auch noch 30 Sekunden später da, als Norbert längst über den Platz gerannt und in der Nebenstraße verschwunden war.

Die Büroarbeitszeit war vorüber, die vier diensthabenden Huren sahen den folgenden Stunden mit Zuversicht entgegen. Die beiden, die es sich leisten konnten, stellten sich auf dem Kontakthof ins Licht der rot umspannten Lampen. Die beiden, die schon 1954 zum Endspiel um die Fußball-Weltmeisterschaft in Bern nicht mehr als Jugendliche ins Stadion gekommen wären, zogen den gnädigen Schutz der schummrigen Ecken vor. Büromenschen mit Aktentaschen zogen an den Frauen vorbei. Man kannte sich von früheren Besuchen. So hatte der nachmittägliche Defileemarsch etwas Kokettes, denn den Männern war das Angebot durchaus bekannt. Sie wußten, was sie zu erwarten hatten. Sie wußten auch, welche Hoffnungen sie sich abschminken konnten. Wußte es auch der piekfein in weißes Hemd und Sommeranzug gekleidete alte Herr, der schneidig in den Innenhof platzte?

»Der will was Unanständiges, da wette ich«, sagte eine Hure zur Kollegin.

»Na hört mal«, rief Wilhelm Eichel und griff sich verlegen ans Halstuch. »Ich habe doch noch kein Wort gesagt.«

»Aber geguckt«, sagte die andere Hure.

Wilhelm lächelte sie an: »Rita?«

»Kenn ich nicht.«

»Ich suche Rita.«

»Kenn ich immer noch nicht.«

»Rita Rastemborski.«

Die Frau unterzog ihn einer gründlichen Prüfung: »Ein Freund?«

»Sagen wir, ein Bekannter.«

»Wie das?«

»Über Overath. Aber das sage ich Rita besser selbst.«

»Das würde ich dir auch raten. Auf diesen Namen kann sie nämlich nicht so gut momentan.«

»Seit wann?«

»Seit er mit der Maklertussi auf die Balearen abgejettet ist.«

»Ich würde aber trotzdem gern mal kurz mit Rita ...«

»Soll ich dich hochbringen?«

Wilhelm Eichel blickte sich um: »Ich kann mir nicht helfen«, sagte er leise, »in dieser Umgebung hat jeder Satz immer gleich mehrere Bedeutungen.«

Dieter + Gerd waren nicht einfach Friseure, Dieter + Gerd waren d i e Friseure. Bevor sie aus der Landeshauptstadt zugereist waren, sahen alle Friseurgeschäfte in der Stadt gleich aus. Dann hatten Dieter + Gerd den Laden des alten Jochmann gekauft und die Fensterscheiben mit Packpapier zukleben lassen. Nach fünf Wochen rissen sie das Packpapier ab, stellten ein frischgebackenes Penthouse-des-Monats-Mädchen in knapper Bekleidung ins Fenster, bauten eine sagenhafte Musikanlage zwischen gleißendem Weiß und Silber und echten Palmen auf. Ein Café-Betrieb bot Espressos und internationale Presse feil. Dieter + Gerd stellten sich und ihr Beauty-Team (vier Mädchen, zwei junge Männer) ganz in den Dienst am Haupthaar der Bewohner. Nicht nur die echten Palmen hatte es bisher nicht gegeben, auch das Preisniveau kannte kein Vorbild. In vielen Partnerschaften kam es in der Zeit nach der Eröffnung zu Zwistigkeiten. Zahlreiche Männer – durch einen Fassonschnitt als Modemuffel hinreichend ausgewiesen – wollten ihren Partnerinnen verbieten, das schwerverdiente Geld den beiden Schwulis aus der Landeshauptstadt in den Rachen zu werfen. Zum Stadtgespräch wurden die Streits, als die Frau des Stadtdirektors, über dessen angeknackste Ehe jedermann Bescheid wußte, den Streit mit ihrem Gatten im Verlauf des Jahresabschlußballs der Tanzschule öffentlich machte, indem sie gegen Mitternacht auf der Tanzfläche ihre etwas phantasielose, aber durchaus akzeptable Mittellangfrisur verwüstete und den verdattert daneben stehenden Ehemann anschrie:

»Und jetzt klingele ich Gerd aus dem Bett. Ich habe nämlich seine Privatnummer, die hat sonst keiner. Der macht mir die Haare, und Montag reiche ich die Scheidung ein, du Holzkopf.«

Sie kehrte dann doch zu ihrem Stadtdirektor zurück, und das mit der Privatnummer war halb so wild, denn Gerds Nummer stand in manchem Notizbuch. Nach einiger Zeit beruhigten sich die Gemüter, und nur noch schmorenden Neid erzeugte die Schnelligkeit, mit der aus dem Alfa Romeo von Dieter und dem Golf GTI Gerds binnen Halbjahresfrist ein Mercedes-Benz 190 2.3-16 sowie ein Porsche 928 S wurden.

Es konnte nicht ausbleiben, daß auch die weniger gut beleumdete Bewohnerschaft ihr Herz für Dieter + Gerd entdeckte. Zuhälter, Kriminelle, Schläger, in die Jahre gekommene Rocker sowie einige Bodybuilder fanden sich regelmäßig hier ein, um in stundenlangen Versuchsreihen eine Optimierung ihres Outfits zu erreichen. Bei den Galgengesichtern war solch ein Unterfangen ein Ding der Unmöglichkeit. Der dümmliche Glanz von fünf Jahren Hauptschule kann durch keine Frisur der Welt überdeckt werden. Allerdings hätte einer der gestreßten Friseure den Mut aufbringen müssen, den Kunden diese bittere Tatsache beizubringen. Niemand traute sich, und als einer der weiblichen Lehrlinge sich anerbietig machte, die Wahrheit zu sagen, eilte mit quietschenden Benz-Bremsen Dieter herbei, ging mit dem Lehrling ins Büro und verbot dem mutigen Mädchen kategorisch, den Mund in dieser Richtung zu öffnen.

»Wir haben riesige Glasfronten«, sagte Dieter. »Da trifft der größte Dussel rein.«

Die Unterweltler benahmen sich manierlich. Vielleicht hätten sie auf den Austausch zotiger Witze verzichten können. Und warum silberne Flachmänner die Runde machen mußten, war eigentlich auch nicht einzusehen. Das im Anschluß daran verstärkt auftretende Gerülpse war unappetitlich. Aber auch nicht widerlicher als die kleinstgelockten Frisuren in

Verbindung mit Schnauz- oder Vollbärten sowie Gold- bzw. Platinkettchen um Handgelenke oder Hals, zu denen die Hawaiihemden bzw. grauen Trainingsanzüge paßten wie die Faust aufs Auge. Dennoch gehörten diese Kunden mittlerweile zum Bodensatz von Dieter + Gerd. Wären sie von heute auf morgen fortgeblieben, es hätte etwas gefehlt. Allerdings wäre die Parkplatzsituation vor dem Laden merklich entspannt worden.

Norbert Fackelträger mußte mit seiner Schlampe einmal um den Pudding kurven, bevor es ihm gelang, den Käfer zwischen einen Waschbetonbottich und die Schlußleuchten eines Mercedes-Kabrios zu klemmen. Im Vorbeigehen warf er einen neidischen Blick auf die weiße Lederpolsterung. Norbert wußte, daß es sich dabei nicht um Imitation handelte. ‚Du mußt endlich dein Buch fertigschreiben. Kennst ihn doch, den Weg des Ruhms: erst das Buch, dann der Bestseller, Bargeld lacht, ab auf die Bahamas, viel weißer Rum, viele schwarze Gabys, schwärzer als das schwärzeste Farbband.'

Der Erfolg von Dieters + Gerds Laden hatte auf die Angestellten abgefärbt. Die Stimme des jungen Schnösels am Empfang troff vor Ignoranz. Erst bedachte er Norbert mit einem Blick, als wenn er ein Stadtstreicher wäre, dem die Zweiliterflasche aus der Hosentasche lugt. Dann schwenkte er seine wässrigblauen Augen auf Norberts Haupthaar und lächelte mitleidig.

»Bitte sehr, der Herr, was können wir für Sie tun?« säuselte der Schnösel und rückte das dicke Buch zurecht, in dem die Behandlungstermine aufgelistet waren. Norbert musterte den jungen Mann, seine künstlich gebräunte Haut, seine Hochwasserhosen, das Hemd, in das ein halbwüchsiger Orang-Utan hineingepaßt hätte, die blauumrandete Brille, deren Gläser die halbe Größe von Klodeckeln aufwiesen.

»Ich sag's Ihnen gleich«, sagte der Schnösel und hustete geziert in seine Hand mit den spillerigen und skelettiert wirkenden Fingern. »In den nächsten vier Wochen wird es verdammt eng.«

»Ich will keinen Termin.«

»Wollen Sie nicht?« platzte der Schnösel heraus. Die Taktik seiner Gesprächsführung brach unter ihm weg wie das Eis der Argumente eines Politikers, der sich zu weit vom vorbereiteten Redemanuskript entfernt.

»Könnte ich vielleicht mal kurz mit einem eurer Vorarbeiter hier ... ich meine, eure Vorturner, wie war gleich noch mal der werte ...?«

»Dieter + Gerd«, stieß der Schnösel heraus.

»Na siehst du«, sagte Norbert.

»Ja, ich weiß nicht, ob ...«, haspelte der Schnösel und blickte sich um.

Dieter, der heute Zeit und Gelegenheit gefunden hatte, in den Laden zu schauen, obwohl heute eigentlich Gerd mit der Anwesenheit dran war, sah den irrlichternden Blick des Schnösels und verfügte sich zum Kassenbereich.

»Dieter, hier ist ein Herr, der dich gerne mal kurz ...« Dann wandte er sich an Norbert: »Dieter!«

»Wenn Sie mir für fünf Minuten Ihre Aufmerksamkeit schenken würden«, sagte Norbert, »ich hätte da nämlich einige Fragen.«

Dieter deutete auf den Cafébereich; man setzte sich. Sie waren umgeben von insgesamt fünf Stühlen, an denen Friseure an männlichen Kunden wirkten. Zwei Sitze waren mit einer Haube überdacht, hier bildeten sich Dauerwellen aus, wurde gestylt und geformt. Über allem lag der heulende Singsang italienischer Popmusik. Dieter entließ seine 12 Gesichtsmuskeln, die fürs Lächeln zuständig sind, aus der Anstrengung und setzte den Ausdruck auf, mit dem er ungeteilte Aufmerksamkeit vorgab.

»Ich komme aus einem beruflichen Interesse zu Ihnen«, begann Norbert.

»Oh, das tun viele meiner Kunden«, sagte Dieter.

»Die meisten?«

»O ja doch.« Dieter liebte es, seine Sätze mit Pausen zu zerdehnen. Er hatte die Erfahrung gemacht, daß die meisten

Menschen Pausen für ein Zeichen von Nachdenklichkeit halten.

»Stichwort Färben«, sagte Norbert.

Dieter verstand nicht und guckte auch so.

»Färben«, präzisierte Norbert, »Änderung der natürlichen Farbe des Haupthaars.«

Tief in Dieter regte sich ein kleines rotes Lämpchen. Es begann zu blinken, es wollte gar nicht wieder mit dem Blinken aufhören.

»Das beherrschen wir natürlich auch in unserem Geschäft«, sagte Dieter. »Wir sind da nicht die Schlechtesten. Das darf ich sagen, ohne mich in irgendeiner Weise rühmen zu wollen. Um ehrlich zu sein: Wir sind erstklassig.«

»Sie färben also häufiger?«

»Ach Gott, was heißt häufiger?«

»Mehr als ein-, zweimal die Woche.«

»Dann häufiger.«

»Ich frage Sie jetzt sehr direkt«, sagte Norbert, der Spannung in sich hochsteigen fühlte.

»Nur zu. Ich liebe die direkte Art.«

Norbert rückte mit seinem extrem rückenfeindlichen Caféhausstuhl dicht an Dieter heran: »Ich gehe recht in der Annahme, daß die meisten Ihrer Kunden eine Änderung ihrer Haarfarbe aus allein modischen Gründen herbeizuführen wünschen?«

»Da gehen Sie recht.«

»Wie bitte?«

»Da haben Sie recht.«

»Aja. Und wir sprechen über männliche Kunden?«

In diesem Moment entstand in den fünf Stühlen um sie herum eine leichte Bewegung. Sie war für einen flüchtigen Beobachter kaum wahrzunehmen. Die Bewegung bestand aus einem zentimeterknappen Heben der Köpfe.

»Nun eine vielleicht etwas indiskret wirkende Frage«, fuhr Norbert fort.

»Aber ich bitte Sie.«

»Danke. Nun die Frage. Könnte es sein, daß sich unter Ihre zahlreichen seriösen Kunden bisweilen der eine oder andere verirrt, der ein anderes als ein ausschließlich modisches Interesse an der Veränderung seiner natürlichen Haarfarbe besitzt?«

Die fünf Köpfe der in den Stühlen Sitzenden ruckten ein weiteres Stück in die Höhe. Selbst die beiden Friseure, die sich bisher emsig an den Frisuren zu schaffen gemacht hatten, drehten nun ihre Köpfe in Richtung Norbert und Dieter. Dabei wurden erstmalig ihre Gesichter sichtbar. Holger und Manni trugen braune Perücken und bemühten sich um Coolneß, was Holger bedeutend besser gelang als Manni. Er war so aufgeregt, daß er zu seinem Kunden sagte:

»Ich mache mal eben eine Pause, sonst schneide ich Ihnen noch ein Ohr ab.«

Das nahm der stadtbekannte Kneipier gleich wieder furchtbar übel. Die Witze mit »Genschers Sohn kommt« hatte er ja noch gleichmütig über sich ergehen lassen, weil sie ihm schmeichelten. Aber als man ihn »Jumbo, der fliegende Elefant« zu nennen begann, hatte das seinem Blutdruck gar nicht gutgetan. Auch jetzt spürte er in dem nicht anders als fürsorglich gemeinten Satz des Friseurs eine Anspielung auf seine eklatant großen Ohren. Sie sahen aus wie Lappen.

»Ich glaube, ich verstehe nicht«, sagte Dieter.

»Dann werde ich am besten deutlicher«, bot Norbert an.

Dieter nickte unwohl, hob die Hand und bestellte zwei Espressos.

»Verkehren in Ihrem Laden bisweilen auch Kriminelle?«

Plötzlich herrschte totales Schweigen. Selbst ein Wasserhahn oder Fön liefen nicht. Auch Lucio Battisti hatte ausgeheult, die Musik brach ab. Die Köpfe in den fünf Stühlen ruckten ein weiteres Stück Richtung Norbert. Die Kunden verständigten sich flüsternd untereinander. Sie winkten die beiden Friseure heran, wisperten ihnen etwas in die Ohren – dann kamen beide Friseure beiläufig herangeschlendert und blieben nicht mehr als zwei Meter von Dieter und Norbert entfernt stehen, wobei sie unbeteiligt taten und sich an Palmen zu schaffen machten. Das Blinken der kleinen roten Lampe gewann an Hektik.

»Stichwort schwarze Schafe. Oder blonde?« Norbert lachte. Gleichzeitig begann wieder Musik, lief wieder Wasser, summten Föns.

»Also ich muß schon sagen«, sagte Dieter und schlürfte nervös seinen Espresso.

Die beiden Friseure gingen zu den Stühlen zurück und erstatteten Rapport.

»Wollen Sie unterstellen, daß die Kundschaft meines Ladens nicht aus ausnahmslos untadeligen Bürgern oder Menschen besteht?«

Norbert winkte begütigend ab: »Ich frage nur, und ich würde gewiß nicht fragen, wenn ich nicht einen ganz bestimmten Grund hätte.«

Gleichzeitig erhoben sich fünf Männer aus fünf Stühlen und strebten dem Ausgang zu. Einer sah rechts schwarz und links blond aus. Ein anderer trug die Mitte der Schädelplatte kahl rasiert. Ein kurzer Blick ins Gesicht zeigte: Das war kein Mönch. Bei dem dritten war ein stufiger Haarschnitt nach zwei Schritten stehengeblieben. Der vierte hatte bildschöne blonde, fließende, lange Haare. Doch er war vielleicht der eiligste von allen. Eiliger jedenfalls als der fünfte Mann, der beim Hinausgehen in seine Haare faßte und irritiert feststellte, daß sie mit einem klebrigen Stoff durchweicht waren. Die Tür fiel ins Schloß. Mehrere hubraumstarke Motoren wurden gestartet, die Parkplatzsituation entspannte sich dramatisch. Ein Polizeibeamter, einen Block in der Hand haltend, blickte den davonfahrenden Wagen verdutzt nach, zerknüllte mit bösem Gesicht einen Zettel und wandte sich Norberts Käfer zu.

»Sie sind ja ein richtiger Trendsetter«, sagte Norbert, der sich wieder zu Dieter umdrehte.

»Danke, das streben wir an. Wir Friseure müssen am Ball bleiben, sozusagen. Oder am Haar, wie Sie wollen.«

Dieters Lachen starb einen schnellen Tod.

»Auch an der Haarwurzel?« schoß Norbert ab.

»Sie fragen sehr gezielt.«

»Danke, das strebe ich an.«

»So? Aha, nun ja«, sagte Dieter und trank nervös Norberts Espresso aus. »Um auf eine Ihrer letzten Fragen zu antworten: Von zwielichtigen Gestalten unter meinen Kunden ist mir selbstverständlich nichts bekannt.«

»Natürlich nicht.«

»Natürlich nicht.«

Norbert blickte auf seine Armbanduhr: »Ich muß dann wohl mal gehen.«

In Dieters Gesicht ging die Sonne auf: »Ach, schon?«

Norbert, der bereits stand, zögerte: »Ja, wenn Sie meinen, ich sollte noch etwas . . .?«

Dieter wedelte heftig mit beiden Armen: »Nein, nein. Auf keinen Fall will ich Sie aufhalten. Sie werden doch bestimmt noch einiges vorhaben heute abend.«

»Was denn?«

»Na ja«, sagte Dieter und überlegte. »Also wenn ich Sie mir so anschaue . . .«

»Ja . . .?«

»Auf Sie wartet doch bestimmt an der nächsten Straßenekke ein schnuckeliges, kleines Fräulein, wie?« Dieters Gesicht strahlte eine Fröhlichkeit aus, die nach der Verkniffenheit der letzten Minuten um so kontrastierender wirkte.

»Ich müßte direkt mal gucken gehen«, sagte Norbert unlustig.

Dieter eilte zur Tür, riß sie auf und sagte: »Tun Sie das.«

Norbert verließ den Laden. Dieter ließ die Tür los, eilte zum erstbesten Frisiertisch, riß eine Flasche an sich und nahm einen tiefen, tiefen Schluck. Dann starrte er in den Spiegel, schüttelte sich und hängte den Mund unter den Wasserhahn.

Die beiden Friseure mit den braunen Perücken beobachteten ihn.

Draußen bekam Norbert unheimlichen Streit mit dem Polizeibeamten, der in Norberts Satz »Sie mieser, kleiner Blockwart, Sie« endete. Dafür versprach ihm der Polizist eine Anzeige wegen Beamtenbeleidigung. Er sah verdammt so aus, als ob er das Versprechen halten würde.

Im Gesicht des Pförtners glomm etwas auf, das dort seit Jahren nicht mehr zu sehen gewesen war. Es war die Lust an der Jagd. ‚Du packst es noch mal, Hermann. Alte Knochen werden wieder jung.' Seit fünf Minuten stand der Pförtner der pharmazeutischen Fabrik Pfalzstadt an der Glasscheibe seines Käfigs, den sie ihm als »Büro« schmackhaft gemacht hatten. Sein Blick war starr nach draußen gerichtet. Er guckte dermaßen intensiv, daß Tränenfluß einsetzte. ‚Du brauchst eine Waffe. Aber keine halben Sachen. Defensive ist der erste Schritt zur Niederlage.' Der Pförtner hinkte zum Schreibtisch, neben dem sein Stock stand. Prüfend wog er den Prügel in der Schlaghand, vollführte einige probeweise Hiebe. ‚Zack. Und zack. Und zack. Nicht schlecht, Hermann, da ist er wieder, der alte Schwung. So was verlernt man nicht, das ist wie Radfahren oder wie ...' Der Pförtner zwang seine Phantasie zur Ruhe. Er hinkte zum Fenster, stellte sich, so gut das mit den orthopädischen Schuhen möglich war, auf die Zehenspitzen. ‚Er ist immer noch da.' Hermann faßte den Prügel fester und machte sich auf den Weg.

Um 15 Uhr hatte der erste Schwung der Mitarbeiter die Fabrik verlassen. Der Parkplatz war nicht mehr überlastet, doch noch immer so gut gefüllt, daß der Pförtner reichlich Wagen zwischen sich und seinem Ziel wußte. Seine Hände waren vor Aufregung dermaßen durchgeschwitzt, daß er Mühe hatte, den Knüppel zu halten. ‚Denen zeigst du es noch mal. Du kommst ganz groß raus. Ab morgen kann dir keiner mehr. Höchstens Hertha, aber Hertha ist bei ihrer Schwester. Und Edith ist zu Hause, Edith hat auch keine Schwester. Edith hat einen Bruder, aber der ist tot.' Jetzt war er nur noch gute acht Meter vom Ziel entfernt. Der Prügel wollte schon schlagen, unternehmungslustig zuckte er in

Hermanns rechter Hand. Er hatte es immer mit rechts gemacht. Da war Dampf dahinter, die Hand war wie ein Hammer. Hermann starrte nach vorn. Es mußte gehandelt werden, und es war niemand zur Stelle als er. ‚Die anderen sind auch nichts. Viel zu schlapp alle heute. Keinen Mumm mehr in den Knochen. Wer redet, handelt nicht.' Noch fünf Meter, die Hand faßte den Stock fest, war wie verschweißt mit dem Holz. Noch vier Meter, Hermanns Augen bekamen den gefährlichen Glanz, der früher so gefürchtet gewesen war. 3 Meter 20, die Nebennieren spielten verrückt, schütteten das Adrenalin milliliterweise in die Blutbahn, riefen ihm ein »Mach uns keine Schande« hinterher. Ja, so waren Hermanns Nieren, immer zur Stelle, wenn es darauf ankam. Ganz im Gegensatz zu seinem Herzen, das schon wieder herumpolterte. ‚Da! Es will dir Angst einjagen. Aber du hast keine Angst, nicht jetzt. Später ist Zeit für Gefühle. Jetzt will gehandelt werden!' Er stieß gegen die Heckflosse des alten Opel, wurde sekundenkurz abgelenkt, faßte sich, die Augen wurden schmal wie Schlitze. Da waren es noch eineinhalb Meter. Hermann mußte noch um das Heck des Jetta herum. Er zögerte nicht, den letzten, den entscheidenden Schritt zu gehen.

Johannes von Manger-Koenig wurde immer saurer.

»Dunkelblau, dunkelblau«, murmelte er. »Was ist denn überhaupt dunkelblau? Und dann noch nachts? Kann doch genausogut schwarz sein. Oder dunkelgrün. Dunkelrot, alles eben, was dunkler ist als beige. Adam und Eva haben die Farbe erkannt. Daß ich nicht lache. Die können doch gar nicht gucken. Wenn's dunkel wird, ist für die alles dunkel. Wenn's hell ist, ist alles hell . . .« Dann wurde Manger schwarz vor Augen. Der erste Hieb traf ihn schon vorentscheidend. Der Schmerz raste über Hinterkopf und Hals. Der zweite Schlag war um 90 Grad versetzt, er schmerzte keinen Deut weniger. Manger versuchte noch, sich an dem Fiesta festzuhalten – vergeblich. Hermann wählte für Schlag drei den Rücken des

Kriminalassistenten. Mangers Bewußtsein waberte davon, und mit den von niemandem zu verstehenden Worten »Dunkelblau. Mir wird dunkelblau vor Augen« verabschiedete er sich von dieser Welt.

»Huhu, huhu! Können Sie mich verstehen?«

Erschüttert blickte Kommissar Eichel in das blasse Gesicht auf dem schneeweißen Bettbezug.

»Chef«, rief er leise. »Chef, ich bin's. Alexander Eichel, das Rückgrat Ihrer Abteilung, der Balsam Ihrer geschundenen Polizeidirektorenseele, die Erquickung schlafloser Nächte, der Nagel für Ihren Sarg.«

»Sie hat diesmal ein Katzenfell genommen.«

Eichel wußte zuerst nicht, wo das eben hergekommen war. Er blickte auf das eingefallene Gesicht. Er hatte das Gefühl, als ob sich die Quaddeln und Pusteln in den letzten Sekunden vervielfacht hatten. Und sie hatten vorher schon nicht besonders erfreulich ausgesehen.

»Ein Katzenfell. Das war noch nie da. Sie läßt nicht nach, Respekt. Das hat sie von mir, diesen Biß. Diese Mörderin.«

»Chef«, sagte Eichel erschüttert und legte eine Hand auf den Unterarm Ehrenfried Willigs.

»Der Po, der Popo, der Blütenpollen war schon gemein«, stöhnte der alte Mann. »Aber Katzenfell ist noch schlimmer. Ich liebe doch Tiere so.«

Der Mann japste, Eichel tätschelte seinen Arm und blickte aus dem Fenster auf die Bahngleise, die keine 20 Meter entfernt waren. Hier, im Eiskeller der ehemaligen Brauerei, hatte sich der Polizeidirektor eine Fluchtburg gebaut. Immer wenn seine Frau zu Hause über ihn kommen wollte, rief der kränkliche und für Allergien anfällige Mann Eichel oder Kommissar Wegerich und ließ sich von ihnen in den Eiskeller fahren, wo er untertauchte, bis seine Frau sich wieder beruhigt hatte.

»Wasser.«

Eichel drückte ihm die Flasche Mineralwasser in die

feuchtheißen Hände, bemerkte seinen Irrtum und goß einige Schlucke in die Schnabeltasse, die so oft aus dem Bett gefallen war, daß man den angeschlagenen Schnabel genausogut als Fahrtenmesser hätte benutzen können. Er versuchte, wegzuhören, als Willig gierig das Naß in sich hineinsog.

»Wie ist sie denn diesmal an Sie rangekommen?« fragte Eichel beklommen.

»Meine Nieren, die eine wandert doch. Und das Rheuma wird schlimmer, ganz zu schweigen von der Gicht. Vermaledeit alles. Da kam sie mit dem Rheumafell.«

Noch nie hatte Eichel einen Menschen dermaßen zart husten hören. ‚Wahrscheinlich macht es auch nur ganz leise ‚peng', wenn er mit der Pistole schießt.'

»Mir tat alles so weh, ein akuter Anfall. Da habe ich nicht so genau hingeguckt. Ich habe wirklich gedacht, sie will mir helfen.« Der alte Mann lächelte wehmütig. »Ich bin ein alter Narr. Ich glaube noch an das Gute im Menschen.«

»Tun wir das nicht alle?« fragte Eichel.

»Das gilt ja auch für alle. Nur für Veronika nicht. Veronika ist anders.«

Neun Jahre war es her, seitdem der damalige Polizeihauptkommissar Ehrenfried Willig einen internationalen Polizeikongreß in Timmendorfer Strand besucht hatte – übrigens mit dem seinerzeit noch taufrischen Kommissar Alexander Eichel; natürlich ohne den damals auf vollen Touren pubertierenden Johannes von Manger-Koenig, der sich damit vergnügte, kleine Löcher in die Trennwände öffentlicher Toiletten zu bohren, um Gewißheit zu erlangen.

Der Kongreß nahm einen für Veranstaltungen solcher Art üblichen Verlauf. Man zeigte Anwesenheit bei verquasten Vorträgen, vergnügte sich im Kasino von Travemünde, hielt die Waden in das herbstliche Ostseewasser. Am zweiten Abend fuhren zwei Einsatzwagen voller freiwillig eingestiegener Prostituierter aus Kiel und Lübeck Richtung Timmendorf, um dort ihre Dienstleistung anzubieten. Sie fand reißenden Absatz, und zwei weitere Tage später fand Veronika

Willig in der schmutzigen Wäsche ihres Gatten eine Spesenquittung, die der für seine Korrektheit bekannte Mann ums Verrecken nicht für die Abrechnung der Reisekosten verwenden wollte. Veronika forschte nach, erhielt Kunde von den Huren in den Mannschaftswagen, grub alten Groll aus – 23 Jahre Ehe lagen hinter ihr –, eins kam zum anderen, und Willig kam nicht mehr zur Ruhe, wenngleich noch zur Beförderung zum Direktor. Da war Veronika schon damit beschäftigt, zu sticheln und zu hetzen, zu verleumden und gemein zu sein. Haß wurde Veronikas Lebensaufgabe, sie hatte sonst auch nicht viel zu tun. Das Fehlen einer Berufstätigkeit in der zweiten Lebenshälfte wirkte sich hier verheerend aus. Sie hatte viel Zeit, um nachzudenken, Fachliteratur zu wälzen. Veronika Willig war eine Frau, die wußte, was sie wollte: Sie wollte ihren Mann unter der Erde sehen – und damit meinte sie nicht die Besichtigung eines Bergwerks.

Erst begnügte sie sich mit dem Üblichen: Sie warf mit Gegenständen nach ihm, schüttete ihm beim Mittagessen heiße Erbsen und Möhren auf die Hose, reizte den damals noch lebenden Collie durch Schläge und hetzte das vor Schmerz rasende Tier auf das Herrchen. Seit vier Jahren kämpfte Eichels Chef um das nackte Überleben. Da Veronika ihn nicht nur loswerden, sondern danach auch noch in Freiheit weiterleben wollte, blieben ihr glücklicherweise ganz offensichtliche Mordanschläge versagt. Sie mußte heimtückisch vorgehen. Da aber jeder Polizist sieben Leben besitzt, war ihr Ehrenfried diverse Male, wie er es nannte, »von der Schippe gesprungen«. Darunter einmal fast wörtlich, denn Veronika hatte nicht gezögert, die Grube im heimischen Garten für ihre Zwecke auszunutzen. Die Grube war entstanden, als neue Öltanks eingegraben werden sollten. Grundwasser war in die Grube gesickert, Willig war hinuntergestiegen, um mit dem Zollstock zu messen, und als er in die Höhe blickte, kam ihm eine Schubkarre Mutterboden entgegen. Er war ins Wasser gefallen, Veronika hatte oben geschaufelt, was ihre Armmuskeln hergaben. Am Ende hatte es Willig so gerade eben noch geschafft, aus der Grube zu krabbeln. Vor drei Jahren war dann die Brauerei stillgelegt worden. Willig hatte mit Eichel die bauliche Situation ausgekundschaftet. Dann hatte er sich im ehemaligen Eiskeller eine Zuflucht ausgebaut.

Der alte Mann im Bett seufzte, Eichel tauchte aus der Vergangenheit auf.

»Reden Sie endlich«, forderte ihn Willig mit schwacher Stimme auf. »Die Überfälle auf die Spielhallen. Sind Sie weitergekommen damit?«

»Chef, Sie müssen zu einem Arzt. Sie sehen gar nicht gut aus.«

»Die Spielhallen.«

»Ach ja, die Spielhallen.« Eichel nahm sich eine Flasche Bier aus dem Kasten. Die Temperatur stimmte immer. Draußen glitt der IC Ernst Barlach nach München über Hannover und Würzburg vorüber.

»Acht Minuten Verspätung«, flüsterte der alte Mann. »Das holt er bis Celle wieder auf, wirst es sehen, Alexander.«

Eichel köpfte die Flasche und stürzte einen schön bitteren Schluck Pils Richtung Bauchspeicheldrüse.

»Wir haben Grund zur Annahme . . .« Eichel gönnte sich ein genußvolles Rülpsen. Er wußte, daß der alte Mann dafür Verständnis hatte. ». . . Grund zur Annahme, daß die beiden Täter ihr Äußeres verändern.«

»Nichts Konkretes bisher? Personenbeschreibungen? Fingerabdrücke? Benutzte Autos?«

»Eine Handvoll Fingerabdrücke haben wir. Nichts in der Kartei.«

Der alte Mann winkte ihn heran, Eichel kam dicht an den Mund des Polizeidirektors: »Und die inoffizielle Kartei?«

»Nichts.«

»Ich möchte wirklich mal wissen, wofür wir solchen Scheiß eingerichtet haben, wenn es nachher nichts hilft.«

»Warten Sie mal ab, bis einer vom ‚Spiegel' die Kartei spitzkriegt. Dann wissen Sie, wofür die Karte gut war: zur Steigerung der Auflage.«

Der alte Mann stieß auf. Betörender Geruch nach Säuerlichem erfüllte den Raum.

»Wahrscheinlich benutzen die Täter einen VW Scirocco. Könnte sein, daß er dunkelblau ist. Könnte aber auch nicht sein.«

»Adam und Eva, wie?«

Eichel nickte trübe.

»War ein Fehler damals, daß wir den Polizeidienst für solche ambulanten Misttröge geöffnet haben.«

»Sie urteilen hart.«

»Aber gerecht.«

»Nun ja. Also ich habe gecheckt, wer denn alles in der letzten Zeit mit solchen Überfällen auf sich aufmerksam gemacht hat.«

»Bundesweit hoffentlich.«

»Logisch. Also bei uns Fehlanzeige, nähere Umgebung ebenso. Aber in München, da hat es Ende der siebziger Jahre mal den Strauß gegeben.«

»Wollen Sie mich veruzen?«

»Aber wenn er nun mal so heißt.«

»Vorname?«

»Natürlich.«

»Welchen denn, um Gottes willen.«

»Ach so. Rainer Maria. Laut Auskunft der Münchner Kollegen war Strauß Ende der siebziger Jahre einer der Raffiniertesten auf dem Gebiet von Spielhallenüberfällen. War wirklich eine Spitzenkraft, das muß ihm der Neid lassen. Dann muß aber was passiert sein. Ein Ur-Erlebnis . . .«

»Seine Frau hat eine Quittung zwischen seinen Unterhosen gefunden«, warf der alte Mann ein und kratzte sich.

»Keiner weiß es. Jedenfalls fing Strauß von einem Tag auf den andern an und spielte ehrlich. Also Groschen für Groschen, ohne Ballermann. Daran ist er gescheitert. Heute gilt er in München als Original und wird nur noch ‚Groschen-Maria' genannt. Erwischt haben sie ihn seinerzeit nie, und sie konnten ihm auch nie was beweisen.«

»Waren Adam und Eva früher mal in München?«

»Nicht, daß ich wüßte. Laut Auskunft der Münchner Kollegen ist Strauß seit einem halben Jahr in verschiedenen Städten im Westen und im Norden unterwegs und gibt Kurse für Nachwuchsganoven.«

»Das ist doch nicht Ihr Ernst.«

»Der Dienstleistungssektor expandiert. Crêpes-Stand, Schuhputzer, Fortbildung, mobile Gesellschaft. Liest man doch überall.«

»Aber Kurse im Automatenspielen!«

»Nicht im Automatenspielen, im Automatenknacken.«

»Der spinnt doch, der Strauß.«

»Er läßt sich sein Honorar in Groschen bezahlen«, sagte Eichel, einem Güterzug nachblickend. »Pro Stunde zwei Rollen.«

»Sind Sie so nett, Alexander, und reichen mir den Spiegel?«

»Aber auf eigene Verantwortung.«

»Junge, ich war an der Ostfront.«

Was er dann im Spiegel sah, war aber doch kein Pappenstiel.

»Wir haben einen Vertrauensmann«, sagte Eichel. »Er berichtet, die Groschen-Maria habe vor Wochen in einer Kneipe herumgetönt, daß er zwei junge Männer getroffen habe, die zu den schönsten Hoffnungen berechtigen.«

»Na, das ist ja sehr erfreulich.«

»Wir bleiben dran, ein Kollege wird mit dem Vertrauensmann sprechen. Das Problem ist, wir stehen mit dem gerade in Tarifverhandlungen wegen seiner monatlichen Pauschale. Er pokert hoch.«

Der alte Mann bewegte sich schwach und flüsterte: »Hören Sie, Alexander, was ich Ihnen . . .«

Eichels Europiep piepte. Eichel stand auf, suchte nach Worten, Willig winkte ab:

»Sie müssen sich nicht entschuldigen. Die Pflicht ruft. Antworten Sie.«

»Herein, wenn's keiner vom Gesundheitsamt ist.«

»Kundschaft, Rita«, rief die Kollegin in den Raum. Dann lächelte sie Wilhelm an: »Mach's gut.«

Die Frau im Raum rollte soeben die Leinwand zusammen. Vor dem zugezogenen Fenster stand ein Filmprojektor. Die Hure trug knapp sitzende Hosen, und es dauerte eine Weile, bis Wilhelm bemerkte, daß es sich um eine Turnhose handelte. Die Oberschenkel waren nicht von schlechten Eltern, die Waden stramm, die Füße steckten in Turnschuhen. Rita war keine Schönheit, doch man konnte sich auf sie verlassen. Wer sich an ihrem etwas rauhbautzigen Humor nicht störte, kam befriedigt aus ihrem Zimmer, das kaum Plüsch, dafür eine Unmenge von Plakaten an den Wänden bot. Alle Plakate zeigten Fußballmannschaften oder rasante Spielszenen. Überdurchschnittlich häufig waren Spieler des 1. FC Köln in Aktion, und da wiederum war keiner annähernd so oft zu sehen wie der einstige Mittelfeldstar Overath. Wilhelm sah sich mehrere Fotos von Freistoßmauern an. Die meisten Spieler preßten die Hände vor dem Geschlechtsteil zusammen.

»Anlauf und volle Kanne draufhalten«, sagte Rita mit der Robustheit, die manch sensiblem Kunden zu schaffen machte. »Was darf's denn sein?« Rita taxierte Wilhelm, wie der Auktionator Färsen und Eber mustert.

»Nur ein bißchen reden«, antwortete Wilhelm schnell.

»Nur reden, soso«, knurrte Rita und rieb ihre Hände, die sie ja nun nach Lage der Dinge untätig in ihrem eigenen Schoß liegenlassen konnte.

»Es geht auch ganz schnell«, sagte Wilhelm beflissen.

»Na, na, in deinem Alter. Oder wollen wir uns siezen?«

»Nein, nein. Duzen ist schon ganz in Ordnung.«

»Das machen Sportsfreunde ganz genauso«, sagte Rita und bot Wilhelm eine Dose an. Mißtrauisch beäugte er die Aufschrift:

»Alles easy. Ist ein Ionengetränk. Macht Tote lebendig.«

Das Zeug schmeckte nach Brause, aber das behielt Wilhelm für sich. Er wußte nicht, wo er sich hinsetzen sollte, traute sich nicht aufs Bett, nicht auf die Bettkante. Er fühlte sich auch gehandicapt durch die Knoblauchpillen. Schon den ganzen Tag forschte er nach Zeichen des Ekels, wenigstens des diskreten Schritts nach hinten bei seinen Gesprächspartnern. Rita setzte sich aufs Bett, Wilhelm wählte einen Korbstuhl, der vor einem niedrigen Tisch mit rundem Spiegel und einer Batterie Kosmetikartikel stand.

»Schieß los«, forderte ihn Rita auf, mit einer Hand die Oberschenkelmuskulatur lockernd.

»Schöne Grüße von Overath.«

»Komm, komm«, sagte Rita nach einem Augenblick der Verblüffung. »Der ist seit Jahren nicht mehr aktiv – leider«, setzte sie mit trauriger Stimme hinzu.

»Du weißt genau, welchen Overath ich meine.«

»Ja, ja«, maulte Rita unlustig.

Wilhelm rückte auf die Vorderkante des Stuhls: »Was mich am meisten interessiert: Seit wann ist er auf Ibiza?«

»Du hast vielleicht Sorgen«, sagte Rita und trank die Dose aus. »Übermorgen sind's drei Wochen.«

»Weißt du das zuverlässig?«

»Leider ja. Er hat mir zwei Ansichtskarten geschickt, der miese Typ.«

»Ansichtskarten kann man vorher schreiben und sie dann jemandem mit nach Ibiza geben.«

»Overath aber nicht. Dann müßte er ja die Tussi kalt werden lassen. Nee, nee. Overath läßt nichts anbrennen.«

»Hast du die Ansichtskarten hier?«

»Hier? Hier arbeite ich doch nur. Ich wohne doch nicht hier.«

»Gehörst zur Mannschaft von Berti, wie?«

Rita knurrte ohne Begeisterung.

‚Schade', dachte Wilhelm. ‚Kein Overath. Sackgasse. So ist das Leben.' Er stand auf: »Das war's dann schon.«

Auch Rita erhob sich, trat dicht vor Wilhelm. »Polizei?«

»Ich arbeite selbständig.«

»Detektiv?«

»So kann man es mit Fug und Recht nennen«, antwortete Wilhelm geschmeichelt. »Noch mal heißen Dank.«

»Dafür doch nicht.«

Wilhelm stand schon an der Tür, als Rita sagte: »Hast du nicht doch Lust? Wenigstens ein bißchen?«

Wilhelm schluckte: »O nein, wirklich nicht. Nett von dir.« Nun hätte er gehen können. Aber er kam nicht vom Fleck, sah vielmehr zu, wie Rita die Leinwand ausfuhr und die Vorhänge, die sich verschoben hatten, wieder vollständig schloß.

»Laß dich überraschen«, forderte sie ihn auf. »Du wirst es genießen. Ich bin erstklassig sortiert auf diesem Gebiet. Da reicht keine andere an mich heran.«

»Das glaube ich dir gerne. Aber ich möchte jetzt doch lieber . . .«

»Ich war nett zu dir. Sei du jetzt nett zu mir.« Rita blickte Wilhelm an.

Er wußte gar nicht mehr, warum er sich bisher gesträubt hatte. Wilhelm linste auf Ritas Busen, der hinter dem weißroten Trikothemd jede ihrer Bewegungen mit angenehm anzuschauendem Schwingen begleitete. Schon hatte Wilhelm seinen Hosenbund aufgeknöpft, als Rita zu ihm kam, ihm einen tiefen Blick schenkte und ihm etwas in die Hände drückte:

»Zieh das an. Dann wird es noch mal so schön«, girrte sie.

»Noch mal«, sagte Wilhelm beklommen. »Das wäre ja doppelt so schön.«

Verdutzt blickte er auf die Fußballstutzen und verfolgte Rita, die sich nun, anstatt ihre textile Situation zu minimieren, ebenfalls ein paar Stutzen über die Waden zog. Wilhelm kam sich etwas dämlich vor, als er die Hosenbeine hochkrempelte und die Stutzen überstreifte.

»Und jetzt?« fragte er hilflos. So hatte er sich das Ganze nicht vorgestellt. Erschauernd spürte er Ritas Hände auf seinen Schultern:

»Setz dich schon aufs Bett. Ich mach's uns jetzt schön.« Sie drückte ihn aufs Bett und ging zum Filmprojektor. Sie stellte sich hinter das Gerät und warf Wilhelm einen Blick zu, der ihm durch und durch ging. Er fand die Idee mit einem Film vorneweg zwar überflüssig, aber er wollte nicht rummeckern. Hier hatte Rita Heimrecht.

»Gleich geht's los«, sagte Rita mit einer Stimme, die Wilhelm erwartungsvoll frösteln ließ. Während sie am Projektor herummachte, drückte Wilhelm im Schutz der Hosentasche eine Knoblauchpille aus der Plastikfolie und warf sie ein.

Rita strahlte ihn an, Wilhelm schluckte. Sie drückte einen Knopf und hechtete zu ihm aufs Bett. Auf der Leinwand flimmerte es, und als sich Rita aufseufzend gegen Wilhelms Schulter sinken ließ, erschienen auf der Leinwand die Zahlen 4, 3, 2 und zum Schluß 1. Dann kam das Bild: ein nacktes Bein, das Bein eines Mannes, ein athletisches Bein. Rita gurrte vor Begeisterung, schmiegte sich an Wilhelm. Während der einen Schluck Ionenbrause nahm, zog die Kamera zurück, und Wolfgang Overath zirkelte einen Freistoß über die britische Mauer, daß die 100 000 im Londoner Wembley-Stadion den Atem anhielten.

»Geil«, schnurrte Rita und zauberte aus dem Nichts ein Glas mit Salzstangen herbei. Als Wilhelm die erste Salzstange verdrückt hatte, überbrückte Günter Netzer mit einem 50-Meter-Paß das Mittelfeld.

»1972«, flüsterte sie. »Sie waren hinterher nie mehr besser. 1972 waren sie auf dem Gipfel.«

»Auf dem Gipfel«, sagte Wilhelm.

»Das darf ja wohl nicht wahr sein.«

»Hallo, Chef«, drückte Manger an den Verbänden vorbei in Richtung Eichel.

»Wie sehen Sie denn aus?« donnerte Eichel.

»Er kam über mich wie ein wildes Tier«, stieß Manger dramatisch hervor.

»Quatsch«, knurrte Eichel, »wie ein wildes Meerschweinchen, aber maximal. Junge, der Mann ist 58, 1 Meter 69 groß, hinkt so eklatant, daß dir vom bloßen Zusehen schwindlig wird. Und er ist vor Aufregung völlig groggy gegangen.«

Manger bewegte sich im Krankenbett, stöhnte dabei herzerweichend. »Ich bin krank geschrieben«, stieß er hervor.

»Sagen Sie bloß«, sagte Eichel. »Warum denn das?«

Der Assistent setzte seinen Waldiblick ein; Eichel war drauf und dran, ihm über die Wange zu streicheln. Nur die Anwesenheit von Alexandra, die am Bett saß und fortgesetzt über Mangers Handrücken schubberte, hielt ihn davon ab. Eichel trat ans Fenster. ‚Ich will hier raus. Ich hasse Krankenhäuser. Ich möchte nur in Krankenhäuser, wenn ich Vater werde. Und das werde ich ja nun nicht mehr. Wilhelm, fang dir bloß nicht auf deine alten Tage ein Zipperlein ein. Ich bitte mir einen sauberen Polizeibeamtenabgang aus. Kurz und schmerzhaft. Vor allem kurz.'

»Vati, Johannes leidet so schrecklich«, sagte Alexandra mit belegter Stimme.

»Der leidet an seiner Unfähigkeit. Dagegen gibt es kein Mittel.« Eichel kam wieder ans Bett. »Haben Sie schon mal über eine Kopftransplantation nachgedacht?« fragte er Manger.

»Du bist gemein«, sagte Alexandra.

»Ist doch wahr«, knurrte Eichel. »Die fallen alle um wie die Fliegen. Zu meiner Zeit hatte man einfach mehr Mumm. Was hatte ich denn an Wehwehchen in meinem langen Leben? Na? Mandeln raus, Blinddarm raus, Nebenhoden entzündet ... Das allerdings tat bestialisch weh, bei allem, was man tut oder läßt ...«

Eichel hing an Mangers Gesicht. Und erst als der Assistent noch käsiger wurde als er sowieso schon aussah, sprach Eichel weiter:

»Dann dieser merkwürdige Scharlach oder was das war, ein Weisheitszahn und finito basta Ende. Das nenne ich Gesundheit. Aber doch nicht so was da ...«

Er wies auf den Mann im Bett. »Warum haben Sie diesen Pförtner eigentlich nicht bemerkt?«

»Er hat sich angeschlichen. Wie ein Panther«, hauchte Manger.

»Der hat einen Lärm gemacht, das haben Angestellte im dritten Stock gehört. Nur Sie haben natürlich nichts gehört. Was wollten Sie eigentlich auf diesem Parkplatz?«

»Der Scirocco.«

»Welcher Scirocco?«

»Der von den Spielhallentätern.«

Eichel war fassungslos: »Haben Sie diese alberne Pfalzstadttheorie damals etwa ernst gemeint?«

»Aber ... aber ... Sie haben mir doch nicht widersprochen, und da habe ich ...«

Eichel stürmte mit Riesenschritten durch den Nieselregen Richtung Mazda.

»Vati, warte doch«, rief Alexandra.

Ein Krankenwagen schleuderte in die Einfahrt, der Fahrer kurbelte wie wild und stoppte den Wagen 30 Zentimeter vor der Glasfassade. Zwei Pfleger schoben eine Bahre heraus, der eine patschte in eine Pfütze, rutschte weg, hielt sich instinktiv an der Bahre fest – und im nächsten Moment rollte die Bahre an Eichels vorbei Richtung Hauptstraße. »Hilfe! Hilfe!« rief der darauf liegende Pfleger kläglich. Anstatt abzuspringen, krallte er sich in die dünne Matratze.

Der zweite Pfleger, die Besatzung des Krankenwagens und der Patient blickten der Bahre hinterher. Der Patient war voll verkabelt und mußte, gegen den Fahrer gelehnt, vor dem Umfallen bewahrt werden.

Auf der Hauptstraße quietschte es entsetzlich. Dann herrschte eine kleine Ewigkeit völlige Stille. Dann klirrte Glas, knisterte zerbeulendes Blech, und über allem lag das klägliche »Hilfe, Hilfe« des Pflegers, das aber immer schwächer wurde und nach einem »Hil« vollends verstarb. Pfleger zwei, Fahrer und Beifahrer sprinteten los. Der verkabelte Patient fand sich plötzlich alleingelassen. Er schwankte wie ein Blatt im Wind und rief: »Hilfe! Hilfe!«

Alexandra schaltete sofort. Sie rannte zu dem wackelnden Mann; Eichel folgte langsamer. In letzter Sekunde bekam sie den Mann zu fassen. Er riß sie beinahe zu Boden. Weitere weißbekittelte Menschen stürmten ins Freie, wurden Zeuge, wie sich auf der Hauptstraße der folgenreichste Auffahrunfall der achtziger Jahre nach hinten fortsetzte, weiter und immer weiter. Die Weißbekittelten blickten sich an, die ersten rannten los. Kommissar Eichel trat zur Seite. Alexandra übergab den verkabelten Patienten an einen Pfleger.

»Mensch Vati, das war ein Ding«, keuchte sie, als sie zum Mazda gingen. »Gonzo hat sein Tomtom kaputtgeschlagen. Wir brauchen ein neues. Du könntest mir nicht zufällig einen Fünfziger pumpen?«

»Ihr braucht was?«

»Ein Tomtom.«

»Ich könnte meine Dienst-Peng-Peng versetzen.«

Während Alexandra ihm erklärte, daß ein Teil des Schlagzeugs Tomtom heißt, rangierte Eichel den Wagen an der Bahre vorbei, die gerade von der Straße gezogen wurde. Der Pfleger lag nun nicht mehr auf der Bahre. Er klammerte sich mit Händen und Füßen von unten an die Bahre und reagierte auf jede beruhigende Ansprache mit irrem Lachen.

»Dieter, Sie sind einfach süß.«

»So, ich bin also süß.«

Heute überstand er die Lobeshymnen der weiblichen Kundschaft, die ihm sonst wie Honig runterrannen, nur mit äußerstem Widerwillen. Zum Beispiel die Frau des größten Käsehändlers, der dieses ungeheuer stinkende Molkereierzeugnis aus Frankreich importierte, das nach dem Erscheinen eines Artikels in einer großen Illustrierten zum absoluten Renner geworden war.

Die Leute stürmten den Laden, der Käsehändler führte eine Warteliste. In dem Maße, wie sie wuchs, nahm das Selbstbewußtsein seiner Lebensgefährtin zu. Diese Frau, von einer Maurersgattin über das Imagetief einer Witwe zur Angetrauten eines Selbständigen aufgestiegen, hatte jahrelang unter den Milchprodukten gelitten, mit denen ihr Mann sein Geld verdiente. Sie achtete die Scheine nicht gering. Aber sie waren nur die Folge von Käse, das machte sie unfroh.

»Du kannst eine Million im Jahr verdienen. Du bist und bleibst ein Käsehändler.«

Der Käsehändler, von der Anklage getroffen wie ein Bürger von einem in putativer Notwehr handelnden Polizeibeamten, trug seitdem das Etikett »Käsehändler« mit einer grimmen Lust. Er erlitt eine Kolik, noch eine Kolik, eine dritte Kolik – es stand nicht gut um den Käsehändler, da gleichzeitig auch noch bei seinem Sohn eine verschleppte Legasthenie (»mein Vati käselt mit Hande«) und bei der Tochter eine völlige Farbenblindheit (»Käse ist grün«) festgestellt wurden, die ihr den Spitznamen »Bienchen« eintrug und zu einer Einladung in die Augenklinik der Landeshauptstadt führte, da Farbenblindheit bei Mädchen eine große Seltenheit darstellt.

In dieser trostlosen Lage erschien besagter Käseartikel in der Illustrierten. Von einem Tag auf den anderen besaß Käse ein Image, und der am ekelhaftesten aussehende und am scheußlichsten stinkende war der Käse überhaupt. In einer stürmischen Liebesnacht mit zwei Flaschen Nahe-Spätlese versöhnten sich Käsehändler und Frau.

»Dieter, haben Sie was? Sie sind so schweigsam heute.«

Schüchtern hing die Frage der Frau des Käsehändlers zwischen Frisierstuhl und Waschbecken. Dieter fing ihren Blick im Spiegel ein. ‚Wenn ich dich jetzt erwürge, bist du auch schweigsam. Nur den Gestank nach Käse, den kriegt man auch mit Erwürgen nicht weg.'

»Schlechte Tagesform, gnädige Frau«, säuselte Dieter, »es gibt so'ne Tage und solche Tage.«

»Aber das weiß ich doch«, kicherte sie. Immer wieder glitt Dieters Blick zu Holger und Manni, den beiden Friseuren. ‚Ihr habt was, ihr beiden. Ihr seid nicht koscher. Das spüre ich in jeder Haarspitze. Dieser verdächtige Drang, nach

Feierabend ein Stündchen dranzuhängen. Von wegen Modezeitschriften durchblättern. Dazu müßte man ja lesen können.‘

»Wie bitte, gnädige Frau? Ich glaube, ich habe eben nicht . . .«

Mühsam konzentrierte er sich auf einen schmalbrüstigen Small talk. Er türmte der Frau auf den Kopf, was sie haben wollte. Er fand es nicht direkt unpassend, aber er hätte sich gerne etwas stärker auf das Haar konzentriert. Dieter war nämlich mit Leib und Seele Friseur. Er hatte sich schon als Kind leidenschaftlich gerne gekämmt.

Es wurde 18 Uhr, 18.30 Uhr. Die letzten Kunden verließen, ängstliche Blicke Richtung Regenwolken werfend, den Laden. Die Angestellten packten zusammen. Mit Widerwillen stellte Dieter fest, daß Manni und Holger sich in der Café-Ecke häuslich eingerichtet hatten.

»Denkt dran: Ehrlich währt am längsten«, lautete sein guter Ratschlag an die beiden, die gerade die braunen Perücken abnahmen und sie auf gläserne Köpfe hängten. Darunter war der eine blond, der andere schwarzhaarig.

»Nur Steuern hinterziehen kann er noch besser als dumme Sprüche klopfen«, knurrte Holger, der Schwarze. Neidisch sahen sie zu, wie Dieter seinen 75 000-Mark-Schlitten bestieg und mit einem Kavalierstart davonbrauste. Er rammte beinahe den quittegelben Scirocco. Ohne die Anwesenheit des Chefs wirkten Holger und Manni wie befreit, bedienten sich, nebeneinander sitzend, an Tiegeln und Tuben und Töpfen.

»Wie halten wir's denn heute?« rief Manni. »Blond, Braun? Rot? Kariert? Ogottogott.«

Er sackte im Stuhl zusammen, starrte in den Spiegel, um dann endgültig vornüberzukippen.

»Fehlt dir was?« fragte Holger nebenher. »Spiel hier nicht den Kasper. Heh, Kumpel! Was ist denn?«

Manni blickte scheu zur Seite und sagte mit zittriger Stimme:

»Ich komm' nicht mehr klar damit.«

»Womit?«

»Mal bin ich der, mal bin ich der. Ich schau da nicht mehr durch. Wer bin ich eigentlich? Bin ich ich oder bin ich jemand ganz anderer?«

Holger lächelte: »Guck in den Spiegel! Da findest du die Antwort auf deine Fragen!«

Manni schlug die Hände vors Gesicht. In diesem Moment begriff Holger, daß sein Freund eine Krise durchmachte.

»Das ist nur ein Teil von mir«, sagte Manni schluchzend. »Einerseits, andererseits, pro und kontra, ja und aber, weiß und schwarz. Und ständig dieses Färben.«

»Ich weiß gar nicht, was du hast«, sagte Holger. »Das Färben dient doch einem guten Zweck.«

»Eben«, sagte Manni verzweifelt. »Es geht immer hin und her. Und wo bleibt in diesem Spiel meine Identität? Ich hätte so gern eine, das weißt du doch.«

»Zum Geburtstag eine Rolex, Weihnachten die Taucherausrüstung, vor zwei Wochen der Wagen und jetzt eine Identität. Du bist auch nie zufrieden.«

Holger ging ein Licht auf. Er stürzte zu Manni und riß dessen Kopf rücksichtslos zu sich herum:

»Gib's zu! Du hast wieder heimlich in einem Buch gelesen.«

»Und wenn es so wäre?« sagte Manni mit schwacher Gegenwehr.

»Diese verdammte Halbbildung«, knurrte Holger. »Entweder du machst deinen Doktor oder du machst keine Fisematenten. Alles, was dazwischen ist, das ist von Übel. Das setzt dir nur Flöhe ins Ohr.«

Manni starrte in den Spiegel:

»Wer ist das, der mir da entgegenblickt? Heißt er Manni? Heißt er Innam?«

»Wer ist Innam?« fragte Holger verblüfft.

»Das ist Manni, rückwärts gelesen. In Spiegelschrift.«

Holger raufte sich die Haare.

»Spieglein, Spieglein an der Wand, wer ist der Manni, Manni Handt?«

Holger machte auf dem Absatz kehrt, eilte zu Manni, drehte ihn auf dem Stuhl zu sich herum, weg vom Spiegel, und herrschte ihn an:

»Sofort hörst du auf, in diesen Spiegel zu glotzen. Du bist dem Ding ja gar nicht gewachsen.«

»Ich frage nach den Ausgangsbedingungen meines Tuns«, sagte Manni ernst. »Ich frage vor dem Hintergrund meiner kleinbürgerlichen Sozialisation. Wie hat mich das dreigliedrige Schulsystem geprägt? Hätte ich von der Ganztagsschule profitiert? War Nivellierung möglich? Ja, Holger, Menschenskind, diese Fragen warten doch darauf, daß sie endlich mal einer stellt!«

»Ich warte nicht darauf«, knurrte Holger.

»Und dann der Hof hinterm Haus«, fuhr Manni fort. »Meine Güte, was haben wir damals da gespielt.«

»Doktorspiele auch?«

»Ja, Doktorspiele auch. Aber da schon ständig diese Angst im Nacken, daß dich einer entdeckt; der Religionsunterricht beim alten Franse, und was hat er aus dem Hals immer nach Kümmelschnaps gerochen. Das Kofferradio zur Konfirmation, mein Gott. Der UKW-Knopf ging ja gleich kaputt, habe ich eben zwei Groschen zwischen UKW- und Mittelwelleknopf geklemmt, dann ging das. Aber Radio ist so wenig schöpferisch. Was mag dadurch an kreativer Potenz bei mir verschüttet worden sein? Und dann dieser Intelligenztest nach der Handelsschule. Mein Gott, Holger, ich habe Monate gebraucht, um mich von dem Ergebnis zu erholen. Dabei wußte ich ja genau, daß sich die Aufgaben an den Symbolen der Mittelschicht orientieren.«

»Ach, das geht? Du kannst als Manni ein bißchen dämlich sein, und mit der gleichen Dösigkeit bist du als Beamtensohn ein helles Bürschchen?«

Manni war glücklich über diesen Ausbruch von ernsthaftem Interesse bei seinem besten Freund.

»Du hast es wie üblich etwas zugespitzt«, sagte er, »aber im Prinzip hast du recht. Und dann kam Doris, da ...«

»... Bitte nicht! Das hatten wir schon hundertmal.« Manni schluckte, sah den Freund bittend an.

»Also gut«, knurrte Holger. »Schätze, heute spielt sich nichts mehr ab.«

Mannis Augen wurden feucht. »Danke, Holger, danke. Du bist ein wahrer Freund.«

»Ich bin freiheitsliebend, das ist alles. Heute abend stand eine Spielhalle auf dem Programm. Aber das Riskanteste, was ich heute abend mit dir gemeinsam unternehmen würde, wäre, eine Flasche Bier zu öffnen.«

Erleichtert schleuderte Manni seine Perücke von sich.

Hätte Holger gewußt, was ihm dadurch erspart blieb, er hätte Manni dankbar die Hand geschüttelt. Just an diesem Abend nämlich gab es in der gesamten Stadt keinen einzigen Spielautomaten, der nicht unter der diskreten Beschattung durch einen Polizeibeamten in Zivil gestanden hätte. Kommissar Eichels Entschluß zur Aktion fiel zügig: Adam und Eva hatten dienstfrei, Assistent Manger lag ein Krankenhausbett durch – ideale Bedingungen für eine Großaktion mit Aussicht auf Erfolg. Den Ausschlag jedoch hatte dieses Telefonat gegeben:

»Eichel, was gibt's denn?«

»Alexander, sie kommen!«

In der nächsten Sekunde stand Eichel senkrecht. »Ulrike, nein!«

»Doch Alexander, doch.«

»Warum hast du das nicht verhindert?«

»Er ist auf dem Weg nach Stockholm. Da findet ein Kongreß statt. Sie machen Zwischenstation.«

Also Razzia in allen Spielhallen und ein wachsames Auge auf alle einsam in Gaststätten hängenden Spielautomaten. An diesem Abend wurde eine unglaubliche Zahl von Groschen auf Kosten des Steuerzahlers in die Schlitze gesteckt. Aber der Steuerzahler wußte ja von nichts. Das machte es leichter. Außerdem kam auch einiges zurück. So landete POM (Polizeiobermeister) Wagenknecht gleich zweimal die Goldene 7. Leider vergaß er eine Woche später, die 85 Mark Gewinn bei der Betriebskostenaufstellung anzugeben. Sonst wäre der Eindruck eines charakterlich tadellosen jungen Mannes perfekt gewesen. Dennoch war es nun nicht so, daß die Razzia ohne jedes Ergebnis geblieben wäre. So machte der vor lauter Diskretion starre Blick eines Polizeibeamten das sich heimlich in einer Weinstube zu einem Turteltreff an den Händen fassende Liebespaar Henrike B. und Karl-Dieter U. dermaßen nervös, daß sie überstürzt aufbrechen wollten und daraufhin von dem Polizeibeamten zur Feststellung der Personalien auf die Wache 51 mitgenommen wurden. Dort kam es zu schmunzelnden Gesichtern bei den Polizisten, als sich herausstellte, daß die beiden verheiratet waren, jedoch nicht miteinander. Henrike B. wies einen kolossalen taufrischen Knutschfleck oberhalb des Schlüsselbeins auf, obwohl ihr Gatte auf Montage im hessischen Hanau weilte.

In der Spielhalle »Glücks-Stern« sprühte Pächter Wondratschek einem Kunden Reizgas ins Gesicht und gab zur Begründung an: »Der war neu hier. Ich habe auch gar nichts gegen Fremde, aber der war neu hier.«

Freilich war der danach stundenlang weinende Mann neu dort. Wachtmeister Herold suchte in seiner Freizeit nie Spielhallen auf. Zwischen Herolds Kollegen Bacchus und einem angetrunkenen Billardspieler kam es – ebenfalls im »Glücks-Stern« – zu einem mit Hilfe der Billardstöcke ausgetragenen Gefecht, das sich an einer angeblichen Mogelei von Bacchus entzündet hatte. Inoffiziell äußerte sich Bacchus dazu später folgendermaßen:

»Na klar habe ich die Bälle ein bißchen günstiger hingelegt. Aber das hat der Kerl gar nicht sehen können.«

Polizeischüler Moritz Daniel schließlich, der wegen seiner Jugend in eine Eisdiele abkommandiert worden war, verdarb sich an einer Portion Stracciatella dermaßen den Magen, daß ihn Kollegen von der Toilette führen mußten. In der Zwischenzeit räumten unbekannte Täter die Kasse der Eisdiele aus.

Fast ein Todesopfer forderte der Polizeieinsatz auf der Bahnhofsgaststätte. Als Kommissar Zwick nach drei Stunden strammer Bewachung der beiden Automaten zum Zwecke des Urinierens die öffentliche Toilette aufsuchte, traf er dort auf den 17jährigen Oberschüler Jan R., der sich in verdächtiger Weise an den Automaten mit Präservativen zu schaffen machte. Zwick, dessen Phantasie bezüglich von Automaten eine gewisse Eingleisigkeit nicht verleugnen konnte, stellte den R. zur Rede, woraufhin der flüchtete. Zwick verfolgte ihn. Es ging zweimal über die Gleise 1 bis 4 und zurück, dann auf die Westseite des Bahnhofs hinüber. Dort verlor Jan R. auch das zweite Päckchen Präservative und wäre um ein Haar unter einen Güterzug geraten. Der Jugendliche mußte mit starkem Schock ins Kreiskrankenhaus eingeliefert werden. Zwicks Kollegen ließen den Teller herumgehen und spendierten dem Jan R. zwei Ersatzpäckchen Präservative und die neueste Ausgabe der Zeitschrift »Praline«. Leider überreichte der unglückselige Zwick dem Jan R. diese Präsente in einem Moment mit dem Satz: »Und nun frisch ans Werk«, in dem Lernschwester Inge H. (16) im Raum anwesend war. Sie ließ daraufhin eine Urinflasche (voll) fallen und beschwerte sich bei der Ausbildungsschwester, die Zwick unverzüglich zur Rede stellte. Als der sich uneinsichtig zeigte, beschwerte sie sich bei Zwicks Vorgesetztem Ehrenfried Willig. Der brachte das Gespräch schnell auf die gemeinsame pommersche Heimat – und unter den bizarr geformten Birken des Streitzig- und des Vilmsees ging der eigentliche Grund der Beschwerde verloren. Zu diesem Zeitpunkt war die »Praline« des Jan R. nur noch eine Loseblattsammlung. Vier Monate später verlobte sich der frischgebackene Abiturient mit der Lernschwester Inge H. Aber das konnte zum damaligen Zeitpunkt natürlich niemand wissen.

Und dann die Polizeischüler Ernst und Günter W.! Wiewohl Mitglieder der passiven Eingreifreserve, wollten sie sich nützlich und übersehene Spielautomaten ausfindig machen. In Verfolgung dieses Plans betraten Ernst und Günter W. das Hotel »Berlin« und fragten den diensthabenden Portier: »Wo haben Sie denn hier die Automaten?«

Später gab der Geschäftsführer des sich als »erstes Haus am Platz« verstehenden Etablissements zu Protokoll: »Sie müssen das verstehen. Das war genau die Frage, die man in unserem Foyer einfach nicht stellen kann. Es waren wenigstens vier Gäste anwesend, darunter mehrere Damen.«

Der Geschäftsführer bestand darauf, Ernst und Günter W. lediglich »abgedrängt« zu haben. Günter W. dagegen:

»Der hatte ganz rote Augen, als er auf uns losstürzte. Und er hat gerufen: »Aus euch mach' ich Sülzkoteletts!«

Während nach 23 Uhr im Polizeipräsidium eine erste Rohauswertung des Großeinsatzes vorgenommen wurde, machte sich Kommissar Eichel auf den Heimweg. Er befand sich in niedergeschlagener Stimmung, die mit jedem Schritt zunahm. Als er vor dem Haus die prächtige Jaguar-Limousine erblickte, steigerte sich Mißgunst zu heftiger Depression. Eichel überlegte, ob er nicht noch ein, zwei Runden um den Block drehen sollte. Es war dann die Liebe zu seiner Frau, die ihn ins Haus zwang. ‚Sie braucht dich.'

Ulrike saß auf der Vorderkante eines Sessels auf dem Sprung.

Wilhelm Bär, Ulrikes Vater, saß im Ohrensessel und schlummerte.

Neben ihm saß Wilhelm Eichel und kitzelte den Altersgenossen mit einem Farnblatt am Kinn, mißtrauisch beäugt von Hermine Bär, der Schwiegermutter Alexanders.

»Tachchen«, sagte Eichel, winkte Wilhelm zu, küßte Ulrike auf die erhitzte Stirn, schlug seinem Schwiegervater auf den Oberschenkel, worauf Bär erwachte. Dann stand Eichel vor Hermine. Sie boxte Eichel auch diesmal nicht in den Bauch, sondern hielt ihm ihre tiptop gepflegte Hand entgegen, an der Eichel lieblos herumschüttelte.

Ulrike lächelte nervös und oberflächlich. Wilhelm Eichel tat sich an einer Flasche Bier gütlich.

»Wie geht's denn so, Alexander?« fragte Wilhelm Bär. Der alte Mann mochte seinen Schwiegersohn eigentlich ganz gern. Wäre seine Frau nicht gewesen, hätte er mit ihm bestimmt schon mal ein Gespräch geführt gehabt, das über Begrüßung und Verabschiedung hinausgegangen wäre. Auch jetzt zischte Hermine ihm sofort zu:

»Keine Vertraulichkeiten, Wilhelm!«

Der alte Mann lächelte Eichel hilflos zu und schlummerte ein. Auf diese Weise überstand er seit vielen Jahren Familientreffen.

»Mutter, du weißt genau, daß Alexander ein ungemein tüchtiger Mann ist«, nahm Ulrike den Gesprächsfaden wieder auf.

»Ich weiß bestenfalls, daß er ein Mann ist.« Hermine senkte den Kopf, schoß über die Brillengläser sengende Blicke ab: »Und ob er wirklich ein Mann ist, nehme ich ja auch nur an. Zu seinen Gunsten. Der Augenschein spricht dafür, als ob . . .«

»Alexander!« Entsetzt preßte Ulrike beide Hände vor den Mund.

»Dann eben nicht«, knurrte Eichel und knöpfte die Hose wieder zu. »Es scheint sie doch zu beschäftigen.«

»Schocking«, hauchte Hermine und preßte ein Taschentuch vor den Mund. »Es ist so peinlich. Es ist alles so peinlich hier.«

Während Eichel die Reste des Abendessens verputzte, brachte sich Hermine mit Einsatz eines Duftwassers auf Vorderfrau und sagte: »Das sagst du mir seit 23 Jahren, mein Kind. Es wird mir ein wenig langweilig. Er ist und bleibt ein Beamter, ein Lebenslänglicher. Nicht wahr, Wilhelm?«

Bär schlief. Eichels Vater bot ihr den Farnwedel zum Wachkitzeln. Sie ignorierte ihn mit einer Kälte sondergleichen. »Und wie er ißt.«

Eichel hörte auf zu kauen, blickte alle der Reihe nach an.

»So sieht das eben aus, wenn man Zähne im Mund hat«, sagte Wilhelm Eichel. »Das kennst du vielleicht nicht mehr so. Ist schon zu lange her.«

»Wilhelm!«

Wilhelm Bär schreckte hoch: »Hermine?«

»Wilhelm, sag was!«

Bär blickte um sich, doch niemand gab ihm einen Tip, was er sagen sollte. »Wie sieht's aus, Alexander?« sagte er deshalb. »Was macht die Kriminalität? Alles im Griff?«

»Wilhelm, du fällst mir in den Rücken«, vibrierte Hermine. »Ich bleibe bei meiner Meinung, daß wir als Eltern ein natürliches Anrecht haben, daß wir Ulrike eine bessere Partie gewünscht hätten und übrigens immer noch wünschen, als diesen ... diesen ...«

Kauend blickte Eichel seine Schwiegermutter an. ‚Den Richter möchte ich sehen, der mir mehr als 50 Mark Geldstrafe aufbrummt, wenn ich diesen Drachen in die ewigen Jagdgründe schicke.'

»Möchtest du?« fragte er dann und hielt seiner Schwiegermutter die Schüssel mit dem pikanten Waldorfsalat entgegen. Sie prallte zurück, knetete ihr Taschentuch.

»Ach Mutti«, sagte Ulrike, stand auf und legte ihr einen Arm um die Schulter. »Warum mußt du uns die schöne Stimmung kaputtmachen?«

»Wo ist denn hier eine schöne, kultivierte Stimmung?« fragte Hermine gallebitter. »Ich kann keine feststellen. Du, Wilhelm? Wo ist sie denn, die Tafel für 24 Personen?« Sie beäugte den Ausziehtisch. »Wo ist es denn, das Meißener Porzellan?«

Eichel hob eine Tasse in die Höhe, klopfte dran: »Spülmaschinenfest«, rief er.

»Und die Musik«, setzte Hermine klagend hinzu. »Wie schön war es damals, wenn ein Streichquartett aufspielte. Es weitete die Herzen und das Gemüt. Was habt ihr denn heute? Diese schrecklichen Musiktruhen.«

»Natürlich fehlen bei uns die Lakaien«, sagte Eichel. »Wir

schleppen unser Essen persönlich auf den Tisch. Es hat auch weniger als 15 Gänge. Wir kochen sogar selbst.«

»Wir verdauen auch aus eigener Kraft«, mischte sich Wilhelm Eichel ein. »Und wenn wir mit dem Verdauen fertig sind, gehen wir mit Hilfe unserer eigenen Beine auf den Abort, und dort . . .«

»Wilhelm«, rief Ulrike schneidend, »nun ist aber genug!«

Hermine wandte sich angeekelt ab und preßte das Taschentuch vor den Mund.

»Wo soll's denn hingehen?« fragte Eichel seinen Schwiegervater. Doch der schlummerte.

»Sie fahren nach Stockholm«, antwortete Ulrike. »Irgendein Kongreß der Juweliere.«

»Der Kongreß schlechthin«, korrigierte Hermine messerscharf.

»Ich hole uns eine schöne Flasche Wein«, sagte Ulrike.

In der Küche stürzte sie einen Aquavit hinunter. Eichel setzte sich zu seiner Schwiegermutter aufs Sofa. Sie saß schon unmittelbar neben der Lehne, konnte deshalb nicht weiter von ihm wegrücken. Eichel lächelte ihr zu. Mißtrauisch forschte sie nach einem Hintersinn in seiner Freundlichkeit. Eichel hielt das Lächeln aufrecht.

»Schau mal, Mutter«, sagte er butterweich. »Du machst es dir unnötig schwer. Du mußt anerkennen, daß deine guten, alten Zeiten in Pommern vorbei sind. Ihr damals auf eurem Gut und wir heute hier, das ist einfach eine andere Zeit.«

»Das sagt du nur, weil du es nicht besser weißt, Alexander Eichel.«

»Das ist einfach realistisch.«

»Ich nenne sowas nicht Realismus. Ich nenne sowas geistige Kapitulation vor den ungerechten Folgen eines Völkerringens . . .«

»Sie meint den Krieg«, warf Wilhelm Eichel ein.

». . . eines Völkerringens, das genausogut auch anders herum hätte ausgehen können. Und was wäre dann gewesen, na? Sag es mir?«

»Dann wäre ich wahrscheinlich dienstältester Knecht auf eurem Gut«, antwortete der Kommissar mutlos.

»Genau«, rief Wilhelm Eichel, die Bierflasche leerend. »Du würdest dich mit Ulrike jeden Abend in der Scheune treffen und das Heu umwenden. Und ihr«, er faßte Hermine ins Auge, »ihr würdet euch wundern, warum Ulrikes Kinder der Sünde nur fünf Finger an jeder Hand haben und nicht sechs wie ihr.«

Hermine schlug ihrem Gatten auf den Oberschenkel: »Wilhelm, wir gehen!« rief sie dem erschreckten Mann zu. »Das müssen wir uns nicht bieten lassen.«

»Aber mir hat niemand was geboten«, murmelte Bär mit deutlichem Bedauern.

»Du mußt jetzt aufstehen«, sagte Wilhelm Eichel zu ihm, »deine Frau ist sauer.«

»Sauer macht lustig«, sagte der Kommissar. Bär stand zögernd auf, bot seiner Frau einen Arm. Sie zog sich daran in die Höhe. In der Tür begegneten sie Ulrike.

»Aber Mutter! Vater! Wir wollten doch noch eine schöne Flasche miteinander trinken.«

Wilhelm Bär, ein Weinkenner vor dem Herrn, holte seine Lesebrille aus dem Kavaliertäschchen und studierte das Etikett der Flasche.

»Wilhelm!« vibrierte Hermine.

Er steckte die Brille wieder ein, stand schüchtern vor seiner Tochter herum, strich ihr verlegen über die Wange, blickte sich noch einmal um und verließ dann mit eingezogenem Kopf den Raum. Hermine war längst draußen. Ulrike eilte hinterher.

Vater und Sohn sahen sich an. Wilhelm Eichel stand auf, lockerte die Beinmuskulatur. »Endlich kommen wir zum gemütlichen Teil des Abends.«

Ulrike kehrte mit müden Schritten ins Zimmer zurück. Wilhelm entkorkte die Flasche, goß ein. Gedankenverloren nippte jeder an seinem Glas. Dann blickte Ulrike auf:

»Ich glaube, Mutter hat nie begriffen, daß die alte Zeit

vorbei ist. Sie lebt immer noch in ihrer Welt. Das Gut, die riesigen Ländereien, die Diener . . .«

Das Telefon klingelte. Wilhelm saß daneben.

»Eichel.«

Danach sagte er lange Zeit nichts mehr. Nur am Schluß noch mal: »Weitermachen. Durchhalten. Und immer, immer wieder geht die Sonne auf.« Dann legte er auf.

»Das war die Polizei. Sie wollten dich sprechen.« Eichel kam mit dem Oberkörper hoch.

»Erste Bilanz eurer Superaktion heute abend: 14 Verletzte, acht Anzeigen wegen Körperverletzung im Amt, Sachschaden in Höhe von 150 000 Mark.«

Ulrike legte klassische Musik auf.

»Eigentlich könnte alles so schön sein«, sagte sie, als Geigenmusik sich am Rautenmuster der Tapeten brach.

»Oh ja«, sagte Wilhelm, »ein sauberer Doppelmord. Und ich komme freiwillig zum nächsten Namenstag.«

»Ich kann mir Hermine nicht als Leiche vorstellen«, sagte Eichel versonnen.

»Na, hör mal!« rief Ulrike.

»Eben nicht, dann hört man eben nichts mehr. Sie wäre auf einmal ganz still. Die Blumen in ihrer Nähe würden wieder die Blätter entrollen, die Hunde würden sich unter den Tischen hervortrauen, die Zugvögel kehren zurück. Selbst die Sonne kommt hinter den Wolken hervor. Es wäre Frieden auf Erden und den Menschen ein Wohlgefallen.«

Ulrike, die zunehmend verbitterter zugehört hatte, stand auf und ging zur Tür:

»Ihr seid Vater und Sohn, ihr beiden, ihr könnt euch die Hand reichen. Das ist ja widerlich.«

Ulrike verließ den Raum. Wilhelm stand auf, ging zum Sofa und hielt seinem Sohn die Hand hin. Eichel schlug ein.

Nach der »Heute«-Sendung gegen halb acht kam das Kribbeln. Es begann in den Fingerspitzen, setzte sich schnell über Unterarm und Oberarm bis zu den Schultern fort. Da war es noch keine 20 Uhr. Norbert Fackelträger stellte die Flasche Rotwein auf den Tisch, setzte Wasser für den Kaffee auf, wusch sich unter den Armen, rollte die Achselhöhlen mit »Mum« aus, putzte die Zähne, legte Zahnstocher bereit, brühte den Kaffee auf und verschloß mit Akribie die Isolierkanne. Das Kribbeln ließ nicht nach, es ging auf halb neun zu. Diesen Zeitpunkt kannte Norbert, und er fürchtete ihn. Es wäre nicht das erste Mal gewesen, daß es ihn packte. Er flog dann an die Maschine – um nach Viertelstunden völliger Frustration den Abmarsch ins Bett anzutreten. Der Zeiger der Uhr tickte sich behende in Richtung 20 Uhr 30. Norbert wurde fahrig. Er spürte das taube Gefühl im Mund, es verlangte ihn nach einer Mentholzigarette. Aber er wollte stark sein. Die Zigaretten lagen im Schuhschrank. Der Schrank war abgeschlossen, der Schlüssel lag im Lichtschacht. Es wäre möglich gewesen, ihn heraufzuholen: unter Zuhilfenahme einer Haushaltsleiter und eines Stuhls. Beides besaß er, aber er wollte bis zum letzten Moment damit warten. 20 Uhr 28, 20 Uhr 29, 20 Uhr 30 – Norbert dachte, es müsse ihn zerreißen. 20 Uhr 31, 20 Uhr 32 und das Kribbeln war immer noch da! Ausgelassen tanzte er durch die Wohnung. Er konnte sich weiter präparieren. Er legte Schallplatten bereit, kontrollierte, ob Verstärker, Plattenspieler und elektrische Schreibmaschine angeschlossen waren. Dann ging er ins winzige Badezimmer, setzte sich auf die Toilette und kniff sich ein mörderisches Ding ab. Danach lüftete er, gurgelte mit Mundwasser und eilte in die Küche, wo er die letzten grünen Paprikaschoten in Streifen schnitt, mit Salz bestreute und auf einem Frühstücksteller drapierte. Den Teller stellte er neben die Schreibmaschine.

Das Kribbeln blieb. Es setzte sich bis zum Hals fort, zweigte von dort nach oben und unten ab, erreichte bald die Brustwarzen, die wild erigierten. Norbert wollte die Flasche entkorken, kam mit dem Öffner nicht klar, mühte sich aggressiv ab und stellte peinlich berührt fest, daß die Flasche einen Schraubverschluß besaß.

Das Telefon klingelte. Norbert erstarrte, eilte zum Apparat, stellte die Glocke leise und haßte das nervende Schnarren. Er trug den Apparat in die Küche und stellte ihn in den Kühlschrank. Das Kribbeln spielte verrückt. Norbert lauschte diesem Aufwallen innerer Kräfte mit einem Gefühl zwischen Enthusiasmus und Ergriffenheit. ‚Es klappt. Heute, Freunde, wird's was geben. Heute, Freunde, schlag ich zu.' Er eilte an den Schreibtisch und schuf notdürftig Ordnung. Zum Schluß raffte er das gesamte Kleinzeug mit dem Unterarm auf die Seite. Er setzte sich an die Maschine, genoß das Kribbeln und stubste den Haufen DIN-A4-Papier zurecht. Spielerisch ließ er seine Finger über den Tasten schweben. Norbert fühlte sich gut. Das Kribbeln, das Kribbeln! O wie es kribbelte. Soeben überschritt das Kribbeln die Kniescheibe Richtung Füße. Es schien Norbert, als ob das linksseitige Kribbeln einige Zentimeter Vorsprung haben würde. Er stellte Weinflasche, Isolierkanne, Glas, Becher und die Schachtel mit dem Bayer-Süßstoff oberhalb der Maschine in einer Reihe auf. Die Zahnstocher hatte er vergessen, komplettierte, stand dann vor dem Schreibtisch und trat aus lauter Vorfreude von einem Bein aufs andere. ‚Das ist der Beginn einer wunderschönen Zeit. Du brauchst ein zweites Konto, und warum hast du eigentlich noch keinen Steuerberater? Das überschaust du allein gar nicht. Es gibt doch tausend Methoden, sein Geld anzulegen: Gold, Silber, Platin, Schweinebäuche, Tanker, Sojabohnen, Weizen, Waffen. Waffen? Pfui, Norbert. Waffen natürlich nicht. Nashornhörner und Elefantenstoßzähne selbstverständlich auch nicht.' Er lief vor den Spiegel, streckte sich die Zunge heraus, zog beide Augenlider herunter, fühlte sich den Puls und entleerte sicherheitshalber die Blase. In diesem Moment erreichte das Kribbeln Füße und Kopfhaut. Es konnte beginnen!

Norbert stellte sich in die Mitte seines 20 Quadratmeter großen Wohn- und Arbeitszimmers und sprach mit lauter, fester, stolzer Stimme: »Platz im Olymp. Nachschub kommt.«

Er hechtete auf den hölzernen Drehstuhl, wechselte den Zahnstocher, schlug ein Bein unter das andere, schob, seine gespreizten Hände als Kamm benutzend, die Haare über die Ohren nach hinten, schleuderte die lästige Locke aus der Stirn – dann war er bereit. Norbert fühlte etwas in sich aufsteigen. ‚Der erste Gedanke, der erste Satz.' Er wollte zerspringen vor Freude, da schoß ihm die Erlösung aus den Fingerspitzen wie eine Ejakulation. Die Finger flogen, kaum war er schnell genug, um festhalten zu können, was dunkle Mächte ihm befahlen zu schreiben. Er schrieb wie rasend.

So ging es 45 Sekunden lang. Hinterher wußte er nicht, ob er geatmet hatte. Wäre hinter ihm eine Bombe explodiert, er hätte es wahrscheinlich nicht bemerkt. Die 45 Sekunden neigten sich dem Ende zu. Er holte tief Atem, trank Wein, kaute Zahnstocher. Dann – Vorfreude ist die schönste Freude – beugte er sich über das Blatt und las, was er geschrieben hatte. Danach ging alles sehr schnell: Er zog den Bogen aus der Maschine, zerknüllte ihn, warf ihn in den Papierkorb, schaltete die Maschine ab, schüttete den Kaffee in den Ausguß und machte, daß er zu »Ernie« an der Ecke kam, wo er nach dem sechsten Bier gewagte Theorien über den Ursprung schöpferischer Tätigkeit von sich gab.

»Herein«, murmelte Eichel und studierte weiter das Protokoll über die Einbruchserie in einer Schrebergartenkolonie. Es dauerte einige Zeit, bis er bemerkte, daß nach dem »Herein« nichts weiter passiert war. Eichel blickte hoch: »Aaaahhh!« Sein Puls machte einen Satz auf 170. Vor dem Schreibtisch stand eine weiß bandagierte Gestalt.

»Ich melde mich zur Arbeit zurück«, sagte Johannes von Manger-Koenig mit schwacher Stimme. Dann stützte er sich am Schreibtisch ab, weil ihn ein Schwächeanfall packte. Eichel führte ihn zu einem Stuhl und sagte: »Warum kurieren Sie Ihr Ding nicht aus, verdammt noch mal?«

»Ja, kommen Sie denn ohne mich zurecht?« fragte Manger.

Eichel lag eine Antwort auf der Zunge. Doch genau in diesem Moment drängte sich wieder das verdammte Vorgesetztenbewußtsein dazwischen. So kam nur ein schlappes: »Drei Augen sehen mehr als zwei« heraus. Eichel half dem leichenblassen Assistenten einen Brandy ein. Er wirkte in Verbindung mit irgendeinem Medikament, das in Manger steckte, verheerend. Ohne ein Warnzeichen gegeben zu haben, legte er sich auf die Sitzbank neben dem Waschbecken, verdrehte das wegen des Verbandes einzig sichtbare Auge so sehr, daß sich Eichel wünschte, es wäre ebenfalls verdeckt gewesen. Und dann wurde Manger ohnmächtig. Eichel griff zum Telefon:

»Bei mir liegt was. Das muß weg. Schicken Sie zwei Mann vorbei. – Sie sollen was mitbringen. Nein, kein Kehrblech, eine Bahre. Oder Trage, was man so braucht für Halbleichen.«

Der Kommissar legte auf, blickte den bewußtlosen Manger an, ging zu ihm und hielt gerade Mangers Kopf in der Hand, um ein Kissen zwischen Schädelplatte und Holzbank zu legen, als das Telefon klingelte. Eichel ließ Mangers Kopf fallen, es gab einen hohlen, halligen Laut.

»Eichel hier, was ist denn? – Ach nee, sieh mal an. Wer hätte das gedacht. – Sie Volldepp, Sie A11-Nase! Fassen Sie sich doch an Ihre eigene. Was? Das ist dieser Zinken, der ohne Sinn und Verstand bei Ihnen im Gesicht sitzt. Wie? Vorne, ganz richtig. Hinten haben Sie ja nur diesen immens steil abfallenden Hinterkopf zu bieten.«

Eichel hörte zu, trommelte mit vier Fingern auf die Tischplatte. »Kurze Frage noch: Sind die Unterlagen vom Verkehrsamt endlich da? – Na, das ist doch hervorragend. Wenn ich die vielleicht mal langsam auf den Tisch bekommen . . . Wie? Habe ich bereits? Ja, wo . . . ?«

Eichel suchte auf dem Tisch herum und legte dann schnell auf.

»Chef, ich bin wieder da«, kam Mangers schwaches Stimmchen von der Holzbank.

»Sieh mal an. Die Sciroccos vom Verkehrsamt sind reingekommen. Jetzt machen wir Nägel mit Köpfen. Hören Sie zu. 14 Sciroccos in der Stadt, davon sind 11 dermaßen dunkel, daß ein normal belichteter Polizist sie für dunkelblau halten könnte.«

»Seit wann sind Adam und Eva normal belichtet?«

»Da haben Sie auch wieder recht. Lassen Sie das nicht zur Gewohnheit werden.«

Eichel wollte nett sein und setzte sich mit der Akte zu Manger auf die Bank.

»Sieh mal an«, murmelte der Kommissar. »Münzenberg vom Rauschgiftdezernat fährt einen Scirocco.«

»Das hätte ich nicht von ihm gedacht.«

»Neun der 14 Sciroccos sind auf Frauen zugelassen.«

»Typisch.«

»Meine Tochter Alexandra, die sich bekanntlich in anarchistischen Kreisen herumtreibt, wenn sie ihre Zeit nicht mit Ihnen in Wochenendhäusern totschlägt, fährt bisweilen einen dunklen Scirocco.«

Entsetzt griff Manger nach Eichels Händen.

»Sagen Sie mir, daß das nicht wahr ist«, keuchte der Assistent, dessen Verband durch die plötzliche Bewegung verrutschte und das sichtbare Auge fast völlig verdeckte. »Das liegt nur daran, daß ich zuwenig Zeit habe«, murmelte Manger vorwurfsvoll. »Ich kann mich zuwenig um Alex kümmern. Sie entgleitet mir.«

»Entgleiten kann einem nur etwas, was man mal im Griff gehabt hat.« Eichel zog Mangers Verband zurecht und las weiter.

»Einer der Scirocco-Besitzer arbeitet bei Pfalzstadt.«

Eichel blickte den Assistenten an, der schwieg. Eichel blickte lange, Manger schwieg. »Manger, haben Sie eben nicht vergessen, etwas zum Fortgang unseres Gesprächs beizutragen?«

»Was? Wie? Ach ja, natürlich. Pfalzstadt sagen Sie. Was ist denn das für einer?«

»Hermeling, Joseph Hermeling, 62 Jahre alt. Fährt eine Spezialanfertigung. Ist beinamputiert.«

»Das könnte Tarnung sein.«

»Der Mann ist Prokurist bei Pfalzstadt.«

»Donnerwetter! Und warum überfällt so ein Mann Spielhallen?«

»Sagen Sie mal, Manger, das müssen Sie mir doch sagen, wenn der Druck im Kopf stärker wird. Stärker und immer stärker.«

Manger befühlte den kapitalen Verband.

»Und hier«, sagte Eichel, »Margret Frei, Kosmetikerin.«

»Bei Pfalzstadt?«

»Nicht bei Pfalzstadt. Selbständig.«

»Ach, so eine«, rief Manger vorlaut.

»Das wissen wir ja noch nicht, ob sie so eine ist oder eine anständige.«

»Na ja, na ja«, sagte Manger, »ich wollte natürlich niemanden beschuldigen.«

Eichel tätschelte Mangers Oberschenkel und sagte:

»Die Frei sollten wir uns mal angucken. Sonst sehen mir die Scirocco-Halter allesamt entsetzlich uninteressant aus. Wie im richtigen Leben eben.«

»Mit Ausnahme Alexandras«, sagte Manger schwärmerisch.

»Versteht sich. Und wissen Sie, was mir dabei am besten gefällt?«

»Na?«

»Daß sich da nichts auf dem Beifahrersitz herumtreibt, das auch nur entfernte Ähnlichkeit mit Ihnen hat.«

Eichel gönnte sich ein herzhaftes Lachen. ‚Muß sein. Kann ja nicht wochenlang Trübsal blasen, nur weil dieser Kerl seine Birne an einer Ecke angedellt hat.‘

Es klopfte an der Tür. Zwei Männer, die wie Schlachter aussahen, betraten den Raum. Einer trug eine zusammengerollte Trage. Manger krallte sich an Eichel fest:

»Nein! Nicht! Die wollen mich mitnehmen. Ich will aber

nicht weg. Ich werde doch hier gebraucht. Wer weiß, wo die mich hin . . .?«

Einer der Männer begann, seine Ärmel hochzukrempeln.

»Die wollen doch nur Ihr Bestes«, log Eichel. »Einmal ausschlafen, und die Welt sieht gleich ganz anders aus. Und wenn Sie wieder auf dem Damm sind, gehen Sie bei unserer speziellen Freundin Margret Frei vorbei. Okay?«

Einer der Männer trat rechts neben Manger, der andere links. Eichel ging solange nach nebenan.

»Wenn du in einem Film mitspielen würdest, in dem sie eine Wasserleiche brauchen, könnten sie bei dir die Schminkkosten sparen.«

Norbert stand vor dem Spiegel und wischte mit einem Handtuch den Dampf vom Glas. Er hatte so heiß geduscht, wie er es nur aushielt.

»Ich will endlich auch rein«, rief das Mädchen im Flur und pummerte gegen die Badezimmertür.

Norbert wollte sich kämmen. Die Berührung des Kamms mit der Kopfhaut machte ihn fuchsteufelswild. »Ist ja schon gut«, rief er und blickte ihr aufs nackte Hinterteil, während sie sich im Badezimmer über den vielen Dampf beschwerte.

»Das ist bei mir immer so«, knurrte Norbert. »Ich bin ein Hansdampf in allen Gassen.«

Das Mädchen starrte ihn an. »Ehrlich?«

Das Telefon klingelte. Mit zuckersüßer Stimme fragte der Leiter des Lokalteils der örtlichen Tageszeitung an, wie weit Norbert mit den zugesagten Buchbesprechungen gekommen sei. Er schwadronierte herum, der Redakteur gab ihm 48 Stunden Verlängerung.

»Aber dann«, sagte der Redakteur, »dann spätestens. Sonst . . .«

Mehr sagte er nicht, Norbert reichte es. Er mußte endlich anfangen, diese verdammten Bücher zu lesen. ‚Wenigstens den Plastikeinband runterreißen.' Er ging in die Küche, blieb hinter dem Mädchen stehen, überlegte, wann sie freiwillig gehen würde, und legte ihr, weil er gerade so günstig stand, eine Hand auf die Schulter. Sie fing sofort an, eine Wange gegen seinen Handrücken zu drücken. Norbert verfolgte diesen Strang ein wenig weiter und erreichte, daß sie ihm den Abwasch besorgte. Danach fand er durch unauffällige Fragen heraus, daß sie gestern abend mit ihrem Auto zu ihm nach Hause gefahren waren. Da wußte er immerhin schon, wie er nachher zu Wilhelm kommen würde. Nun mußte er nur noch herausfinden, wo sein Wagen stand. Plötzlich bekam Norbert einen großen Schreck. Das Mädchen verzog sein Gesicht, preßte beide Hände gegen den Leib.

»Was hast . . .? Ist was? Ich meine, irgendwas, was ich wissen müßte?«

Sie lächelte ihn tapfer an, schwieg jedoch. Als er sich schon darauf einstellte, daß er Komplikationen zu bewältigen haben würde, preßte sie heraus:

»Dein Kaffee . . .«

»Ja?«

»Schön stark. Das schlägt bei mir sofort an. Jeden Morgen, du kannst die Uhr danach stellen.«

Während sie dann, auf der Toilette sitzend, durch die geschlossene Tür Schwänke von ihrer prächtigen Verdauung erzählte, machte sich Norbert landfein und guckte bei der Gelegenheit in ihrem zierlichen Handtäschchen nach. Sie hieß Elke.

Eine halbe Stunde später saßen sie hinter der Windschutzscheibe ihres R 4 und blickten konzentriert nach vorn. Sie eröffnete die Absetzbewegung:

»Vielleicht sieht man sich ja mal wieder.«

»Na klar«, sagte Norbert.

»War schön mit dir.«

»So?« Das freute ihn nun doch. »War also schön mit mir, eh?«

»Sehr«, sagte sie verträumt und lehnte ihre Wange gegen seinen Oberarm. »Du bist ein ganz Lieber, weißt du das?«

»Na na.«

»Doch, ehrlich. Und so zärtlich.«

Da wußte Norbert Bescheid. Er war wieder dermaßen breit gewesen, daß ihm jede Bewegung wie in Zeitlupe geraten war. Manche Frauen hielten das für zärtlich. Die erfahreneren wußten, was es statt dessen war: Lahmarschigkeit im Vorhof der Alkoholvergiftung.

»Ich liebe zärtliche Männer«, girrte Elke.

»Ich auch«, sagte Norbert, der langsam los wollte. ‚Alles hat seine Zeit.'

»Ich habe dir aufgeschrieben, wo ich wohne, mit Telefon.«

‚Auch das noch.' Er knetete den Zettel in der Hand und faltete ihn winzig klein zusammen. Norbert küßte sie auf die Wange. Sie packte zu und rang ihm einen leidenschaftlichen Kuß ab. In der zweiten Hälfte des Kusses hatte Norbert einen innigen Blickkontakt mit der reizvollen Frau, die auf dem Bürgersteig stand und ihrem Rauhhaardackel dabei zusah, wie er sich einen Haufen abrang.

Eine Minute später stand er vor der Tür des Zweifamilienhauses. Wind war aufgekommen, die Leine schlug gegen den Fahnenmast. Die meterlangen Antennen auf dem Dach schwangen leicht hin und her. Norbert drückte den Klingelknopf, nichts geschah. Er blickte auf seine Uhr, dann fiel es ihm ein. Er suchte nach dem Zettel, faltete ihn umständlich auseinander, starrte verblüfft auf Elkes Adresse. Der Zettel landete in den Hortensien. In der Hosentasche fand er den richtigen Zettel. Norbert hielt ihn mit der rechten Hand gegen die Tür und schlug mit der anderen gegen das Holz: zweimal kurz, viermal lang, einmal kurz, einmal lang, einmal mit dem Fuß, gefolgt von zwei sehr kurzen Schlägen mit der Faust, dann einmal auf die Klingel, bis zehn zählen und zweimal kurz gegen die Tür. Norbert drehte sich um. Es wäre ihm sehr peinlich gewesen, wenn ihn jemand beobachtet hätte. Die Tür öffnete sich:

»Wer sind Sie denn?« fragte Norbert verblüfft.

»Ich bin Heiner, mir kann keiner.«

Aus dem Hintergrund kam Wilhelm Eichel herbeigeeilt. Er trug einen weißen Kittel und hatte einen Mundschutz angelegt.

»Mmmhmmhmh«, rief er. Seine Augen strahlten.

Norbert wies auf den Mund, Wilhelm klappte das Stück Tuch herunter.

»Morgen, du Künstler.«

»Tach, Wilhelm. Was ist denn das für einer?«

Wilhelm legte einen Arm um Heiners Schulter: »Das ist Heiner, dem . . .«

»Weiß ich«, unterbrach ihn Norbert. »Dem kann keiner.«

»Na, dann kennst du ihn doch.«

Heiner verschwand im Haus, Norbert betrat den Flur.

»Wieder einen Galgenstrick aufgegabelt? Was ist es denn diesmal? Ein Messerwerfer?«

Sie gingen durch den Flur, der mit Geweihen von Hirschen und Elchen, Porträts von Wilhelm Eichels früheren Vorgesetzten sowie einigen seiner spektakulärsten Fänge behängt war. Norbert bog in die Zentrale ein. Die Vorhänge waren heruntergelassen, Halogenlampen verbreiteten weißgelbes Licht. Über den Fernschreiber kam gerade ein Telex herein. Norbert warf einen Blick darauf: Das Bundeskriminalamt Wiesbaden warnte vor einer algerischen Geldfälscherbande, die über Frankfurt eingereist sei und Hundertmarkscheine in Umlauf bringen wolle. Heiner befand sich in der hinteren Hälfte des 80 Quadratmeter großen Raums, den Wilhelm durch Herausreißen einer Wand gewonnen hatte. Er rollte gerade eine Leinwand ein, stellte danach zwei Karussells mit Dias in einen Schrank. Jetzt, wo der Fernschreiber verstummt war, hörte man das leichte Sausen der Klimaanlage. Seitdem Wilhelm Eichel vor zwei Jahren von der pleite gegangenen Tier- und Sachversicherung die komplette elektronische Datenverarbeitung übernommen hatte, war es mit dem Umbau des Hauses zielstrebig vorangegangen. Das Erdgeschoß war allein der Zentrale vorbehalten, Wilhelms

Wohn- und Schlafräume lagen im ersten Stock. Aber auch dort standen schon viele Büromöbel herum: Rollschränke, Hängeregistraturen, das Zeitungsarchiv (er hatte es einem ehemaligen Journalisten abgekauft, der seit kurzem überraschende Erfolge als Autor von Kriminalgeschichten feierte), Schreibmaschinen, der alte Fernschreiber, die Super-8-Anlage, die beiden leistungsschwächeren CB-Anlagen und und und – Wilhelms Bett stand unter der Dachschräge. Es war der Tag abzusehen, an dem er auf den Dachboden umziehen würde.

»Käffchen?« Wilhelm deutete auf den Beistelltisch mit der Kaffeemaschine. Er eilte zum Leuchttisch und beugte den Oberkörper darüber. Norbert goß einen Kaffee ein und schlenderte zu Wilhelm, der gerade eine Augenpartie auswechselte.

»So«, sagte er befriedigt und hielt das Phantombild Norbert entgegen.

»Ganz schön ähnlich schon«, murmelte Norbert und genoß den Kaffee.

Wilhelm pinnte das Bild neben das bereits an der Wand hängende. Im Hintergrund machte sich Heiner zu schaffen. Norbert glang es nicht, seine Gegenwart zu ignorieren. Ihm war der Mann unheimlich. Daran war nicht nur die Narbe auf der rechten Wange schuld. Auch nicht allein der katzenhafte, geräuschlose Gang. Vielleicht lag es an den stechenden Augen.

»Ich mag ihn nicht«, sagte Norbert.

»Welchen? Den Blonden oder den Schwarzen?«

»Heiner.«

»Mach mir meinen Heiner nicht an. Der ist Gold wert. Hat allerbeste Referenzen, ein Vollprofi.«

»Er riecht nach Blut«, sagte Norbert. Kaum hatte er den Satz ausgesprochen, bekam er wieder Lust auf literarische Arbeit. »Er riecht nach Blut«, wiederholte er eitel.

»Bei Heiners Methoden fließt kein Blut.«

»Steckt gleich einen Korken in die Wunden, was?«

Wilhelm Eichel lachte guttural und schlug Norbert auf die Schultern.

»Nun sei friedlich«, sagte er. »Nachher falle ich morgen tot um, und da du bekanntlich den ganzen Laden erbst, wirst du auch Heiner erben.«

In diesem Moment bekam Heiner mit, daß man über ihn sprach. Seine kleinen Augen fraßen sich in Norberts übernächtigte Lauscher. Norbert hielt den Atem an. Heiner lächelte. Norbert schluckte, als er sah, wie Heiner in die Tasche griff. Er ließ das Messer aufklappen, steckte die Zunge heraus und führte die Klinge einmal rechts und einmal links an der Zunge entlang. Dann nahm er ein Blatt Papier vom Regal und – sitsch! – hatte er es der Länge nach zerteilt. Norbert bekam eine Gänsehaut.

»Wie hältst du das mit dem aus?« fragte er leise.

Wilhelm Eichel plumpste in den Drabert-Stahlrohrsessel und drehte sich um 360 Grad.

»Ich bin ein alter Kriminaler. Ich kenne solche Spielchen seit Jahrzehnten. Ich kenne übrigens auch Heiners Vater.«

»Ach nee.«

»Ja, ja.«

»Also dann mal los.«

»Gerne«, sagte Wilhelm und legte die Füße auf den Schreibtisch. »Der Blonde ist der Schwarze, und der Schwarze ist der Blonde.«

Norbert wollte etwas sagen, da klingelte es. Heiner ging aufmachen. Draußen ertönte der empörte Ruf einer Frau, danach der unterdrückte Schmerzensschrei eines Mannes. Dann stürmte Alexandra in den Raum, gefolgt von dem zusammengeklappten Heiner.

»Tag, Opa«, rief Alexandra und küßte den alten Mann stürmisch auf beide Wangen. »Tachchen, Norbert.«

Norbert hielt seine Wangen hin, sie blieben ungeküßt.

»Leute, ich hab was rausgefunden, das zieht euch die Schuhe aus!« rief Alexandra. »Der Schwarze ist der Blonde, und der Blonde ist der Schwarze. Na, was sagt ihr nun?«

»Daß sich alles im Leben wiederholt«, sagte Wilhelm gemütlich. »Das eine Mal als Tragödie, das zweite Mal als Groteske.«

»Hast du deinen Vater ausgehorcht?« fragte Norbert.

»Den«, erwiderte Alex und holte sich aus dem Wandschrank einen Longdrink. »Aber auch Johannes.«

Sie suchte nach Eis, kollerte einige Stücke ins hohe Glas, blickte dann Heiner an, der schwer atmend an der Wand stand. Sie griff in den Eisbehälter, näherte sich Heiner, riß mit einer plötzlichen Bewegung seinen Hosenbund nach vorn und schüttete ihm alle Eiswürfel hinein. Heiners Augen sahen aus, als wenn sie gleich aus dem Gesicht fallen würden.

»Sie sind aber noch nicht weitergekommen, oder?« fragte Wilhelm betont beiläufig.

»Wäre das erste Mal«, sagte Alexandra verächtlich.

»Diese Runde möchte nämlich ich gewinnen.« Wilhelm blickte zur EDV hinüber. »Irgendwann muß der ganze Klumpatsch sich ja mal zu rentieren beginnen. Ich möchte den Durchbruch meiner Konzeption noch erleben . . .« Er warf Norbert einen Blick zu. ». . . bevor mein Nachfolger das grandiose Konzept in zwei Wochen wieder verspielt.«

»Laß man«, winkte Norbert ab. »Noch ein, zwei Schreibversuche meinerseits, und ich kann mich ohne Ablenkung auf meine Rolle in deinem Puzzle konzentrieren.«

»Ach Gott, ach Gott«, sagte Alexandra und kraulte ihm das Haupthaar. »Hat der Herr Künstler mit der Muse gerungen? Wollte sie ihn nicht küssen? Und was geschah dann?«

»Dann kam Elke, und alles nahm seinen gewohnten Gang.«

Man lachte und scherzte und machte sich auf Norberts Kosten lustig.

»Ist doch toll, daß ihr mich habt«, klagte er. »Spart ihr die Anschaffung eines Sandsacks.«

Anschließend schwor Wilhelm sie auf den Fall ein. Alexandra verzichtete auf die Schilderung ihrer Verfolgungsjagd. Norbert fragte: »Was sagt denn die Technik?«

Wilhelm ließ sich zärtlich gegen die Siemens-Anlage sinken. »Sie schreit nach Informationen, wie sie es gelernt hat. Strengt euch an, dann hilft sie uns auch.«

»Ich hab da vielleicht was«, knurrte Norbert, dem beim bloßen Gedanken an den aalglatten Dieter blümerant zumute wurde. Er berichtete von seinem Besuch beim Friseur.

»Daß sich Männer zu so etwas hergeben«, sagte Alexandra angeekelt und schüttelte sich. »Wie Frauen, igitt, nee.«

Wilhelm und Norbert wechselten einen Blick.

»Daß unsere Spezis in diesem Laden verkehren, ist für mich klar wie Kloßbrühe«, fuhr Norbert fort. »Wir können ja diesen Heiner hinschicken. Wenn der kommt, gestehen sie garantiert.«

»Mach mir Heiner nicht an«, sagte Wilhelm. »Der ist empfindlich.«

»Sag bloß«, höhnte Norbert.

»Ehrlich. Er ist Mitglied einer Schreibgruppe. ‚Literatur der Halbwelt' nennen sie sich, lesen sich gegenseitig ihre Ergüsse vor. Sie wollen jetzt eine Anthologie herausgeben. Den Titel haben sie auch schon: ‚Ohne Gewehr'.«

»Anthologien«, sagte Norbert. Es sollte höhnisch klingen, es klang bloß neidisch. Dann fiel ihm etwas ein: »Als ich bei diesem Friseur war, hing da ein Plakat. Das heißt, da hingen mehrere, aber eins war dabei, da ging es um den ‚Shooting Star', diese neue Nobeldisco. Da verkehren die bestimmt alle nach Feierabend. Scheußliche Vorstellung.«

»Da geht ihr hin«, sagte Wilhelm kategorisch. »Als Liebespaar. Oder noch besser getrennt. Da lernt man mehr Leute kennen.«

»Ich könnte Johannes mitnehmen«, sagte Alexandra mit träumerischem Gesicht. »Dann wäre ich beschützt.«

»Du könntest auch einen Vorschlaghammer mitnehmen«, schlug Norbert vor. »Das liefe auf das gleiche hinaus.«

»Johannes ist viel schlagfertiger«, sagte Alexandra. »Das ist einfach ein Mensch. Mit allen Fehlern und Vorzügen . . .«

»Welche Vorzüge denn?«

»Er ist so zärtlich«, sagte Alexandra.
»Ach das«, sagte Norbert erbittert. »Das kenne ich.«

Dem Aufseher ging es von Minute zu Minute schlechter. Am liebsten wäre er auf den Tisch gekrabbelt und hätte die Zeiger der Uhr abgebrochen. Denn die Zeit bewegte sich auf die 23-Uhr-Marke zu. ‚Es hilft nichts. Du kommst nicht drum herum.' Der Aufseher schluckte und begann mit der Abendkasse. An den Fenstern standen zwei Männer, die vor Kraft kaum gehen konnten. Etwas kurzbeinig wirkten sie, aber sie waren ja nicht hier, um für Nylonstrümpfe Reklame zu laufen. Sie waren hier, weil sie Muskeln hatten. Einer der Männer trat an den Aufseher heran:

»Wann geht denn der Überfall los?«

Dem Aufseher fielen vor Schreck alle Markstücke um.

»Wieso?« haspelte er fassungslos.

»Nun beruhigen Sie sich mal«, sagte das Muskelpaket. »Ich wollte doch nur wissen, wann der Überfall losgeht.«

Jetzt kam auch das zweite Muskelpaket heran.

»Mann Gottes«, stöhnte der Aufseher. »Benehmen Sie sich bitte unauffällig. Das hatten wir abgemacht. Das . . .«

»Ich benehme mich superunauffällig«, rief das zweite Muskelpaket. »Ich bin picobello unauffällig. Oder sehen Sie irgendwo irgendwas von meinem Ballermann? Na los, gucken Sie schon. Wo steckt er denn, mein Ballermann?«

»Über'm Steißbein im Hosenbund«, rief es aus dem Hintergrund.

»Stimmt«, sagte das Muskelpaket verblüfft. Er stierte den Aufseher an. »Aber Sie haben es nicht rausgekriegt. Das war der da hinten.« Frohlockend wies er auf den schwarzhaarigen Mann, der freundlich mit seinem Queue herüberwinkte und zur Seite trat, damit sein Freund Platz für den nächsten Stoß bekam. Der Freund trug blonde Haare.

»Ich weiß doch gar nicht, ob ein Überfall stattfindet«, flüsterte der Aufseher den Muskelpaketen zu.

»Warum denn das nicht? Wozu sind wir denn hier?«

»Zur Abschreckung.«

»Ich schrecke doch keinen ab. Ich sehe doch nicht furchtbar aus. Sehe ich etwa furchtbar aus?«

Der häßlichere der Muskelpakete, der mit der zerhauenen und schief angewachsenen Nase, packte den Aufseher beim Schlafittchen.

»Nein, nein! Sie sehen tadellos aus«, rief der Aufseher verängstigt. »Die Frauen kriegen bestimmt ganz weiche Knie, wenn sie Sie sehen.«

»Das will ich meinen«, sagte das Muskelpaket selbstgefällig und ließ den Aufseher los.

»Nun mach schon«, flüsterte Holger fünf Minuten später. Sie waren, weil die beiden Männer beim Eingang partout nicht gehen wollten, zu den Automaten übergewechselt, um die Zeit bis zum Überfall zu überbrücken.

»Glückssträhne«, flüsterte Manni heiser. »Das war ja noch nie da. Mein Lebtag habe ich noch nie . . .« In diesem Moment gingen alle Lichter an. »Die Goldene 7«, sagte Manni ergriffen. »Das hältste ja im Kopf nicht aus.«

Holger verdrehte die Augen und blickte ergeben an die Decke. Er fürchtete, daß seine kriminelle Karriere heute abend wieder keinen Zentimeter von der Stelle kommen würde.

»Guck doch nur«, rief Manni. »All die schönen Lichter. Und wie die Glocke immer ‚bimbam' macht. Und die Anzeige da oben. Und wie es klingt, wenn die Markstücke in den Schlitz tockern. Hör doch nur.«

Holger bemühte sich, demonstrativ wegzuhören.

»Aber er kommt heute doch noch, der Überfall?« fragte in diesem Moment ein Muskelpaket den Aufseher.

»Mir wäre lieber, alles würde friedlich bleiben.«

»Ach nee. Und wir? Wozu sind wir da?«

Der Aufseher blickte ergeben auf die Uhr – 23.11. »Kein Überfall ist der Normalfall. Das wünscht man sich als Spielhallenaufseher. Das werden Sie bestimmt verstehen.«

»Sie zahlen uns 200 Mark pro Mann und Nase, daß wir für Ihren Schutz sorgen. Dafür werden wir Sie beschützen, da hilft keine Gegenwehr. Sie werden jetzt beschützt, basta.«

Selten hatte der Aufseher der Zukunft ähnlich bang ins Auge geschaut.

»Nun komm endlich«, flüsterte Holger. Seine Stimme war tonlos vor Wut. »Die beiden Kerle nehmen wir mit hops. Mitgefangen, mitgehangen.«

»Der Überfall läuft uns doch nicht weg«, sagte Manni und ließ den Automaten nicht aus dem Auge. »42 Mark. Stell dir das bloß mal vor. 42 Mark. Mit ehrlicher Arbeit, das war ja noch nie da.«

So ging es weiter. Der Aufseher fühlte sich von den Muskelpaketen bedroht; die Muskelpakete fühlten sich vom Aufseher veralbert; Holger war stinksauer; nur Manni fiel aus der Rolle: Er war glücklich, schüttete sich die Taschen mit Markstücken voll und ging nach Spielschluß zum Tisch des Aufsehers. Sofort postierten sich die beiden Muskelpakete rechts und links hinter dem Aufseher.

»Guter Mann, sehen Sie meine ausgebeulten Taschen?« rief Manni dem Aufseher zu. Die Muskelpakete griffen zu den Waffen. Manni griff in die Tasche und holte – eine halbe Handvoll Markstücke heraus.

»Hier«, rief er und warf die Münzen auf den Tisch. »Für einen guten Zweck. Heute soll's mir nicht drauf ankommen.« Freudestrahlend strebte Manni dem Ausgang zu, Holger folgte mürrisch.

Während der Aufseher ein Markstück nach dem anderen in die Büchse der Gesellschaft zur Rettung Schiffbrüchiger steckte, hörte er die Muskelpakete hinter seinem Rücken miteinander flüstern. Dann nickten sie sich zu. Ein Muskelpaket packte den Aufseher mit eiserner Hand an der Schulter. Der Aufseher verbarg sein Gesicht in beiden Händen. Da nahmen sie eben den Bauch.

»Margret Frei. Kosmetikerin. Sprechstunden nach Vereinbarung. Alle Kassen.« Die beiden letzten Worte auf dem Schild machten Johannes von Manger-Koenig etwas mißmutig. ‚Also doch anständig.' Er drehte sich um. Hinter keinem Busch konnte er Alexandra entdecken, also erlaubte er sich den frivolen Gedanken. Manger – immer noch wacklig auf den Beinen – ging auf den Eingang des Mietshauses zu. Er streckte die Hand nach dem Türgriff aus, als die verglaste Tür aufgerissen wurde und eine Frau herausschoß. Ihr Gesicht war übersät mit blutigen, rot auslaufenden Punkten. Die Frau hielt ein durchweichtes Taschentuch in der Hand, mit dem sie ohne Unterlaß die Punkte betupfte. Als sie Mangers entsetzten Blick bemerkte, bemühte sie sich um eine entspannte Haltung.

Manger klingelte im ersten Stock. Die Frau, die öffnete, trug eine Gummischürze, wie man sie bei Schlachtern findet. Manger hatte diese Schürzen auch schon woanders gesehen. Solche Kleidungsstücke binden sich Ärzte vor den Leib, bevor sie Leichen öffnen. Manger schluckte.

»Kommen Sie rein. Setzen Sie sich. Sind Sie angemeldet?« Die Frau stutzte und fuhr Manger mit beiden Händen durchs Gesicht: »Ein Mann! Ein Fest.«

Sie packte Manger und zog ihn in eine Art Wartezimmer. Hier wimmelte es von Spiegeln. Er versuchte, nicht hineinzusehen. Die Spuren der Schläge des Pförtners waren abgeklungen, doch das gelbliche Stadium der dünnen Hautpartien gab Mangers Gesicht etwas Fernöstliches. Das Mädchen, das im Raum saß, kam mit den Augen nicht von ihm los. Das traf sich gut, weil auch Mangers Blick wie festgenagelt auf der Pickelpiste oberhalb ihres dicklichen Halses klebte. So etwas hatte er noch nie gesehen. Mangers Herz dehnte sich vor Mitleid. Er hatte sich in weiser Selbsterkenntnis nie für eine Schönheit gehalten. Rückfragen bei Frauen hatten ihm zigmal die Realitätsnähe dieser Einschätzung bestätigt. Aber gegen dieses Mädchen, das ihm gegenübersaß, war er ein Adonis. Verzweifelt wehrte sich das Mädchen gegen Mangers

Blick. Er verstand ihr Unglück so gut. Aber er war Kriminalist – der scharfe Blick gehörte zu seinem Beruf wie die breite Stirn zu einem Kopfballspezialisten. Manger war gerade bei dem Gedanken angekommen, ob er Alexandra auch lieben würde, wenn sie so aussehen würde wie dieses Mädchen, als aus dem Behandlungszimmer der spitze Schrei einer Frau ertönte. Das Mädchen biß auf eine zur Faust geballte Hand. Da öffnete sich die Tür. Margret Freis Arme waren von den Händen bis zu den Ellenbogen mit Weißlich-Cremigem beschmiert. Sie betastete zart, aber fest die Wangen des Mädchens:

»Herrlich! Ein Fest.« Aus ihrer Kehle drangen sinnliche Laute. »Eine Schande, daß ich dafür Geld nehmen soll. Ich habe ja auch noch eine emotionale Seite. Mir macht meine Arbeit doch Spaß. Ich habe Lust auf Pickel, Lust . . .«

Und während die Kosmetikerin den Speichel, der sich bei ihr ungehemmt bildete, herunterschluckte, wußte Manger wieder, woher er ihren Gesichtsausdruck kannte. ‚So hat die Dings damals geguckt, die Wie-heißt-sie-noch-gleich, jedenfalls diese Tierquälerin, die immer mit dem Skalpell auf die Wuffis losgegangen ist, für die sie diese Ferienpension geführt hat. Wollte gern Medizin studieren, ist am Numerus clausus gescheitert. Kann man mal sehen, wie wichtig eine vernünftige Bildungspolitik ist.‘

»Mein Name ist Manger . . .« begann Manger.

»Aber das macht doch nichts«, sagte Margret Frei. »Das kann jedem passieren.«

Manger guckte nach hinten, aber hinter ihm stand nur sein Spiegelbild. Er drehte sich schnell wieder um, wurde durch die schnelle Bewegung schwindlig und mußte sich an der Schulter des Pickel-Mädchens festhalten, sonst wäre er lang hingeschlagen. Das Mädchen erschrak und wich nach hinten aus:

»Ich kann gern noch mal wiederkommen«, stieß sie hervor.

Manger ließ ihre Schulter nicht los. Er wollte nicht hinfallen. Das Mädchen geriet in Panik, raffte ihre Handtasche an sich, verlor ein eiterdurchtränktes Taschentuch und verließ mit den Worten »Nächste Woche, nächste Woche komme ich bestimmt« das Wartezimmer. Man hörte ihre eiligen Schritte auf dem Flur, dann fiel die Wohnungstür ins Schloß.

»Schade«, sagte Margret Frei ernüchtert, »jammerschade.«

Dann faßte sie Manger ins Auge:

»Aber Sie sind da. Ein Ersatzmann! Ein Fest!«

Ehe Manger ausweichen konnte, hatte sie sein Gesicht zwischen beide Hände genommen und musterte es mit der Ausführlichkeit, mit der ein Torero die Nackenregion des Stiers absucht:

»Ah – und da. Und was haben wir da für einen kecken, kleinen, gelben Schelm? Der will heraus. Sie sind spät gekommen, ich muß schelten mit Ihnen.«

Mühsam befreite sich Manger aus ihrem Griff.

»Frau Frei.«

»Nennen Sie mich Margret. Das tun alle meine Kunden.«

Sie packte Manger am Ellenbogen und führte ihn ins Behandlungszimmer. Er hatte das Gefühl, als ob er dem, was sie vorhatte, nicht einfach ausweichen konnte. Er zuckte zusammen. Auf dem zweiten Behandlungsstuhl, der am Fenster stand und zurückgeklappt war, bewegte sich etwas unter weißem Laken.

»Huhu, Frau Hermeling«, rief Margret. »Ich habe nur schon gerade mal einen neuen Kunden, während Ihre Maske einzieht.«

Unter dem Laken erklang ein Röcheln. Margret strahlte, nötigte Manger in den freien Stuhl, klappte ihn nach hinten und setzte sich auf einen Hocker. Dann begannen ihre Hände zu fliegen: Sandpapier, Reinigungswasser, Reinigungsmilch, Pflege-Lotion, Day-and-Night-Essenzen, Gurkenmilch, Salbei für die Augen, Melisse gegen die Krähenfüße und ein homöopathisches Mittel für Mangers zurückweichenden Haaransatz. Erst als er mehrere Male auf den Gazelappen mit der Stützflüssigkeit für schlaffe Unterlippen gedeutet hatte, löste Margret das Stück Stoff.

»Ich bin von der Kriminalpolizei«, stieß Manger hervor.

Margret war begeistert: »Toll! So einen hatte ich noch nie auf dem Stuhl.«

»Ich bin dienstlich hier«, sagte Manger und polkte ein Stückchen Gaze aus der Mundhöhle. Als Margret sein Malheur sah, hielt sie ihm die Hand hin: »Machen Sie nur.«

Dankbar spuckte Manger das störende Stück aus. Margret tupfte ihm den meterlangen Speichelfaden ab und ließ das Stück verschwinden.

»Finde ich sehr anständig, daß die Polizei etwas für ihr Äußeres tut«, sagte sie dann. »Eure Kollegen im Fernsehen sehen viel besser aus als ihr in natura, wenn ich das so offen sagen darf.«

Zwar fiel Manger auf Anhieb kein Fernsehpolizist ein, der besser aussah als er, aber das war auch nicht das Thema:

»Ich muß Sie etwas fragen.«

»Tun Sie, was Sie nicht lassen können«, sagte Margret und wechselte die Augenbäusche gegen neue aus.

»Sie fahren einen VW Scirocco?«

»Nein. Im Augenblick schlage ich ihre Stutenmilchmaske schaumig oder, besser gesagt, sämig.«

»Ich meine draußen. Auf der Straße.«

»Draußen? Ja, da fahre ich einen Scirocco. Manchmal jedenfalls. Haben Sie denn kein Auto?«

»Wieso? Was . . . ? Natürlich habe ich ein . . .«

»Na, sehen Sie . . . nun schön stillhalten, sonst bröckelt der Putz ab!«

Margret lachte glockenhell und pinselte Manger das sämige Zeug um Mund und Nase.

»Ihre Brauen könnten ein wenig Pflege vertragen.«

Schon zupfte sie, Manger schrie auf. Margret eilte zu der Frau unter dem Laken:

»Noch drei Minuten, Frau Hermeling.«

Manger nahm all seine Kraft zusammen. Unwillkürlich sprach er mit gespitztem Mund:

»Frau Frei . . .«

»Margret.«

»Frau Margret. Wir ermitteln in Fällen von Überfall, in einigen Überfallfällen, in Fallen von Überfall, Überfällen . . .«

»Ich verstehe Sie so gut.«

». . . bei denen ein dunkler VW Scirocco benutzt wurde.«

Margret sprang auf und eilte ans Fenster. Abgrundtief beruhigt kam sie zurück: »Meiner steht unten. Sie fangen die Bösewichter aber ganz, ganz schnell. Versprechen Sie mir das?«

»Ja, ja, aber . . .«

»Das ist lieb von Ihnen. Ihr Polizisten seid eben doch die Besten.«

Manger ging aufs Ganze: »Sie haben nicht zufällig einen Bekannten, der sich Ihren Wagen in der letzten Woche mal für einen Abend ausgeliehen hat?«

Margret warf einen schnellen Blick auf das Laken, unter dem Frau Hermeling lag.

»Also, das weiß ich nun ganz genau«, sagte sie dann. »Mein Wagen war letzte Woche in der Werkstatt, bis Freitag nachmittag. Das Getriebe.«

»Wenn Sie mir bitte Namen und Adresse der Werkstatt . . .«

». . . aber natürlich.«

Sie nannte Namen und Adresse. Manger versuchte, sich beides zu merken, spürte jedoch schon nach Sekunden, wie sich die wichtigen Informationen auf den Weg ins Nirwana machen wollten.

Unter dem Laken rumorte es.

»Sekunde noch, Frau Hermeling.«

Manger wurde unruhig. »Hermeling? Hermeling? Sie kennen nicht zufällig . . .«

Margret hechtete zu dem Laken, riß es herunter. Nach den Geräuschen zu urteilen, fand beim zweiten Behandlungsstuhl ein Zweikampf statt. Aus dem Schnaufen von zwei Menschen wurde eins, und als Manger eine Gurkenscheibe vom Auge hob, sah er Margret zurückkommen.

»Psst«, herrschte sie ihn an. »Werden Sie wohl still sein. Woher wissen Sie denn das?«

»Was?«

»Na das.«

»Ach das. Ich bin doch bei der Polizei.«

Margret kam mit ihrem Mund dicht an Mangers Ohr heran: »Ich habe Joseph damals in der Autowerkstatt kennengelernt.«

»Weil er auch einen Scirocco fährt.«

»Bei mir war's auch damals schon das Getriebe und bei ihm der Auspuff.«

»Typische Männerkrankheit«, sagte Manger und prustete vor Lachen den halben Obststand vom Gesicht. »Und Sie und Ihr Joseph, Sie sind . . .«

»Psst«, sagte Margret und witterte zu Frau Hermeling hinüber. Unter dem Laken war Ruhe. »Seit acht Monaten. Durch Josephs Vermittlung habe ich ja seine Frau als Kundin gewonnen. Aber nicht weitersagen.«

»Wer bin ich denn? Wenn Sie mir jetzt bitte endlich mein Gesicht in Ordnung bringen . . .«

»Das kann ich nicht. Ich bin nur eine Kosmetikerin. Außerdem muß die Maske einziehen.«

»Die Maske muß fallen.«

Während sich Manger mühsam aufrichtete, dabei seinen labilen Kreislauf verfluchend, ging Margret zum Laken und riß es mit einer einzigen Bewegung fort. Die stämmige Frau lag still und friedlich da, die Hände waren unter dem Busen gefaltet. In Margrets offenes Gesicht zogen Wolken leichter Besorgnis:

»Frau Hermeling.«

Frau Hermeling rührte sich nicht. Im Hintergrund suchte Manger nach dem Knopf, der den Behandlungsstuhl in die Normalposition beförderte, fand leider diejenige Stellung, die ihn vollends flach stellte, und schoß kopfüber nach hinten, daß seine Beine zappelnd die Luft zerteilten.

»Frau Hermeling! So sagen Sie doch etwas. Frau Hermeling!« Margret rüttelte an der Frau herum. Die gefalteten Hände gaben ihre Verschränkung auf, pendelten leblos an den Seiten herunter.

Manger zappelte, keuchte und fummelte blind nach dem richtigen Knopf. Er fand ihn – und wurde nach vorne geschleudert wie ein Autofahrer beim Auffahrunfall. Leider war Manger nicht angeschnallt. Er schoß durch den Raum und landete in den Hacken von Margret. In diesem Moment öffnete Frau Hermeling die Augen, schwach und leidend. Ihr erster Blick fiel auf die Gurkenscheibe unter Mangers gelb heilendem Auge. Da er links noch die sämige Stutenmilch kleben hatte und rechts das Pflaster, machte auch Frau Hermelings schlapper Kreislauf einen Satz nach vorn:

»Iiih!«

Dann sackte sie in sich zusammen.

Im Shooting Star war der Bär los. Noch keine 22 Uhr, und Berti scheuchte den schmächtigen Freddie zum Eingang, um wegen Überfüllung für eine Viertelstunde dichtzumachen.

»Die schreien ja heute alle vor Konsumierlust«, murmelte Berti beeindruckt und rückte zur Seite, um die Bedienung mit dem Tablett vorbeizulassen. ‚War eine gute Idee, den Puff mit dem Tanzschuppen auf zwei Beine zu stellen. Gevögelt wird immer. Gesoffen wird immer. Jetzt brauchst du noch ein Bestattungsinstitut. Dann hast du alles abgedeckt.' Berti war glücklich. Dieser Zustand dauerte so lange, bis sich der Jüngling vor ihm zur Seite drehte und Berti den Blick auf die Empore freigab. ‚Sieh mal an: Münzenberg vom Rauschgiftdezernat hat noch drei Galgenvögel dabei. Das wird eine teure Zeche.' Berti wartete, bis die Bedienung vorbeikam. Er wies sie mit kurzem Kopfnicken auf die Männerrunde hin. Sie nickte womöglich noch kürzer und trug vier Longdrinks auf die Empore. Münzenberg drehte sich überrascht um. Er entdeckte Berti und hielt ihm lachend ein Glas entgegen. Berti lachte zurück. ‚Verreck dran, du Mistkäfer.' Doch er wollte nicht ungerecht sein. Seitdem es ihm im Verlauf der legendären Pokernacht gelungen war, sein Verhältnis zum Rauschgiftdezernat der örtlichen Kripo auf neue Füße zu stellen, gingen seine Geschäfte nur unwesentlich schlechter. Dafür verliefen sie bedeutend nervenschonender. Das war für Berti wichtig. Eigentlich liebte er nämlich das beschauliche Leben. Er hatte sich schon nach Resthöfen und Landhäusern umgesehen. Eine erdverbundene Ehefrau, ein paar Schweine mit vielen niedlichen Ferkeln, eine Handvoll Hühner für die Frühstückseier, ein großer Garten mit einer Plantage Obstbäume und immer was zu pusseln am Haus – so wünschte sich Berti seinen Lebensabend. ‚Wenn's mir zuviel wird, stell' ich Opa als Hausmeister ein.' Berti gluckste in sich hinein. Als er hochsah, hielt ihm Münzenberg schon wieder sein Glas entgegen. Berti fischte der Bedienung ein Mineralwasser vom Tablett und prostete Münzenberg zu.

»Nicht schlecht«, sagte der Blonde beeindruckt. »Was Berti da an seinen Unterarmen an Muskelmasse mit sich rumschleppt, das haben andere nicht mal an den Oberschenkeln.«

»Du bestimmt nicht«, hetzte der Schwarze und kicherte los.

»Ihr seid so richtig gute Freunde, wie?«

Ihre Köpfe schossen herum. Alexandra warf ihnen einen Blick zu, daß sie schlagartig bedauerten, heute abend nicht allein in den Shooting Star gegangen zu sein. Sie warfen sich ins Zeug, spielten Kavalier – wenig später nahm Alexandra zwischen ihnen Platz. Holger und Manni bekamen heiße Ohren. Verstohlen musterten sie den Begleiter, mit dem sich Alexandra nach eigenen Aussagen gerade zerstritten hatte. Er stand an der Theke und bekämpfte seinen Ärger mit Zwiebelsuppe und Bier. Holgers und Mannis Mitleid für den Geschlechtsgenossen hielt sich in engen Grenzen.

Dann begann der gläserne Ball über der Tanzfläche seine verspiegelten Lichtblitze herumzuschleudern. Alexandra schnappte sich Holger und schob mit ihm Richtung Tanzfläche ab. Holger wartete, bis Manni ihn sehen konnte. Dann plazierte er beide Hände auf die Hinterbacken der Frau. Er war auf einen Eklat gefaßt, doch nichts geschah. Holgers Kehle zog sich zu, während im Unterleib die gegenläufige Reaktion stattfand. Dort weiteten sich alle Adern.

»Du weißt, was du willst, wie?« flüsterte die Frau in sein Ohr.

Holger nickte beklommen. Das hatte ihm seit Jahren keine Frau mehr unterstellt.

»Und du willst oft oder was?« girrte die Frau. In Holgers Nase stellten sich die Haare hoch. Diese Frau war drauf und dran, ihm aus dem Ruder zu laufen. Natürlich war so was besser als dauernd diese Friseusen und Kindergärtnerinnen. Ein Mann brauchte zwischendurch auch mal was für die höheren Interessen – aber danach konnte es ruhig wieder bergab gehen in die Niederungen des Menschseins, dort, wo das wilde Tier wohnt.

»Was schluckst du denn immer so?« fragte die Frau verwundert.

Holger überlegte fieberhaft. Jetzt mußte ihm was ganz besonders Raffiniertes einfallen.

»Ich habe Hunger.«

»Und nicht nur auf ein halbes Hähnchen, wie?«

»Nee, nee. Ich schaffe ein ganzes.«

In diesem Moment war Alexandra entschlossen, die Operation abzubrechen. ‚Der war das nicht. Wer dermaßen dämlich ist, kriegt nicht solche Sachen fertig. Die würden doch nicht mal mit einem Kaugummiautomaten klarkommen.'

Holger war heilfroh, als sie wieder ihren Plätzen zustrebten. Manni war unheimlich neidisch. Er brannte darauf, seine Tanzkünste zeigen zu dürfen. Tanzen konnte er, da biß die Maus keinen Faden ab.

»Wollen wir beide nicht auch mal?« fragte er fiebrig.

In diesem Moment kam Norbert von der Theke herübergeschlendert. »Hey, honey«, schickte er Richtung Alexandra auf den Weg. »Du denkst dran? Appetit holen auswärts ist okay, aber gegessen wird zu Hause.«

Alexandra setzte einen schnippischen Ausdruck auf. Holger und Manni kehrten sofort den Beschützer heraus. Holger stellte sich dicht vor Norbert:

»Schätze, die Dame hat für heute den Kanal von dir voll.«

»Was geht denn dich der Kanal von der Dame an, du ... du ... du Friseur!«

Holger stöhnte vor Wut auf. Natürlich kannte er das weit verbreitete Vorurteil von der tuntenhaften Art der meisten männlichen Friseure. Er mußte nur an Dieter und Gerd denken, um zu wissen, wie zutreffend dieses Vorurteil war. Holger blies sich mächtig auf, Manni stellte sich daneben und unterstützte den Freund. Alexandra fand Zeit und Gelegenheit, in der Handtasche von Holger einen Blick auf Personalausweis und Führerschein zu werfen. Gegen Ende der Durchsuchung nahm sie den Autoschlüssel an sich. Dann stand sie auf, drängte sich zwischen Holger und Manni und rief Norbert zu:

»Du hast ausgeschissen für heute. Wir sind getrennte Leute. Zwischen uns ist der Vorhang zerrissen.«

Sie sagte noch mehr, drängte sich immer dichter an Norbert heran und übergab ihm die Autoschlüssel. Norbert überließ ihr schweren Herzens einen rhetorischen Punktsieg. Während sich Holger und Manni noch auf seine Kosten lustig machten, verließ er die Diskothek.

Norbert fand den Wagen gleich. Er stand auf dem großen Parkplatz der gegenüberliegenden Kreissparkasse, ein quittegelber Scirocco. Das erste, was Norbert in die Hände fiel, war ein Kamm. ‚Typisch.' Er hatte mal den Wagen einer Prostituierten durchsucht, da war ihm auch gleich was Berufsspezifisches in die Hände gefallen. ‚Wäre toll, wenn dir immer jeweils der erste Gegenstand, den du findest, den Beruf des Verdächtigen verrät. Wenn dich mal einer durchsucht, findet er als erstes eine Schreibmaschine, dann weiß er gleich: Möchtegernschriftsteller. Ach ja.'

Bevor er sich auf diese Weise deprimieren konnte, suchte er lieber weiter. Er fand in der Reihenfolge des Findens: einen hiesigen Stadtplan, Stadtpläne von München, Berlin,

Hamburg, Köln, Frankfurt und New York. Den New Yorker blätterte er durch, es fiel nichts heraus. Weiter: noch ein Kamm, diesmal einer aus Stahl. Norbert hielt vorsichtig die Nase an das Gerät, suchte weiter: aktuelle Ausgaben der Zeitschriften Brigitte, Auto, Motor & Sport sowie Playboy, Penthouse, Lui und Neue Revue. Bei der Neuen Revue war der Kurzkrimi aufgeschlagen. Norbert wollte nur mal kurz mit den Augen drüber weghuschen, las sich dann doch fest, mußte weiterlesen, las den Kurzkrimi bis zum Ende und blickte danach sehr nachdenklich aus dem Fenster. ‚Kurzkrimis, das wäre doch was. Warum bist du da bisher nicht drauf gekommen?' Er suchte nach dem Namen des Verfassers: Wieland Fleischauer. ‚Ein Name, ein Programm. Was soll so einer denn sonst werden? Könnte zur Polizei gehen mit dem Namen.'

Weiter: ein Antrag auf Lohnsteuerjahresausgleich, eine Rolle Pfefferminz, ein Minibuch mit Pin-up-Fotos und ordinären Witzen, mehrere Fotos der Popsängerin Amanda Lear. Auf einem war sie mit einem klapprigen alten Mann abgebildet, laut Bildunterzeile handelte es sich um einen gewissen Dali. Norbert lächelte boshaft. ‚Hat mit seinem Zwillingsbruder die gleichnamige deutsche Quizsendung erfunden, Dalli, Dalli.' Er lachte lauthals los. Eine Sekunde später erschienen im Wagen neben ihm zwei Köpfe. Ihre Haare waren zerzaust, die Gesichtsausdrücke verstört. Norbert war das sehr peinlich. Er öffnete die Tür und rief leise: »Sorry, Freunde. Falscher Alarm. Weitermachen.«

Es dauerte keine 10 Sekunden, dann begann sich der Wagen wieder sanft in den Stoßdämpfern zu wiegen. Norbert verfolgte die ab- und niederwippende Kühlerhaube. ‚Wo hast du den Zettel mit der Telefonnummer von Elke gelassen, verdammt noch mal? Man soll nichts wegwerfen, hat deine Mutter schon immer gesagt.' Etwas abgelenkt beendete er die Durchsuchung des Wagens. Zum Schluß schlug er noch einmal den Stadtplan von New York auf. Er suchte und fand die fünfte Avenue, den Central Park, Manhattan.

‚Soho‘, dachte er. Er riß sich zusammen und dachte korrekt: ‚Soso.‘ Dann schoß die Idee durch alle Glieder. Mit fliegenden Fingern faltete er den im Gegensatz zu New York unendlich übersichtlichen Stadtplan seiner Heimatgemeinde auseinander. In Norberts Gesicht ging die Sonne auf. Während die Stoßdämpfer des Wagens neben ihm in schneller Folge mehrere Male tuckerten und dann leise seufzend zum Stillstand kamen, ruhten Norberts Augen mit Wohlgefallen auf dem Sonderplan »Innenstadt«. Er zählte insgesamt neun Kreise, die mit Hilfe eines dicken, grünen Filzschreibers ausgeführt worden waren. Norbert wurde sehr nachdenklich.

»Halt, wer da?«

Alexander Eichel erstarrte.

»Stehenbleiben! Rühren Sie sich nicht. Ich habe eine Waffe auf Sie gerichtet.«

Ulrike Eichel kam mit der geblümten Kühltasche, Eichel legte schützend einen Arm um sie.

»Weisen Sie sich aus! Keine Tricks! Ich kenne nämlich alle Tricks. Die hat mir mein Freund Alexander beigebracht. Alexander ist bei der Polizei, da kennt . . .«

»Herr Schaardt, huhu, ich bin's, Ihr Nachbar Eichel.«

Hinter der Konifere erklang höhnisches Lachen. Ulrike flüsterte ihrem Mann zu: »Es wird von Mal zu Mal schlimmer mit ihm. Die Einsamkeit hier draußen frißt ihn auf.«

»Ich habe mich die ganze Woche auf die freien Tage in meinem Wochenendhaus gefreut. Ich lasse mir das nicht kaputtmachen von diesem . . . von so einem . . .«

Da bellte ein Hündchen los. Es klang, als ob dem kleinen Kerl bei der Anstrengung beide Lungenflügel um die Ohren fliegen würden.

»Komm, Titan, komm zu Ulrike, na komm!« Ulrikes Lockrufe hatten Erfolg. Der Zwergpudel schoß um die Ecke. Hinter dem Hund erschien das Herrchen. Herr Schaardt kratzte sich am Kopf und sagte: »Da haben Sie noch mal Glück gehabt. Mein Finger lag verdammt nahe am Abzug.«

»War wohl nicht viel los die Woche über, wie?« fragte Eichel zähneknirschend, während er auf sein Holzhaus zuging und genervt feststellte, daß Schaardt ihn wie selbstverständlich begleitete.

»Ich habe meine Augen offengehalten. Erika hat mir geholfen. Erika beobachtet den Horizont.«

Er zeigte auf das Dach seines Hauses. Das Veluxfenster in der Dachschräge stand offen, das Fernrohr ragte einen Meter heraus. Erika Schaardt winkte ihnen zu.

»Am Dienstag hat ein Eichhörnchen Ihr Grundstück betreten«, sagte Schaardt.

Eichel blieb wie vom Blitz getroffen stehen. »Ein Eichhörnchen«, wiederholte er tonlos.

»Gegen 16 Uhr 20. Als es dunkel wurde, war es immer noch bei Ihnen. Wenn also irgendwo Zerstörungen . . .«

»Erzähl ihnen von der Katze«, rief Frau Schaardt aus dem Fenster.

»Ja, genau, die Katze. Hier«, sagte Schaardt und suchte etwas neben dem Fenster.

Eichel sah genau hin. Im Holz steckte eine Ladung Schrot. »Ich habe sie erwischt. Sie ist zwar weg wie der Blitz. Aber gehinkt hat sie doch.«

»Sonst nichts?« vibrierte Eichel. »Keine unbefugten Vögelüberflüge? Kein Grenzübertritt, unterirdisch per Regenwurm oder Maulwurf?«

Ulrike brachte die Utensilien fürs Wochenende ins Haus. Eichel fertigte den Nachbarn ab und folgte ihr dann. Er half sich einen großen Schluck Calvados ein.

»Eines Tages bringe ich ihn um«, sagte er mit völlig sachlicher Stimme. Erst werde ich ihn würgen, dann werde ich den Lauf der Knarre um seinen Hals wickeln, und dann gehe ich rüber und zerschlage das Fernrohr auf dem Kopf von Erika. Ich bin gespannt, was eher kaputtgeht: das Rohr oder dieser Quadratschädel.«

»Alexander, erreg' dich nicht. Das wollten wir doch heute nacht tun.«

Er stellte sich ans Fenster, blickte hinüber zum Grundstück der Schaardts:

»Ich liebe mein Wochenendhaus. Wie gerne würde ich auch meine Nachbarn lieben. Aber es geht nicht.«

Ulrike hakte sich bei ihm ein, legte den Kopf gegen seine Schulter. Gemeinsam guckten sie auf den Kamin aus Waschbeton, der am Ende der Auffahrt aus Waschbeton hinter der Eternit-Garage stand. Die Kugellampe außen am Haus brannte, beleuchtete die Front aus Glasbausteinen und die Aluminiumhaustür im Fachwerkhaus. Das Fachwerk war Imitation, er bestand aus Holzleisten, die auf das Mauerwerk genagelt worden waren. Neben dem Rasen stand bereits wieder säckeweise Kunstdünger. Müde glänzten im letzten Licht des Tages die Weichblech-Rechtecke, die Schaardt am letzten Wochenende schräg auf die Holzpfosten genagelt hatte, damit Vögel sich nicht darauf niederlassen und womöglich Verschmutzung verursachen konnten.

»Bald ist wieder Sommer«, sagte Eichel. »Dann werfen sie den Grill an. Und sie hängt die Lichterkette raus. Er stellt die Stereoanlage ans Fenster und legt die Platte mit den Märschen auf. Den Audi stellen sie in den Schatten, damit die Plastik-Schonsitze nicht zu heiß werden. Und wenn sie sich genug Mut angetrunken haben, kommt er rüber und fragt uns, ob wir nicht rüberkommen wollen auf ein Gläschen Bowle. Ach, Ulrike, warum hat sich noch nie eine Übungsgranate auf dem Übungsplatz selbständig gemacht? In der Tagesschau sieht man das doch zweimal im Jahr. Warum passiert das nie bei uns?«

Sie blickten auf den Waschbeton-Kamin, dann blickten sie sich in die Augen. Und weil sie nun schon so dicht beieinander standen, verlegten sie die Feier des nahenden Frühlings von heute abend auf jetzt gleich vor. Danach sah Eichel die Lage bedeutend entspannter. Er zog nicht einmal die Vorhänge zu, als er das Licht anmachte, obwohl er zu hören vermeinte, wie das Fernrohr nebenan im Drehgelenk knirschte.

Sie saßen im Bademantel am Küchentisch und aßen Würstchen mit Kartoffelsalat. Eichel legte die alten Beach Boys auf, und sie spielten eine Runde Trivial Pursuit, wobei Ulrike knapp gewann. Damit stand es in der Gesamtrechnung aller Spiele 128 zu 12 für Ulrike.

»Ich gebe dir noch vier, fünf Siege vor«, sagte Eichel gönnerhaft, obwohl ihm der Grimm die Kehle zuschnürte. »Ich warte, bis du dich in Sicherheit wiegst. Dann rolle ich das Feld von hinten auf.«

»In diesem Leben noch?«

Sie lächelte ihm honigsüß zu, er kam sich vor wie ein Stinker. »Wir können gerne eine Partie Schach spielen«, bot Ulrike ihm an.

»Hah«, rief Eichel aus. »Das könnte dir so passen. Wenn mir nach Quälerei zumute ist, kann ich ins Badezimmer gehen und mir mit dem Gürtel des Bademantels den nackten Rücken peitschen.«

»Ja denn«, sagte Ulrike nachdenklich. »Was haben wir denn im Haus, was du besser kannst als ich?«

»Ich kann im Stehen pinkeln.«

Ulrike stand auf, trat in ihrem knappen Bademantel vor ihren Mann, stellte sich unheimlich dicht vor ihn, und als er gerade den Knoten ihres Gürtels aufgefummelt hatte, ertönte vom Grundstück der Schaardts ein beängstigendes Tösen. Im nächsten Moment war Eichel an der Haustür und rief in die Dunkelheit hinaus:

»Ist was passiert? Brauchen Sie Hilfe?«

»Nein, nein. Es geht schon. Danke, danke«, rief Frau Schaardt leise zurück. Dann half sie ihrem Mann beim Aufstehen und schleppte sich mit ihm ins Haus hinein.

Und batsch! Da war sie wieder, diese gähnende Leere. Sie befiel Johannes von Manger-Koenig am Samstagmorgen nach dem Aufwachen und endete am Sonntagabend mit dem Einschlafen. Manger hatte Tricks gefunden, um das Wochenende zu überleben. Er onanierte, las Zeitung, badete, bis er die Hornhaut an den Fußsohlen in langen Streifen abziehen konnte, bereitete sich ein reichliches Essen. Manger ging viel spazieren, den Königsberg hinauf und wieder herunter, am Fluß entlang, wobei er die Stockenten zählte und nach Hause ging, wenn er die Zahl 100 erreicht hatte.

»Johannes, du machst etwas falsch«, sagte er zu seinem Spiegelbild. Er drückte sich auf dem Rücken einen Pickel aus, schnitt die lästigen Haare in beiden Nasenlöchern auf Normalmaß zurück und holte verblüfft ein graues Haar aus dem linken Loch. Das gab ihm zu denken, so sehr, daß sein Omelett verschmurgelte und er es aus der Pfanne ins Klo schüttelte. Bei der Gelegenheit merkte er, daß er vergessen hatte, Toilettenpapier einzukaufen.

»Wahrscheinlich kriegst du jetzt Durchfall und brauchst das Papier dringend wie noch nie im Leben.« Durchfall bekam er nicht, dafür begann es in der Nase zu kribbeln. Die Haare waren es nicht, die hatte er ja geschnitten. Es konnte ein Schnupfen sein, vielleicht aber auch nicht. Selbst auf Schnupfen war kein Verlaß bei ihm. Johannes von Manger-Koenig drang unwiderstehlich zu den Grundfragen seines Lebens vor. Möglich, daß die chinesische Dosensuppe, die er sich Samstag nachmittag reinlöffelte, diesen Prozeß beschleunigte. Er bekam von dem versalzenen Pamp höllischen Durst und schüttete zwei Flaschen Wittinger Pilsner hinterher, von denen er richtig lustig wurde.

»Johannes, du bist ein bißchen duhn.« Er lachte sein Spiegelbild an und wünschte sich, daß in diesem Moment Alexandra anwesend gewesen wäre. Die Lockerheit, die aus der Hüfte kam, die verließ ihn ja regelmäßig in ihrer Anwesenheit. Manchmal wurde Manger das Gefühl nicht los, daß er mit Alexandra noch große Probleme bekommen würde. Zwar war er sicher, daß er sie letzten Endes herumkriegen würde. An der Eheschließung zweifelte er nicht ernsthaft, es ging nur noch um den Termin: vor 1995 oder danach. Vor der Zeit htte er keine Angst. Time was on his side. Er wurde ja nicht älter im Sinne von hinfällig. Er gewann an Reife, Charme, Souveränität. Über diesen Gedanken wurde es 18

Uhr 05, Zeit für die Sportschau. Manger bewunderte durchtrainierte, muskulöse Männerkörper in verschiedenen sportlichen Disziplinen. »Wer's nicht im Kopf hat, hat's in den Armen«, sagte er und fühlte doch wieder den kleinen Stich von Neid.

Volksstück oder Abenteuerfilm? Manger stand am Fenster und sah den jungen Menschen zu, die in Diskotheken und Lokale strömten. »Warum bist du nicht dort unten, Johannes?«

20 Minuten später drängte sich Manger in eine winzige Kneipe, die auch ohne ihn schon überfüllt war. Er bekam ein labberiges Bier, das ihm sofort auf die Blase schlug. Während es gegen die Kachelwand des Urinals trommelte, übergab sich in der Kabine jemand mit der ganzen Urgewalt des Zechers. In der Kneipe wimmelte es von schönen Frauen jeder Altersstufe, jeder Haarfarbe, jeder Größe. Er hätte nur die Hand auszustrecken brauchen. Aber er brauchte seine Hand noch für den Dienst, er konnte sich keine zerquetschten Gliedmaßen leisten. Außerdem hatten alle Frauen einen Mann dabei. Und die Frauen, die keinen Mann dabei hatten, hatten eine Frau dabei. ‚Du mußt das Milieu wechseln. Näher an die Basis ran.'

Links lockte der »Pfauenschwanz«, rechts dicht hintereinander der »Brunnen« und das »Sir Henry«. Manger lauschte Richtung Unterleib, es reichte eigentlich für heute. So betrat er die Bordellkneipe aus einer Position der Stärke heraus. Die taxierenden Blicke der Frauen an der Theke brachte er mit Anstand hinter sich.

»N'Abend, Rolf.«

»N'Abend, Herr Manger-Koenig«, antwortete der Kellner höflich.

»Immer dran denken, Rolf: Die Karte laut und deutlich auslegen, damit mir keine Klagen kommen.«

»Logo, Herr Manger-Koenig, logo. Wir lassen da nichts anbrennen.«

»Du achtest auch drauf, daß du für das Prickelwasser in

der Flasche auf deinem Tablett nachher nicht aus Versehen den Champagnerpreis aufschreibst, klar?«

»Klaro, Herr Manger-Koenig.«

Manger hätte dem renitenten Kerl für diese irgendwie provozierende Aussprache seines Namens gern ein paar hinter die Ohren gehauen. Ihm fehlte nur ein Vorwand, aber den würde ihm Rolf nicht liefern, dazu war der Halunke zu geschickt, wie Manger mit stillem Bedauern wußte. Er wechselte in den »Pfauenschwanz« hinüber. Das erste, was er sah, war ihr Dekolleté. Das Dekolleté holte Manger wie auf Schienen heran.

»Gute Freunde nennen mich Gudrun.«

»Mich nennen sie Manger-Koenig, egal ob sie mich mögen oder nicht.«

»Wie süß.«

»Ganz meinerseits.«

»Der Platz neben mir ist zufällig frei.«

»Wie schön für den Platz. Ich setz' mich dann mal eben rauf, bevor es ein anderer tut, right?«

»Oh, ein Weltenbummler?«

»Nun ja, neben meiner Vielsprachigkeit besitze ich noch einige andere Talente.«

»Wie aufregend. Mein Gesicht ist übrigens hier oben, 20 Zentimeter über meinem Dekolleté. Danke. Was für Talente denn?«

»Ich beginne mit dem Wichtigsten: Ich bin ein Mann.«

Gudrun pfiff leise durch die Zähne. Manger begriff überhaupt nicht, wie es jemals ein Zahnarzt geschafft haben sollte, in diesen Körper eine dermaßen gleichmäßige Allee von Schneidezähnen einzupflanzen. ‚Der muß doch gezittert haben vor Begierde, der Mann. Na ja, vielleicht war es eine Frau. Heißt ja auch d e r Schneidezahn.'

»Ein Mann, wow. Von oben bis unten?«

»Speziell da? Kleinen Beweis gefällig?«

»Ich gucke mir auch große Beweise an.«

Damit konnte Manger dienen.

»Donnerwetter«, staunte Gudrun. »Ist ein kapitaler Brokken.«

»Nicht wahr«, sagte Manger befriedigt.

»Ute, guck dir mal diesen Eumel an.«

Barhocker-Nachbarin Ute beugte sich hinüber: »Oha, das muß doch weh tun.«

»Ach was«, sagte Manger lässig und drapierte das Seidentuch vor die Stelle am Hals, wo er sich beim Rasieren eine lange Schramme hineingesäbelt hatte.

»Und nun?« fragte Gudrun, nachlässig den zweiten Piccolo ordernd.

Mangers Puls ging schon mal vorbeugend auf schlappe 120. So blieben ihm immer noch 50 in Reserve. Er hatte mal eine Geliebte gehabt, die in einer internistischen Praxis die EKG-Maschine bediente. Sie war so nett gewesen und hatte ihn nach Feierabend für den Verlauf eines Liebesakts an den Pulsmesser angeschlossen. Seitdem wußte Manger Bescheid. Mühsam hielt er den Kopf oben, der immer wieder ins Dekolleté abrutschen wollte.

Gudrun legte ihre Hand auf Mangers Knieregion und wiederholte ihre Frage: »Und nun?«

Sie lächelte ihn an. Plötzlich zwinkerte sie ihm zu und flüsterte: »Django.«

Solch einen netten Kosenamen hatte Manger noch nie jemand gegeben. Alexandra war nie über »Jo-Jo« hinausgekommen, und Eichel hätte sich eher die Zunge herausschneiden lassen, bevor er für Manger ein von Zuneigung getragenes Buchstabengebilde über die Zungenspitze in die Außenwelt gekippt hätte.

»Django.«

Die Spannung in Gudruns Gesicht war nicht zu übersehen. Sie vergaß vor Spannung fast ihr Lächeln.

»Was denn sonst?« entgegnete Manger schneidig.

»Django?«

»Na logo.«

»Tatsächlich Django?«

Manger nickte heftig.
»Zeigst du's mir im Séparée?«
Manger schluckte.
»Dann komm.« Gudrun ließ sich vom Hocker gleiten, wobei das eh nicht üppig lange Kleid die absolute Mehrheit des Oberschenkels enthüllte. Sie faßte Manger an der Hand und zog ihn mit sich.
»Durchhalten«, rief ihm ein Mann nach.
Manger machte, optimistisch wie er war, das Fictory-Zeichen. Genau in diesem Moment flammte ein Blitzlicht auf. Manger kannte das. Auf diese Weise entstanden launige Polaroids für den Schaukasten des »Pfauenschwanzes«. Streng rechtlich war so was zwar nicht erlaubt wegen des »Rechtes am eigenen Bild«. Aber wer war er denn, hier den Popelzähler zu spielen?
»Da wären wir«, sagte Manger mit belegter Stimme, als Gudrun den schweren Doppelvorhang des Raums mit Tisch, Sessel und einem gemütlichen Sofa zugezogen hatte.
»Ganz recht«, sagte Gudrun. Sie wollte noch etwas sagen, doch erst raubte ihr Manger einen Kuß. Wie stets, wenn er das Ursprünglich-Ungezähmte der männlichen Sexualität in Gegenwart einer Frau demonstrierte, geriet ihm die Aktion etwas stürmisch. Im Handball nennt man das »Stürmerfoul«.
»Na, na«, keuchte Gudrun, sich mühsam wehrend.
»So bin ich nun mal«, sagte Manger erregt und popelte das Seidentuch aus dem Hemdausschnitt. Natürlich bekam er wieder nicht den Knoten auf. Das kannte er schon, tat darum so, als ob er sich um den Knoten gar nicht weiter kümmerte. Und als der Knoten dachte, daß die Gefahr vorbei wäre, packte Manger erneut zu – offen war das Tuch. Graziös schleuderte er das Tuch nach hinten. Leider war es länger, als er gedacht hatte. Es schlängelte sich um seinen Kopf, und Manger stand im Dunkeln da.
»Django«, sagte Gudrun.
»Django sieht gerade nichts. Aber Django weiß sich zu helfen.« Manger hatte noch soviel vor an diesem Abend. Er

besaß Dynamik, Spannkraft und Ausdauer auch. Seine Hände befanden sich auf dem Weg zum obersten Hemdknopf, da langten nicht weniger als sechs Hände durch den schweren Vorhang des Séparées. Manger dachte, sie wollten ihm beim Aufknöpfen helfen. Doch die drei Männer hatten nur eins im Sinn: ihn zu verhauen. So schlimm das war, so weh es tat, so eng es war mit fünf Leuten im Séparée, noch schlimmer waren die Rufe, die sie, sich gegenseitig in ihrem schmerzhaften Tun anfeuernd, ausstießen:

»Verpaß ihm ein Ding, dem Saukerl.«

»Immer auf die 12.«

»Keine falsche Rücksichtnahme.«

»Hautse, hautse, immer auf die, au verdammt, er hat mich gebissen.«

»Nimm deinen Fuß aus meinem Gesicht.«

»Lassen Sie das, ich bin von der Polizei!«

»Und ich bin von der Heilsarmee. Nicht mal richtig lügen kannst du. Na warte.«

»Nicht auf mein Auge, bitte nicht auf mein Au . . .!«

»Ich will hier raus.«

»Erst das Vergnügen, dann die Arbeit.«

»Nehmen Sie Ihre Hand aus meinem Ausschnitt, Sie Lustmolch!«

So ging es eine knappe Minute weiter, dann hatten sie Manger im Schwitzkasten.

»Fassen Sie in meine Brusttasche«, keuchte er, Blut auf den Lippen schmeckend.

»Ich kann mich gerade noch beherrschen, du . . . du Django, du«, sagte der Anführer der drei, griff dann aber doch hinein.

»Ach, du Scheiße«, sagte er. Sie stellten den Assistenten auf die Beine. Gudrun, die sich als Undercover-Agentin Gudrun B. aus der Landeshauptstadt herausstellte, besorgte in einem prächtigen Sektkübel aus Silber Eis aus gefrorenem Wasser und legte die Würfel auf Mangers wunde Gesichtspartien. Dann klärten sie die Sache auf. »Django« war der

Deckname einer Fahndungsaktion nach Kokain-Händlern aus Kolumbien, die im Zuge der Dezentralisierung das Rauschgift weg von den Metropolen hin in die kleinen Städte der Republik bringen wollten. Gudrun B. in der Rolle einer Animierdame hatte auf einen Händler gewartet, der ein Viertelpfund bei sich tragen sollte.

Zwei Stunden später lag Manger im Bett. Vorher hatte er sich nackt im Spiegel betrachtet und danach blitzschnell das Licht gelöscht.

»Einen wunderschönen sonnigen guten Morgen, mein lieber, lieber Schildknappe Manger-Koenig, endlich sehen wir uns wieder.«

»Morg'n.«

»Ich habe mich vor Sehnsucht nach Ihnen verzehrt. Was haben Sie gemacht?«

»Schlagen Sie die Zeitung auf und pieken Sie mit dem Ding nicht immer in meinen Bauch, dann wissen Sie, was ich gemacht habe.«

Während sich Manger mit einer Niedergeschlagenheit sondergleichen auf die Holzbank setzte, schlug Kommissar Eichel die Tageszeitung auf.

»Im Lokalteil«, sagte Manger müde.

»Im Lokalteil, aha, na, mal sehen, was Sie da für eine Überraschung für mich parat . . .« Eichel befand sich in wunderbar milder Laune. Das Wochenende hatte sich zwischen ihm und Ulrike zu einem ganz besonders liebevollen Geturtel entwickelt. Zwar hatte es sie anfangs ein wenig irritiert, daß zum erstenmal seit zwei Jahren das Fernrohr auf dem Dach von Schaardts nicht auf ihr Schlafzimmer gerichtet war. Hinterher war es dann aber doch noch eine bezaubernde Zeit geworden.

»Lokalteil, Lokalteil«, säuselte Eichel, blickte auf, versuchte, den ihm etwas muffig scheinenden Assistenten blickmäßig mitzureißen. Eher hätte er eine Wasserleiche zum Bossa-Nova-Tanzen animiert. Der Komissar blickte wieder in die Zeitung, und dann passierte, was nach Lage der Dinge nicht hatte ausbleiben können: Er sah das Bild. Sah es an, immer und immer wieder, blickte zu Manger hoch, blickte auf das Bild nieder, auf, nieder, auf nieder, und Manger sagte:

»Ich sehe in Wirklichkeit natürlich viel besser aus.«

Eichel holte Luft, daß sich die Lungenflügel wunderten, und brüllte los:

»Sie Nichtsnutz! Sie intellektuelles Minuszeichen! Sie Kreatur! Sie Sohn eines Faultiers und einer Müllkippe! Sie . . .«

»Vorsicht«, warf Manger erschöpft ein, »keine Beleidigungen.«

Eichel pumpte nach Luft: »Wie schaffen Sie es eigentlich jedesmal, über die Straße zu kommen, ohne überfahren zu werden? Warum haben Sie sich noch nie an einer Fischgräte verschluckt? Warum haben Sie sich noch kein Buttermesser in die Gedärme gerammt? Sie sind doch genau der Typ dafür, Sie Wundertüte ohne Inhalt! Sie Weihnachtsbaum ohne Nadeln! Sie Goggomobil! 100 Meter in 29 Sekunden. Wasserscheu, Höhenangst, Klaustrophobiant oder wie das heißt! Sie Wärmegewitter, Sie ambulanter Durchfall, oh, wie ich Sie hasse, wie ich Sie verachte, wenn Sie wüßten, wenn Sie auch nur einen Anflug von Ahnung in Ihren Kantkopf hineinbekämen, zwischen uns läge schon lange die Entfernung, die zwischen hier und Alaska liegt.«

»Die brauchen doch keine Polizisten in Alaska.«

»Haben sich wohl schon erkundigt, was? Wie sind Sie denn in das US-Konsulat reingekommen? Haben sich wieder als Zwergschnauzer verkleidet oder wie? Sie . . . Sie . . . das sage ich Ihnen . . ., wenn ich erst wieder bei Luft bin, dann mache ich weiter, dann geht es Ihnen schlecht, dann wünschen Sie sich, nie geboren worden zu sein, und dann . . .«

Manger schlug die Zeitungsseite, auf der das Foto stand, das seinen Abtransport vom »Pfauenschwanz« in einen Streifenwagen zeigte, zu. Schlagartig verstummte Eichel. Es war, als wenn jemand den Stecker herausgezogen hätte.

»Sie haben mich verhauen«, sagte Manger schwach und zeigte, obwohl das überflüssig war, auf die vier Pflaster in seinem Gesicht. »Es hat ganz doll wehgetan. Die haben das trainiert, das Verhauen, immer reingehauen haben sie, so zack und zack und zack, wenn ich das mal eben demonstrieren darf . . .« Manger kam um den Tisch herum auf Eichel zu und schlug angedeutete Haken, Gerade und Schwinger auf dessen Brust- und Bauchpartie.

»Und zack und immer wieder, ich habe mich gewehrt wie ein Weltmeister, zack und zack, ausgewichen bin ich . . .« Manger zeigte, wie er ausgewichen war, dann trommelte er weiter gegen Eichels Bauch. Zehntelzentimeter um Zehntelzentimeter kamen seine Schläge dichter an Hemd und Hose des Kommissars heran. Manger kriegte das nicht in aller gebotenen Exaktheit mit. Seine Augen hatten sich vor Erregung mit Tränen gefüllt. So teilte Manger die heftigen Schläge nahezu blind aus.

»Immer ich«, keuchte Manger, mit dem Schlagen nicht aufhörend.

»Als wenn es keinen zweiten Polizisten auf der Welt gibt, den man verhauen kann. Alle haben mich auf dem Kieker. An mir hält sich jeder schadlos. Ich bin der Sandsack vom Revier. Mit mir könnt ihr's ja machen. Ich bin vogelfrei. Aber das hat jetzt ein Ende, damit Sie's nur wissen.« Schlag um Schlag prasselte auf Eichel ein. Längst war sein verdutzter Gesichtsausdruck verschwunden. Dafür hatte eine andere Mimik Einzug gehalten. Sie verhieß nichts Gutes.

»Das hat schon in der Sandkiste angefangen«, greinte der wie wild schattenboxende Manger. Ihm lief das Wasser aus den Augen.

»Wenn einer sein Eimerchen vergessen hatte, wem hat er seins weggenommen? Mir. Mit den Schaufeln war es genauso. Die Backformen, das Sieb, mein Lieblingssieb, das orangene, bei dem der Griff geplatzt war – zack und futsch und weg! Mit mir konnte man's ja machen. Ich war ja nur der Johannes. Ich war ja dumm wie Bohnenstroh. Das war ja damals schon ein geflügeltes Wort bei uns auf dem Hof. ‚Wen stellt man an den Pranger? Manger'; und später auf der Oberschule, 12. Klasse, meine sauberen Klassenkameraden: ‚Das größte Pech eines Mannes: ein Mitschüler namens Johannes.' O ja, so waren sie, so waren sie alle, von der Sandkiste bis zur Schule und darüber hinaus. Auf der Polizeischule, da . . .«

Und dann passierte, wonach Eichel seit vielen Sekunden gierte:

Manger berührte ihn am Hosengürtel. Zwar kaum spürbar, und natürlich erzeugte der kleine Butz nicht im Ernst ein Schmerzgefühl. Aber eine Berührung war es. Und deshalb durfte Eichel jetzt tun, was er tat. Er holte aus und verpaßte Manger einen Uppercut von schmelingschen Ausmaßen. Der Rest war Schweigen, jedenfalls von Mangers Seite.

Vor dem Eingang grimassierte Norbert, als ob er nicht alle Tassen im Schrank hätte. Er tat das, weil er in den folgenden Minuten Gesichtsmuskeln bewegen mußte, die er im täglichen Leben sonst links liegenließ.

»Aber hallo, unser Jung-Dichter. Schön, Sie mal wieder zu sehen. Würden Sie Ihre sowieso schon äußerst großzügig bemessenen Termine nicht jedesmal so skandalös überziehen, würden wir uns viel häufiger sehen.«

»Das wäre allein schon ein Grund, sie noch weiter zu überziehen«, sagte Norbert leise und lächelte Ross-Senkbleis Sekretärin gewinnend zu. Die Frau, seit 15 Jahren vor dem Sprung über die 39er-Grenze, betäubte ihre Angst vor dem Älterwerden mit einem Jugendlichkeitskult, wie ihn Norbert in dieser forcierten Lächerlichkeit noch nicht erlebt hatte.

»Herein, wenn's kein Fackelträger ist«, bellte Ross-Senkblei mit seinem urigen Mutterwitz, mit dessen Hilfe er schon vielbesuchte Partys leergefegt hatte.

»Bitte sehr«, sagte Norbert und warf dem Lokalchef der örtlichen Tageszeitung seine Buchbesprechungen auf den wie immer penibel aufgeräumten Schreibtisch.

»Na, wollen wir doch mal sehen«, sagte Ross-Senkblei, ließ die Pfeife in den anderen Mundwinkel wandern und las diagonal. Zu mehr reichte sein Interesse schon lange nicht mehr.

»Na bitte, da haben wir's doch«, sagte er dann. »Oberflächlich, großkotzig, Mut zur unbewiesenen Meinung, voller Polemik und Neid gegen Menschen ohne Schreibhemmung, mit einem Wort: Feuilleton, wie wir es lieben. Gut gemacht, Fackelträger, setzen. Menschenskind, und wegen sowas machen wir hier täglich eine Zeitung. Ein Jammertal ist das.«

»Und Sie bewachen den Abgrund, damit keiner nahe genug herankommt, um einen Blick in die Tiefe werfen zu können.«

Überrascht sah Ross-Senkblei auf: »Nicht schlecht, gar nicht mal schlecht. Könnte zwar nicht von mir sein, aber schlecht ist es nicht.«

Norbert nahm die angebotene Zigarette an und sagte:

»Ich brauche das Geld schnell.«

»Welches Geld?«

»Die 80 Pfennig Zeilenhonorar.«

»Heißt das, Sie hegen die Hoffnung, daß das hier vor mir liegende Konvolut eine Abdruckchance hat?«

Norbert seufzte. Er kannte Ross-Senkbleis Angewohnheit, die freien Mitarbeiter zu demütigen und zu verhöhnen. Er tat es mit allen, niemand mußte sich einbilden, daß er bevorzugt behandelt würde.

»Also wann?«

Ross-Senkblei überlegte, die Pfeife wanderte. »Welches Jahr schreiben wir heute?«

Beim anschließenden Lachen fiel ihm die Pfeife auf den Tisch. Er versuchte noch, mit seinen gelben Hauern, die Nüsse zerknacken und Kronkorken verbiegen konnten, zuzupacken. Aber die Pfeife war schneller. Es knackte entsetzlich, als die Zahnreihen aufeinanderschlugen. Norbert schloß die Augen.

»Komm schon, Johannes, nicht eingeschnappt sein. Ein Polizist ist nicht eingeschnappt. Er ist vielleicht tot oder besinnungslos, aber er ist nicht eingeschnappt.«

Eichel tätschelte die Wangen des auf der Holzbank liegenden Assistenten. Manger öffnete die Augen:

»Wenn ich Alexandra nicht hätte, würde mich niemand auf der Welt mögen.«

»Wer hat Ihnen denn den Floh ins Ohr gesetzt? Sie haben Alexandra doch gar nicht.«

»Habe ich wohl.«

»Aber nie im Leben.«

»Einmal hatte ich.«

»Unzucht mit Besinnungslosen ist strafbar und auch moralisch verwerflich.«

»Sie war nicht besinnungslos.«

»Dann war sie nicht Alexandra.«

»War sie doch.«

»Ich spreche die ganze Zeit von meiner Tochter. Alexandra Eichel, die intelligente, selbstbewußte und geschmackssichere Tochter eines begabten Kriminalisten und Vaters.«

»Die meine ich.«

»Eines Tages kriege ich noch heraus, was ihr beide damals im Wochenendhaus getrieben habt. In meinem Wochenendhaus.«

»Na, was wohl?«

»Nein, Johannes!«

»Doch, Alexander, pardon, ich meine Herr Eichel.«

Da fiel Eichel eine neue Taktik ein. Er hielt sie für schäbig und gemein. Aber er wußte aus Erfahrung, daß aus diesem Holz die besten Taktiken geschnitzt waren.

»Es gibt übrigens einen Film.«

»Wo gibt es einen Film?«

»Draußen. Im Wochenendhaus.«

»Klar, im Fernseher.«

»Da auch. Ich meine jetzt speziell meine Nachbarn, das sympathische Ehepaar Schaardt.«

»Und?« Manger schwante Böses.

»Schaardts sind begeisterte Amateurfilmer, Super-8, Video-8, VHS, Polaroid, was nicht schnell genug fliehen kann, wird abgelichtet.«

»Ich sehe da keine Zusammenhänge mit dem Thema, über das wir sprechen.«

»Kommt gleich. Schaardts haben ein Loch im Dach.«

»Haben meine Eltern auch. Sie nennen das Fenster.«

»Nicht frech werden, ja? Bei Schaardts ragt aus dem Loch ein sensationell leistungsfähiges Fernrohr der Marke ‚Moondriver'. Ist das beste, was es auf dem Markt gibt, der Mercedes unter den kombinierten Nachtglas-Kamera-Richtmikrofon-Aufnahmesystemen. Verstehen wir uns?«

»Das haben die nicht. Nie und nimmer.« Aber Mangers Stimme war schon ziemlich schwach, deutete an, daß er die Existenz eines solchen Geräts immerhin für möglich hielt.

»Das haben die wohl«, sagte Eichel seelenruhig. »Und sie haben eine Leinwand, auf der sie die Ausbeute ihrer nächtlichen Dreharbeiten gar zu gern der Nachbarschaft zeigen. Speziell natürlich ihren Lieblingsnachbarn. Ganz speziell natürlich, wenn der weibliche Hauptdarsteller uns wohl bekannt ist, nämlich unsere Tochter.«

»Pfui. Belauschen fremde Leute und filmen Schweinkram ab. Also nein wirklich, pfui und nochmals pfui.«

»Ich gebe Ihnen völlig recht, lieber Johannes, wenn sie Ferkeleien filmen würden, das würde ich nicht billigen. Da wäre ich der erste, der das Streichholz an das Zelluloid hält. Aber was sie uns gezeigt haben, die lieben Schaardts, lieber Johannes, das war kein Porno, das war eine Komödie, ein Schwank, Bauerntheater. Und soll ich Ihnen sagen, wer den Bauern gespielt hat?«

»Schon gut, ich weiß Bescheid.«

»Dann frage ich mich, warum Sie überhaupt noch bei uns sind. Sie gehören ins Kino, Johannes, wenigstens ins Fernsehen. Auf so was wie Sie warten die Leute. Acht Stunden harte Arbeit, die nervende Fron im Haushalt, Ärger mit den

Kindern – aber dann Beine hoch und Glotze angeworfen: ‚Dieser Tag ist nicht verloren / Heut kriegt Johannes was auf die Ohren.' Schicker Slogan, hä?«

»Ja, ja, ganz schön schon.«

Manger fühlte sich unheimlich müde.

»Chef?«

»Nur raus mit der Sprache. Aber erst dran denken: Ist das, was mir auf der Zunge liegt, wirklich so interessant, daß ich meinem Vorgesetzten seine wertvolle Zeit stehlen darf?«

»Chef ... haben Sie wirklich alles gesehen in dem Film?«

»Na, aber logo. Alles. Das Auge der Kamera ist grausam, aber ehrlich.«

»Haben Sie auch die Sache mit der Torte gesehen?«

»Die verdammt noch mal leider nicht. Da hat Herr Schaardt wohl so lachen müssen, daß er das Fernrohr verwackelt hat.«

»Aber die Sache mit der Hose, die haben Sie gesehen?«

»Welche Hose?«

»Na, die Unterhose.«

»Ach die, na klar. Köstlich, Johannes, köstlich. Ich hätte mich beinahe naß gemacht vor Lachen.«

»Chef ...«

»Ja, Johannes?«

»Ich glaube, ich möchte jetzt nach Hause gehen.«

»Fühlen Sie sich so schlecht?«

Manger nickte und rang verzweifelt seine Hände. Er war wirklich ganz unten. Unter Manger kam nur noch der Asphalt.

»Ich könnte Sie nach Hause fahren. Na? Freuen Sie sich nicht?«

»... doch.«

»Na los denn, Sie Pechvogel. Autoauto fahrn, Sie dürfen auch mal hupen.«

Unternehmungslustig schlug Eichel dem Assi eine Hand auf die Schulter. Er konnte Manger gerade noch auffangen, sonst wäre er gegen die Rippen des Heizkörpers gefallen.

»Oh, gucken Sie mal da, wie finden Sie denn die? Flotter Feger, was?«

Sie standen an der roten Ampel und sahen der jungen Frau zu, die in einem für diese Jahreszeit etwas knappen Kleid die Straße überquerte. Manger schluckte. Die Frau war wirklich schön. Und sie hatte einen entscheidenden Vorteil: Ihr Vater hieß nicht Eichel.

»Na?« jieperte Eichel, »wäre das nichts für Sie? Wenn Sie sich nicht trauen, könnte ich den Brautwerber spielen. Ich singe Ihr Loblied in den höchsten Tönen. Ich konnte schon immer gut lügen.«

Die Ampel sprang auf Grün. Eichel legte einen Kavalierstart hin, Mangers Kopf wurde nach hinten geschleudert.

»Chef, bitte, mein Kopf.«

»Sorry. Das ist das Tier in mir, die Herrschaft über 105 Pferdestärken. Das kennen Sie nicht so von Ihrem überdachten Fahrrad, wie?«

»Mir reichen 40 PS völlig.«

»Eben, Johannes, eben. Das ist ja das Traurige an Ihnen. Sie haben nicht nur keine Phantasie. Sie sind auch noch zufrieden damit. Erschütternd. Sehen sie mal hier . . .«

Und Eichel bremste so herzhaft, daß Manger der Magen in die Kniekehle sank.

»Das eben, das war eine Bremsung. Wenn Sie so was mit Ihrem autoähnlichen Dingsda machen würden, wissen Sie, wie das da heißen würde? Verschrottung.«

Eichel lächelte ihn breit an: »Und das hier . . .« Er startete rasant. »Das nenne ich beschleunigen. Das . . .«

»Chef, bitte . . . mir wird so schlecht.«

Eichel klopfte dem Assistenten aufs Knie, blickte nach rechts – dann bremste er. Manger rutschte auf dem Sitz nach hinten, verhedderte sich dabei im Gurt.

»Mensch, das ist doch der sagenhafte Friseur, von dem in der Stadt alle schwärmen.«

»Seit wann ist hier ein Tunnel?« fragte Manger verdutzt.

»Das ist kein Tunnel. Sie haben den Gurt vor dem Auge.

Ich glaube, da gehen wir zwei beide jetzt mal auf ein Schwätzchen rein.«

»Ach nein, bitte nicht. Können Sie mich nicht erst nach Hause fahren?«

»Dienst ist Dienst und Schlummerrolle ist Schlummerrolle. Sie brauchen auch nichts zu sagen. Hören Sie einfach nur zu. Das bringt Sie fachlich voran.«

Schwungvoll fuhr Eichel in die Parklücke und touchierte dabei fast den Audi Quattro. Als er das teure Auto genauer ansah, stieg sein Blutdruck. ‚Irrsinn. Wühlt fremden Leuten auf dem Kopf herum und sackt die Kohle zentnerweise ein. In was für einer Welt leben wir nur?' Auch Manger blieb vor dem üppig getunten Wagen stehen.

Eichel ritt der Schalk: »Das ‚Quattro' hinten drauf, das will uns sagen, daß dieser Wagen vier Räder hat. Das unterscheidet ihn grundsätzlich beispielsweise von einem Dreirad.«

»Einen schönen guten Tag, die Herren«, flötete der heranwieselnde Dieter.

»Warum haben Sie eigentlich nicht zu?« fragte Eichel

Dieter stutzte: »Ich glaube, ich verstehe nicht.«

»Als ich klein war, hatten die Friseure montags zu. Die Schlachter auch.«

»Das ist lange her«, sagte Dieter, die Köpfe der Männer musternd. ‚Ihr habt Mut.'

»Ich muß mich hinsetzen«, murmelte Manger und setzte sich hin.

»Schick«, sagte Eichel und blickte sich im Laden um.

»Was kann ich für Sie tun?« fragte Dieter.

»Ein Glas Wasser«, stöhnte Manger.

»Wir sind keine Gastwirtschaft«, stellte Dieter klar. »Wenn Sie sich aber vielleicht in unsere Koffein-Lodge begeben möchten . . .« Er wies hinüber, Manger blickte Eichel an.

»Gehen Sie nur«, sagte der. »Aber nicht wieder pfundweise den Würfelzucker abschleppen. Haben Sie silberne Löffel?« fragte er Dieter.

Der schüttelte verdutzt den Kopf.

»Pech für Sie«, sagte Eichel zu Manger, der sich entsetzlich schämte.

»Was kann ich nun für Sie tun, mein Herr?« fragte Dieter.

»Für mich können Sie nichts tun«, antwortete Eichel. »Aber für meinen mißratenen Ziehsohn, der da hinten gerade mit beiden Händen einen Becher auf Mundhöhe hievt, für den könnten Sie etwas tun.«

»Notschlachten, wie?« schoß es aus Dieter heraus.

Zwei Minuten später saß Manger in einem Frisierstuhl. Er wußte nicht, wie ihm geschah. Er wußte jedoch, daß ihm schlecht war.

»Spendier ich Ihnen, den Schnitt«, sagte Eichel und legte dem Assistenten eine Hand auf die Schulter.

»Danke«, stieß Manger hervor. »Aber das wäre doch nicht . . .«

». . . natürlich nicht. Aber ein Mann muß sich verwöhnen lassen können. Und nachdem es ja nun mit Alexandra nicht geklappt hat . . ., also, Junge, Kopf hoch.«

»O ja, bitte«, sagte der Friseur mit den braunen Haaren.

»Ich muß Ihnen was zeigen«, sagte Eichel zum Friseur. »Das hier am Kopf von Ihrem Klienten, diese knöllchenförmigen Wucherungen rechts und links, die schneiden Sie nicht ab. Das sind seine Ohren.«

»Ich will nach Hause«, jammerte Manger.

»Also dann«, rief Eichel, »verarzten Sie ihn nett. Anschließend stecken Sie ihn in den Stadtbus. Er hat einen Zettel um den Hals, da stehen Name und Adresse drauf.«

Eichel streichelte den Mazda und freute sich, mit welch gehorsamem Brummen der Motor ansprang. ‚Da kann Manger noch viel lernen.' In diesem Moment parkte vor ihm der Lieferwagen ein. Als Eichel die Aufschrift las, wurde er sehr, sehr nachdenklich. Es war ein Wagen von Pfalzstadt-Pharmazie und Kosmetik.

»Paß auf, Didi. Ich sage dir jetzt, was du zu tun hast.«

Didi stieß auf und blickte Urlike Eichel aufmerksam an. Hinten konzentrierte sich Alexandra auf ihren Einsatz.

»Ich weiß, ich weiß«, sagte Didi. »Ich geh' da rein und frage, wo die Abteilung für Badezusätze ist. Wenn sie mich fragen, wieso, antworte ich ‚Fichtennadel', und wenn sie mich fragen, ob ich nicht mehr richtig ticke, sage ich, daß ich keine Uhr will, sondern die Abteilung für Badezusätze. Das mache ich so lange, bis sie mir das sagen mit der Abteilung. Richtig?«

»Ganz gut schon.« Ulrike blickte vom Parkplatz auf das imposante Auslieferungslager von Pfalzstadt.

»Die denken bestimmt, das ist für die ‚versteckte Kamera'«, gab Didi zu bedenken und blickte an sich herunter. Der Stadtstreicher sah mit seinem gekräuselten Vollbart, der extrem roten Gesichtshaut und der abgewetzten Kleidung in der Tat wie verkleidet aus. Aber nichts an Didi war falsch. Der Mann war authentisch, darauf legte Ulrike Wert. Als sie Didi gefragt hatte, ob er mitmachen würde, war er sofort bereit gewesen. Er hätte es auch ohne 50 Mark gemacht.

»Na denn.« Er blickte nach hinten zu Alexandra und stieg aus dem Fiat.

»Tut gut, wenn man wieder gerade stehen kann«, sagte er durch das leicht geöffnete Schiebedach und schob Richtung Eingang ab. Sie sahen ihn in dem kleinen Anbau neben der Einfahrt mit der weißroten Schranke verschwinden. Die Scheiben des Pförtnerkabäuschens spiegelten etwas, Mutter und Tochter erkannten nur Schemen. Doch Didi war auch als Umriß unverkennbar. Erst stand er regungslos, seine Gestik war sparsam. Doch schnell erhob sich der Pförtner, redete auf Didi ein. Es schien den Frauen, als wenn der Pförtner zu schreien begänne.

»Los«, flüsterte Alexandra. Ulrike startete den Fiat. Von der anderen Seite erreichte der Lieferwagen fast exakt im gleichen Moment die Schranke wie sie. Sie sahen, wie Didi den Pförtner auf den Lieferwagen aufmerksam machte. Da hupte der Wagen auch schon. Der Pförtner betätigte, ohne hinauszusehen, einen Knopf. Beide Wagen fuhren an, die Frauen waren auf dem Gelände von Pfalzstadt.

»Da vorne ist der Parkplatz für die leitenden Angestellten«, sagte Ulrike. »Die haben alle ein Schildchen mit ihrer Nummer drauf. Falls sie sie vergessen.«

In der zweiten Reihe fanden sie den dunkelblauen Scirocco. Ulrike stand Schmiere, Alexandra knackte ihn in Windeseile. Sie durchsuchten den Wagen nach allen Regeln der Kunst. Straßenkartenmäßig machte dem Fahrer keiner was vor. Er hatte eine Vorliebe für Schokolade mit ganzen Nüssen. Diese Vorliebe hatte er mit Alexandra gemeinsam.

»Sieht finster aus«, murmelte sie kauend. »Könnte sein, daß der Knabe wirklich sauber ist. Sollte man ja eigentlich auch annehmen, wenn er in solch einer Firma arbeitet. Die müssen doch alle stinken vor Reinlichkeit.«

Alexandra krabbelte nach hinten, suchte auf der Ablage, klappte die Rückbank nach vorn, warf einen Blick in den Kofferraum. »Scheiße«, murmelte sie und schlug immer wieder nachdenklich die behäkelte Klorolle gegen ihren Oberschenkel.

»Na, dann weiter«, sagte Ulrike. »Punkt zwei der Tagesordnung.«

In diesem Moment fiel der Zettel aus der Klorolle. Alexandra entfaltete ihn. Dann strahlte sie wie ein Honigkuchenpferd.

Heiner stand hinter Wilhelm Eichel und ging ihm auf die Nerven. »Wenn du mich nicht ranläßt, kann ich mich nie bewähren«, muffelte er. »Ich brauche Praxis, sonst trete ich auf der Stelle.«

»Dann tritt nicht auf meinen Nerven herum«, zürnte Wilhelm und tippte den neuen Durchlauf in die Anlage. Auf dem Bildschirm erschienen die Worte »Bitte warten«. Das tat Wilhelm nicht gern. Ein Diagramm baute sich auf.

»Schick«, sagte Heiner.

Wilhelm brummte, studierte die Graphik. Dann tippte er,

wartete, fluchte und griff neben sich, wo die Mitgliederzeitung eines Hackervereins aus der Landeshauptstadt lag.

»Verflixt und zugenäht«, knurrte Wilhelm. »Das kann doch nicht so schwer sein.«

»Vielleicht machst du etwas falsch«, gab Heiner altklug zu bedenken.

»Geh abwaschen. Das hier ist nur was für Fachleute.«

Wilhelm Eichel hämmerte auf das Keyboard ein. Es stand schon ganz schief auf dem Beistelltisch, an dem er sich regelmäßig die Knie anstieß. Erregt sog Wilhelm Speisereste aus einer Zahnlücke und kaute nervös auf ihnen herum.

»Komm«, sagte Wilhelm, »wir fangen jetzt noch mal ganz von vorn an. Nimm die Zeitung mit den Kennungen. Lies vor, ich tippe ein, und dann wollen wir doch mal sehen . . .«

»Ich beginne«, sagte Heiner. »Kennwort: Pfalzstadt . . .«

Als die Frauen auf die mit Draht durchwirkte Glastür zugingen, die die elektronische Datenverarbeitung von der Firma trennte, wurde ihnen klar, wie gering ihre Chance war.

»Uns muß eine verdammt gute Erklärung einfallen«, flüsterte Alexandra, die Augen starr auf die Tür gerichtet.

»Wir machen das mit der Hierarchiekiste«, sagte Ulrike. »Wirst mal sehen, das klappt.«

Sie drückten den Klingelknopf. Ein junger Mann vom Typ »Schwiegersohn« erschien.

»Diplompsychologin Ulrike Fenske und Diplomsoziologin Alexandra Unruh von der Technischen Universität Aachen. Es geht um das Projekt ‚Dreckspatz'.« Die Frauen schmunzelten den verdutzten Mann an.

»Dreckspatz? Ich muß gestehen, da bin ich im Moment . . .«

»Klar«, sagte Ulrike. »Die Projektleitung hat uns ja extra gebeten, den Deckel draufzubehalten, bevor wir . . .«

»Na, wenn das so ist«, sagte der Schwiegersohn, »dann reden Sie doch am besten mit dem Chef. Ich führe Sie hin.«

Sie folgten ihm, blickten dabei verstohlen auf ihre Armbanduhren, sahen sich an, nickten zuversichtlich. Ulrike spürte, wie sie vor innerer Spannung bebte.

Die EDV von Pfalzstadt war hell, unpersönlich, in den Tönen Weiß, Gelb, Creme. Die Männer trugen Hemden mit kurzen Ärmeln wie im Raumfahrtzentrum von Houston.

»Bitte sehr«, sagte der Schwiegersohn, dem es während des Marsches unangenehm gewesen war, zwei Frauen im Nakken zu wissen. Es erinnerte ihn penetrant an seine häusliche Situation. Immerhin traten ihm diese Frauen nicht in die Hacken.

»Ich träume ja wohl! Ulrike Baum! Der Anlaß meiner schlaflosen Nächte zwischen dem zweiten und vierten Semester. Ulrike, wie ich mich freue.«

Hans Seifenoper hechtete aus seinem Stuhl und verabreichte Ulrike in der Reihenfolge der Tätlichkeiten einen Handkuß, eine Umarmung, einen Wangenkuß links und einen rechts, gefolgt von einem weiteren Handkuß. Alexandra, die automatisch auch ihre Hand hingehalten hatte, ließ die Hand ungeküßt sinken.

Ulrike und Seifenoper strahlten sich an. Der Schwiegersohn sah, daß alles wohlgeraten war und ging. In der Tür drehte er sich um und musterte Alexandra. Dann seufzte er und verließ endgültig den Raum. Draußen hing er noch eine Zeitlang irritierenden Gedanken über verpaßte Gelegenheiten nach.

»Hans, darf ich dir meine Kollegin Alexandra vorstellen, Alexandra Unruh.«

Alexandra hielt die Hand hin und genoß die Ankunft eines gehauchten Handkusses. ‚Das sollte Johannes sehen. Dann würde er endlich wissen, was er für ein Bauer ist.‘

»Du bist noch hundertmal schöner geworden«, sagte Seifenoper, entzündete eine Zigarette, bemerkte seinen Lapsus und bot auch den Frauen an. »Du warst schon damals eine Schönheit. Aber jetzt steckt ein Leben dahinter. Mädchen, wann haben wir uns das letzte Mal gesehen? Es muß 24 Jahre her sein.«

»Und ich bin in der Zwischenzeit immerhin 18 Jahre älter geworden«, scherzte Ulrike, Seifenoper zu schrillen Schreien des Entzückens treibend. Er vergaß völlig zu fragen, was sie eigentlich hier wollten. Ulrike wurde immer unsicherer, ob sie ihre Rollen aufrechterhalten konnten. Doch es war schon 14 Uhr 58. Die Entscheidung nahte.

»Mein Gott, Ulrike«, säuselte Seifenoper, vor dessen geistigem Auge alle Ferkeleien vorbeizogen, die sie damals getrieben hatten.

Ich bin ja in der Zwischenzeit zweimal geschieden«, sagte er strahlend. »Das letzte Mal vor acht Wochen. Als wenn ich es geahnt hätte.«

Ulrike lächelte ihn an. ‚Das hättest du wohl gern, Teil 2 der Erfolgsgeschichte. Aber man soll alte Klopse nicht zum zweiten Mal in die Pfanne werfen.'

»Wir müssen uns unbedingt treffen, bald. Sehr bald.« Seifenoper ging ran wie Blücher, Alexandra kam sich überflüssig vor. Der schwere Vierziger war ihr ein wenig zu forciert flott.

»Weißt du noch, wie ich damals immer zu früh gekommen bin?« japste Seifenoper vergnügt.

»Leider«, sagte Ulrike.

Und in exakt der Sekunde, in der Seifenoper ein entsetzliches Mißverständnis witterte, gingen die Alarmsirenen los. Es sirrte in jedem Raum der EDV, rote Lichter blinkten. Alle Bänder standen still.

»Notfall in A 2«, rief der Schwiegersohn entsetzt, den Oberkörper ins Büro steckend.

Seifenoper erbleichte: »Oha, A 2. Entschuldige mich einen Moment, Ulrike.« Und weg war er.

Ulrike atmete hörbar aus.

»Mutti, Mutti. Du hast aber auch nichts anbrennen lassen damals.«

»Ach, Kind. Es war keine leichte Zeit.«

»Kann ich mir denken. Der hat bestimmt schon damals 180 Pfund durch die Weltgeschichte getragen.«

»160«, sagte Ulrike nachdenklich. «Aber ich kann mich irren. Ich kann mir ja nicht alle . . .«

»Natürlich nicht. Aber meinst du nicht, wir sollten jetzt vielleicht . . .?«

Alexandra wies auf einen Bildschirm. Und dann ging alles sehr schnell. Alexandra packte den Zettel aus, den ihr Jack besorgt hatte. Jack – Keyboarder in Alexandras cooler Jazz-Kapelle – war schwul und kam viel im Nachtleben der Stadt herum. Dabei war er an einen Computerfachmann von Pfalzstadt geraten. Das Verhältnis hatte Dauer, und so war Alexandra an die Computerbefehle auf dem Zettel geraten, den sie jetzt Ulrike in die Hand drückte, die sich vor den Bildschirm setzte.

»Lies vor, ich tippe ein.«

In diesem Moment wurde die Tür aufgerissen. Die Frauen fuhren herum.

»Momentchen bitte, ja? Wir haben einen Wurm in der Leitung. Ihr kommt solange allein klar?«

Sie lächelten. Seifenoper himmelte Ulrike an und verließ das Büro.

»Los jetzt«, sagte Ulrike konzentriert. »Kennwort: Pfalzstadt.«

»Muß ich wach bleiben, während Sie schnibbeln, oder kann ich eine Mütze voll Schlaf nehmen?«

Manni stupste Mangers strohige Haare in die mittlerweile 22. Position. ‚Kahlscheren müßte man den Kerl. Und dann feeren und tedern oder wie das heißt und rausjagen auf die Straße.‘

»Ich brauche für den Haarschnitt unbedingt den Gesichtsausdruck.«

»Die Frisur gibt es doch gar nicht, die zu meinem Gesicht paßt«, sagte Manger leise.

‚Natürlich gibt es die. Die hat sogar einen Namen: Arsch mit Ohren.‘

»Passen Sie mal auf«, sagte Manni tapfer. »Wir zaubern da

was hin, da legt sich Ihre Freundin vor Überraschung auf den Teppich.«

»Haben Sie nicht eine Frisur, bei der sie sich ins Bett legt?«

‚Klar. Mit 'ner Wärmflasche auf dem Bauch, weil sie vor Lachen Magenschmerzen gekriegt hat.'

»Das kommt darauf an, wie mutig Sie sind.«

»Ich bin feige. Deshalb bin ich ja zur Polizei gegangen. Das ist die einzige Therapie, wo du noch was kriegst dafür, daß du dich behandeln läßt. 13 Monatsgehälter.«

»Ich meine den Mut mehr in modischer Hinsicht.«

»Würden Sie das hier Mut nennen?« fragte Manger trostlos und hob die Ärmel seiner Erich-Honecker-Freizeitjacke in die Höhe.

»Doch, das ist Mut. Todesmut.«

Neidisch guckte Manni einen Stuhl weiter, wo Holger den smarten Gerd vorhatte. Gerd besaß eine Boutique, konnte bis 100 zählen, vermochte fett gedruckte Überschriften zu lesen und war dermaßen eitel, daß es nur eine Frage der Zeit war, wann er sein Schamhaar in die wöchentliche Haarpflege einbeziehen würde. Gerd besaß Mut zur Verwandlung. Vor zwei Monaten hatte ihn sein Dalmatiner in die Wade gebissen, als Gerd vom Friseur heimgekommen war.

»Was halten Sie hiervon?« fragte Manni und preßte Mangers Haare an den Seiten dicht gegen den Schädel.

»Das tut weh.«

Manni feuchtete Mangers Haare an.

»Und nun?«

»Jetzt sieht mein Kopf ja ganz klein aus.«

‚Stimmt. Kaum noch Ähnlichkeit mit einem Kürbis.'

»An den Seiten eng ran an die Knochen, vorne kurz und hinten stufig. Wie finden Sie das?«

»Erinnert mich an meine Kindheit, als es Butter noch aus dem Faß zu kaufen gab. Da hat die Verkäuferin einen Klumpen Butter auf das Papier gekwackt, und dann hat sie ihn mit zwei Hölzern von allen Seiten rechteckig geschlagen. Mir tat die Butter jedesmal leid.«

Manni sehnte sich nach einem kühlen Bier. Wenn er schon nicht trinken konnte, weil Alkohol im Dienst verboten war, wollte er es diesem Kunden wenigstens in den Nacken gießen.

»Braun wäre schön«, murmelte Manger.

»Klar«, hetzte Manni, den langsam die Höflichkeit verließ. »Gelb und braun.«

Mannis kleine Schwester hatte ihr Zimmer in Gelb-Braun eingerichtet. Es sah furchtbar aus. ‚Wie vollgeschissen bei Sonnenschein.'

»Nicht gelb und braun, nur braun.«

»Sie meinen färben«, sagte Manni.

In diesem Moment erkannte Manger den genialen Plot seines Herrn und Meisters. ‚Er will mich prüfen! Er hat das von langer Hand vorbereitet. Immer denkt er sich was dabei, auch wenn es wie großer Quatsch aussieht. Ge-ni-al, dieser Mann.'

»Käme drauf an«, sagte Manni abwägend.

»Worauf denn?«

»Ob Sie ein brauner Typ sind. Da irrt man sich manchmal ganz gewaltig?«

»Und Sie?« fragte Manger, plötzlich hellwach und lauernd. »Was sind Sie für ein Typ? Wie verändern Sie sich, wenn Sie sich die Haare färben? Färben Sie sich die Haare? Manchmal? Selten? Täglich? Was denn nun? Warum lassen Sie mich hier den Alleinunterhalter spielen? Nun sagen Sie doch auch mal was.«

Manni blickte Manger im Spiegel an. Seine Kieferknochen arbeiteten.

»Neben dem Waschbecken liegt eine Perücke«, sagte Manger. »Setzen Sie die doch mal auf. Ich bin gespannt, wie das aussieht.«

Manni fühlte ein Brennen im Nacken. Als er sich umdrehte, stand er Holger gegenüber. »Ihr Kollege kann ja die zweite Perücke nehmen«, rief Manger ausgelassen. »Dann wird man sehen.«

Holger und Manni blickten sich an. Von einer Sekunde zur anderen hatte die Situation alles Locker-Flapsige verloren. Von einer Sekunde zur anderen war Ernst eingezogen. Noch war es kein blutiger Ernst, aber der Tag war ja noch lang.

»Worauf warten Sie?« rief Manger. »Setzen Sie nun die Perücken auf oder nicht? Immer dran denken: Der Kunde ist König.«

Holger trat dicht an Manger heran und flüsterte: »Der König ist tot.«

Ihre Blicke trafen sich im Spiegel.

»Es lebe der König«, versuchte Manger wieder in die Offensive zu kommen.

»Sind Sie da so sicher?« fragte Holger.

Manger schaute auf das Rasiermesser und sackte im Stuhl zusammen. Holger beugte sich über ihn. In der Klinge des Messers brach sich das helle Licht des Ladens. Manger schloß die Augen. Dann spürte er es. Stahl auf nackter Haut. Auf seiner Haut.

»Hast du's?« fragte Heiner, der vor Aufregung mit dem Messer herumspielte. Wie stets bei Erregung juckte am Hals die Haut. Es schabte, als er mit der Klinge immer wieder über die Bartstoppeln fuhr.

»Das war's noch nicht«, keuchte Wilhelm Eichel und starrte feindselig auf den Bildschirm. »Aber ich bin dran. Ich bin so dicht dran wie noch nie.«

»Hast du's?« fragte Ulrike und blickte zur Tür. Der Anruf von Norbert war nicht nur auf die Sekunde pünktlich gekommen. Er hatte auch die gewünschte Wirkung gehabt. Die Drohung mit dem Topf Erbsen, denen Wasser zugesetzt worden sei, um sie zum Quellen zu bewegen, was eine schreckliche Zerstörung des Zentralspeichers zur Folge haben würde, hatte gesessen.

»Gleich«, knirschte Alexandra. Die Konzentration tat ihr

körperlich weh. »Ich bin dran. Sekündchen noch. Wie sieht's draußen aus?«

Ulrike drehte sich um: »Als wenn sie auf dem Flur Sprints trainieren.«

»Da ist dein Seifenoper bestimmt Sieger. Er war ja damals immer schon der Schnellste.«

Ulrike Eichel blickte auf den Nacken ihrer Tochter. Sie überlegte, wie Alexander gucken könnte, wenn Seifenoper eines Tages vor der Tür stehen würde. ‚Vielleicht ist Alexander ja gerade nicht zu Hause.'

Und dann passierte es: »Jajajajajajaja«, schrie Wilhelm Eichel, als der Drucker zu spucken und zu rütteln begann.

»Verdammte kreuzweise Giganto-Scheiße, Tschuldigung, Mutti. Ich habe den Kontakt verloren.« Ernüchtert blickte Alexandra auf den Bildschirm. »Da«, sagte sie ohne jede Betonung, »er will uns etwas sagen, der Computer.«

Ulrike beugte sich hinunter, ihre Köpfe stießen zusammen. Aus dem undefinierbaren Durcheinander auf dem Bildschirm bildete sich ein Sinn heraus. Es war ein Wort, ein einziges Wort. Das Wort blinkte: »Aua.« Immer wieder »Aua.«

Die Nachricht verbreitete sich auf dem Präsidium in Windeseile. Am frühen Nachmittag war Veronika Willig mit einer klaffenden Wunde an der rechten Augenbraue ins Kreiskrankenhaus eingeliefert worden.

Kommissar Eichel sprang sofort in den Mazda und fuhr nach diversen Schlenkern – um Verfolger abzuhängen – die alte Brauerei an, wo er Willig im Eiskeller beim Sandsacktraining vorfand. »Daß ich da nicht eher drauf gekommen bin«, jubelte der alte Mann.

»Worauf?«

»Vertrauen in die eigenen Fähigkeiten.« Willig schlug auf den Sandsack ein. Alle vier Heizsonnen liefen auf vollen Touren. Er hatte sie um den Sandsack herum aufgestellt. In diesem Kreis umsprang das schmächtige Männchen in zu großer Turnhose, alten Turnschuhen und ärmellosem Turnhemd den schweren Sandsack.

»Wollen Sie damit andeuten, daß Sie Ihre Frau Gattin geschlagen haben?«

»Das war wie im Kasperletheater«, rief Willig ausgelassen. »Kasper und Krokodil. Und dann mit der Bratpfanne, batsch und batsch und batsch. Du kannst mit einer Bratpfanne nämlich nicht nur Koteletts braten, Alexander. So ein Gerät ist vielseitig verwendbar. Darauf weisen die in der Werbung viel zuwenig hin. Und dann noch diese schweren Pötte, die bei uns im Haus sind. Veronika hat immer gesagt, wir nehmen die schweren, die sind etwas teurer, aber man hat auch was davon. Recht hat sie, und das hat sie nun davon, hahaha! Menschenskind, das Leben ist schön, und das ist für dich, du oller Sandsack. Und das auch. Und hier und hier.«

»Ich glaub', ich geh' denn mal wieder«, sagte Eichel. Willig achtete gar nicht auf ihn, schlug nur immer weiter auf den Sandsack ein.

Norbert quetschte seinen Wagen in die Parklücke, eilte zur Haustür, betätigte den Klingelknopf und wurde schlagartig sauer. Verbissen suchte er nach dem zerknüllten Zettel und führte die umständliche Klopf-Prozedur aus. Er wartete, nichts geschah. Norbert blickte auf die Uhr, dann umrundete er das Haus. Wilhelm und Heiner saßen auf der Terrasse. Auf dem Caféhaus-Tischchen stand ein Sektkübel, in den Eiswürfeln schwamm eine leere Champagnerflasche.

»Da kommt er ja, mein nichtsnutziger Erbe! Heiner, leg Abba auf. Dieser Tag wird in die Annal ... in die Annal ... in die Geschichtsbücher wird er eingehen.«

Heiner, der, wie stets, wenn er angetrunken war, ausgesprochen albern wirkte, tänzelte ins Haus. Gleich darauf donnerte »San Fernando« über die Rabatten.

»Wäre auch zu schön gewesen«, sagte Norbert muffig und schwenkte die leere Flasche hin und her.

»Heiner, fahr Nachschub auf«, ordnete Wilhelm an. »Heute soll's mir nicht drauf ankommen.«

Heiner tänzelte ab, Norbert nutzte die Gelegenheit und machte sich in Heiners Stuhl breit. Dann bekam er große Augen. Wilhelm strahlte, als er Norberts Blick verfolgte. Auf der Leine zwischen Haus und Wäschepfahl hing ein Computerausdruck. Er war zehn Meter lang, und er war mit farbenfrohen Klammern an der Leine befestigt.

»Dein Kontoauszug?«

Wilhelm lachte dröhnend, nahm Heiner die Flasche aus der Hand und öffnete sie umständlich:

»Du darfst mich ‚Dr. Hacker' nennen.«

»Warum denn das?«

»Ich habe vor einer Stunde den Pfalzstadt-Code geknackt. Ich habe mich in ihre EDV eingeschlichen, und ich habe alle Personaldaten, die Logistik für die Lieferwagen, die chemischen Formeln für die Produkte sowie die geheime Kartei über mißliebige Mitarbeiter von Pfalzstadt aus der Anlage abgesogen, wie . . . wie man Schaum von einem sorgfältig gezapften Pils in den Schlund hineinsaugt. Na, was sagst du nun?«

Norbert blickte in das rotbäckig-strahlende Gesicht des alten Mannes. Nur ein Schuft hätte jetzt etwas Negatives gesagt. »Toll.«

Wilhelm freute sich wie Bolle, Heiner warf vor Begeisterung sein Messer Richtung Birnbaum. Leider verfehlte er den Stamm, und das Messer schoß keine zwei Meter von Nachbarin Herrhausens verlängertem Rücken in die aprilsonnenwarme Muttererde. Frau Herrhausen, neugierig, daß der Tag abzusehen war, an dem ihr Antennen aus der Kopfhaut und Richtmikrophone aus den Ohren wachsen würden, hatte sich auf ihre plumpe Art – Gartenarbeit vortäuschend – angeschlichen. Glücklicherweise sah sie das Messer nicht. Das hätte sonst was gegeben.

»Aber . . .«, setzte Norbert hinzu, nachdenklich am Schampus süffelnd, »was soll das Ganze?«

»Weißt du, Hemingway, was ich bei den jungen Leuten von heute am meisten verachte?«

»Nein, weiß ich nicht.«

»Daß ihr euch über nichts mehr freuen könnt.«

»Oh, das stimmt nicht. Ich war vorhin bei der Zeitung und habe denen drei Buchbesprechungen verkauft. Darüber freue ich mich.«

»Lenk nicht ab. Ich rede von unserem Fall, den Spielhallen-Überfällen. Wir waren uns alle einig, daß Pfalzstadt in irgendeiner Weise darin verwickelt sein könnte.«

»Ich fand die Möglichkeit immer ziemlich abwegig.«

»Sie ist größer als Null«, knurrte Wilhelm, den Garten musternd.

»Was ist schon Null?« rief Heiner verächtlich.

»Ach, Heiner, laß mal«, sagte Wilhelm freundlich. »Null hat was. Da steckt mehr hinter, als du glaubst.«

»Für mich ist Null nichts«, entgegnete Heiner bockig. »‚Du Null' haben sie mich in der Schule immer genannt. Und viel mehr war's auch nicht.«

»Hör zu, Großneffe«, nahm Wilhelm den Faden wieder auf. »Pfalzstadt könnte eine Rolle spielen. Könnte, zugegeben. Aber ‚könnte' ist nun mal handfester als ‚könnte nicht'. Stimmt's?«

»Könnte sein.«

»Siehst du. Und deshalb brauchen wir Informationen über Pfalzstadt. Handfeste. Umfassende. Am besten alle. Jetzt haben wir alle.«

»Aber Wilhelm«, sagte Norbert fassungslos. »Die haben 600 Mitarbeiter.«

»Na und? Wir haben eine Anlage zur Verarbeitung von Daten.«

»Was willst du denn mit den ganzen Daten anfangen?«

»Jetzt kreisen wir die Täter ein.«

»Aber Wilhelm, das ist ... das ist undemokratisch. Seit Jahren gehen wir auf die Straße, um gegen solche Machenschaften ...«

»Du gehst doch nur deshalb auf die Straße, weil du über eine Straße mußt, wenn du von deiner Wohnung in die Kneipe willst. Wenn es da einen Tunnel gäbe, würdest du dich nie auf der Straße aufhalten.«

In diesem Augenblick fand Frau Herrhausen das Messer. Sie zog es aus der Erde, betrachtete es verwundert, guckte dann zur Terrasse hinüber. Wilhelm nickte ihr freundlich zu. Frau Herrhausen holte aus, es sirrte in der Luft – zitternd stak das Messer im Dachfirst.

»Man dankt«, rief Wilhelm.

»Keine Ursache«, rief Frau Herrhausen. Heiner zog das Messer heraus und wischte es sauber, bevor er es zusammenklappte und einsteckte.

»Neffe, du bist naiv.« Wilhelm goß Schampus ein. »Die Gegenseite rüstet auf mit allem neumodischen Schnickschnack, den es auf der Welt gibt. Was sollen wir machen, um dagegenzuhalten? Mit dem Rechenschieber arbeiten?« Dann wurde seine Stimme laut und deklamierend: »Der Grundgedanke meiner zukunftsweisenden Agentur war allzeit, technisch auf dem neuesten Stand zu sein und dennoch ein Ethos zu haben. Nicht die Menge der Daten soll uns vom Gegner unterscheiden, sondern die Menge an Gewissen, du Lumpenhund! Guck nicht so skeptisch. Keinen Zehnmarkschein auf dem Konto, aber den guten Menschen spielen.«

»Dann betrachte ich mich künftig als Datenschutzbeauftragten«, sagte Norbert störrisch.

Wilhelm kochte: »Du bist ein Spaltpilz. Du willst mich kontrollieren, mich, der ich schon anno 1924 meinen ersten . . . «

»Du willst Chef sein«, sagte Norbert bockig. »In Wirklichkeit willst du von deiner Macht nichts abgeben.«

So ging es noch mehrere Viertelstunden hin und her. Zwischendurch nahm Wilhelm die Computerausdrucke von der Leine, sie wechselten in die EDV-Zentrale über. Heiner holte Schaschliks und halbe Hähnchen vom Imbiß, und Norbert zwang ihn, das Wort ‚Schaschlik' zu buchstabieren. Danach sahen sie das Ganze nicht mehr so verbissen. Aber es dauerte noch einmal bis 20 Uhr, ehe der Kompromiß ausgekungelt war.

Um diese Zeit hatte sich der Aufruhr bei Pfalzstadt noch lange nicht gelegt. Hans Seifenoper war am Boden zerstört. Zwei Programmierer mußten ihn mit sanfter Gewalt von den Computern entfernen, und als das nichts half, wendeten sie weniger sanfte Gewalt an.

»Weg«, schluchzte der Leiter der EDV in seinem Ledersessel liegend. »Spurlos verschwunden. Kein Partikelchen mehr auf den Bändern. Diese Katastrophe.«

Ulrike und Alexandra hatte einige Zeit gebraucht, bis sie sich den Vorfall aus den erregten Diskussionen der Techniker zusammenreimen konnten. Eine fremde Macht war in das Datennetz von Pfalzstadt eingedrungen und hatte zwei Drittel aller gespeicherten Informationen herausgesaugt – auf eine Weise, die zur Folge hatte, daß die Daten danach auf Pfalzstadts Bändern nicht mehr vorzufinden waren. Was dieser Vorfall für die Firma bedeutete, konnte noch niemand absehen. Jedenfalls war dem Seniorinhaber Fredericus Pfalzstadt in seinem Domizil auf Gomera vor Schreck der Telefonhörer aus der Hand gefallen, und der Bypass in seiner Brust hatte bedrohlich zu rumpeln und pumpeln begonnen.

»Es ist nicht zu fassen«, flüsterte Ulrike. »Da hat einer haarklein das gemacht, was wir auch vorhatten.«

»Nur, daß er es einige Nummern größer angefangen hat«, flüsterte Alexandra zurück.

Sie blickten sich an. Und beide befiel der gleiche Verdacht.

»He, Meister, bißchen Kleingeld, aber zackig.«

Pächter Wondratschek funkelte den Mann an, der ihm den 20-Mark-Schein auf den Tresen geknallt hatte. Schweigend warf er ihm Heiermänner und Markstücke hin.

»Firma dankt«, sagte der Mann und verschwand zu seinem Freund, der am Automaten wartete.

Wondratschek ahnte nichts Gutes. Seit dem Überall auf seine Spielhalle trat er seiner Umwelt mit gesteigertem Mißtrauen gegenüber. Erst recht nach 22 Uhr. Die beiden Kerle da drüben waren heute zum ersten Mal da. Sie gefielen Wondratschek überhaupt nicht. Er legte Tränengas und CS parat. Er rückte auch die Leuchtrakete zurecht, die ihm sein Schwager – ein passionierter Motorboot-Kapitän – aus seinen Beständen überlassen hatte. Wondratschek ließ die beiden Kerle nicht aus den Augen. Sie hatten sich lässig angezogen und schwangen zotige Reden. Das konnte Wondratschek sowieso nicht ab, erst recht jetzt, wo seine Beziehung zu Tante Ursel in ein entscheidendes Stadium getreten war. Und wie sie sich immer wieder verstohlen nach allen Seiten umsahen! Wondratschek hatte keine Angst, er fühlte gerechten Zorn.

10 vor 11 polterten dann noch zwei Männer in die Spielhalle. Das paßte Wondratschek gar nicht. Als der eine von ihnen sich allerdings einen 100-Mark-Schein wechseln ließ, sah der Pächter die Sache entspannter. Der ziemlich betrunkene Hans Seifenoper und sein Kollege aus der EDV stopften vier Automaten gleichzeitig. Sie brauchten für ihr Ego heute abend unbedingt noch einmal das Gefühl, eine Maschine voll in der Hand zu haben. Sie verballerten das Geld, ohne mehr als winzige Gewinne zu erzielen.

Darüber wurde es 23 Uhr. Wondratschek verspannte sich, als die beiden Kerle auf ihn zukamen. Seine Hände lagen auf den Sprühdosen.

»Zapfenstreich, Meister«, nölte einer der Kerle.

»Sag bloß«, konterte Wondratschek.

»Wollen wir denn den Laden nicht zumachen?« fragte der andere Kerl.

»Wollen wir nicht, nein.«

»Würde ich aber tun«, sagte Kerl eins. »Das sieht die Polizei gar nicht gern, wenn du deine Zeit überschreitest.«

»Ich sehe keine Polizei. Außerdem duzen Sie mich bitte nicht, du Flegel.«

»Wer ist ein Flegel? Ich bin ein Flegel? Eva, hat er eben ,Flegel' zu mir gesagt?«

»Mir war fast so.«

Wondratscheks Hände umklammerten entschlossen die Sprühdosen.

»Wären Sie unter Umständen bereit, den ,Flegel' zurückzunehmen?« fragte Kerl eins mit gefährlich ruhiger Betonung.

Wondratschek schüttelte verbissen den Kopf.

»Er ist nicht bereit«, sagte Kerl eins zu seinem Kumpan.

»Jammerschade.«

»Dann bleibt uns nichts anderes übrig«, sagte Kerl eins und griff in seine Brusttasche.

In diesem Moment riß Wondratschek die Dosen hoch und begann augenblicklich, sie in Richtung der beiden Männer zu leeren. Schlagartig war die Luft in der Spielhalle nicht mehr zu atmen. Seifenoper und sein Kollege standen mitten im Nebel. Sie wußten nicht, wie ihnen geschah, spürten nur den Hustenreiz, das Brennen in den Augen, den Druck in den Lungen, das ätzende Gefühl. Das spürten auch die beiden Kerle. Und das spürte vielleicht am stärksten von allen Pächter Wondratschek. Alle fünf Männer husteten und würgten. Seifenoper wankte. Sein Kollege wollte ihn stützen, da fiel Kerl zwei über ihn, während Kerl eins taumelnd zum Ausgang stolperte. Wondratschek dagegen fiel stocksteif nach hinten um.

»Den könntest du mir nackt auf den Bauch fesseln, und 100 000 Mark könntest du obendrauf legen, ich würde ihn immer noch nicht mögen.« Über den Rand des Bierglases beobachtete Norbert, wie Heiner mit dem Messer ausholte und die Dartrunde mit einer sauberen 20 verblüffte. Da Heiner sich im Verlauf des Abends ziemlich zugeschüttet hatte, war sein Lachen bei geschlossenen Augen kaum noch von den arttypischen Lebensäußerungen einer Ziege zu unterscheiden. Das sprach nicht gegen Ziegen.

»Der Junge ist richtig«, trumpfte Wilhelm auf und bekam den vorübergehenden Wirt am Hosenträger zu packen.

»Tresore pilsotto, prego, und ein bißchen plötzlich«, orderte Wilhelm.

»Du kannst mit Mario ruhig deutsch reden«, sagte Norbert

»Den Teufel werde ich«, trumpfte Wilhelm auf. »Ein ausländischer Mitbürger hat das Recht, in seinem Idi ... seinem Idi ...«

»Idiom.«

»Sag' ich doch. Da hat er ein Recht drauf, daß man so mit ihm redet, daß er's auch mitkriegt.«

An der Dartscheibe schwoll der Geräuschpegel an, Norbert blickte besorgt hinüber.

»Obacht, Wilhelm. Du mußt da, glaube ich, eingreifen. Dein Leib- und Magenkiller schneidet denen gleich die Weichteile raus.«

»Ich weiß gar nicht, was du hast. Heiner ist durchaus in der Lage, sich argumentat ... tata ... tatütata ... also jedenfalls ohne Schläge zu verständigen.«

»Hoffentlich weiß Heiner das«, sagte Norbert besorgt.

»Immerhin wirst du den eines Tages mal erben.«

»Allein schon deshalb wünsche ich dir ein ewiges Leben. Aber natürlich auch sonst«, fügte Norbert schnell hinzu, als er Wilhelms betroffenes Gesicht sah.

»Du Racker, du«, sagte Wilhelm versöhnt und zog den jungen Literaten am Ohr. Dann nahm er einen Schluck Bier und rief:

»Heda, Wirt! Das ist aber schon einmal durch die Blase abgegangen. Ich habe ein frisches geordert.«

Norbert legte ihm eine Hand auf den Unterarm. Marios Augen verengten sich, aber natürlich hatte Wilhelm völlig recht. Mario war der übelste Einschenker im ganzen Stadtteil. Allerdings hatte Mario viele Gäste, denen er jede Jauche in die Gläser gießen konnte. Wilhelm stieg auf Flaschen um. Er half sich ein dunkles Bockbier ein, das ihn in dramatischer Weise aus den Schuhen holte. Bei der Dartscheibe hatte man jetzt das Stadium der rhetorischen Beleidigungen hinter sich gelassen. Die Kontrahenten standen Bierbauch an Bierbauch und bedrohten sich mit körperlichen Sanktionen. Heiner beteiligte sich nicht am Bedrohen. Er hatte das nicht nötig. Als Mann der Praxis wog er schon seit längerem sein Messer in den Händen.

»Ihr mit eurer neumodernen Romantik«, muffelte Wilhelm. »Datenschutz, so ein Quatsch. Kommt doch nur darauf an, wer die Daten hat und was er damit macht.«

»Nee, nee«, sagte Norbert. »Das sagen immer die, die das Sagen haben. Ich spreche für die Mehrheit, und die . . .«

»Laß das bloß die Mehrheit nicht hören.«

». . . die hat einen Anspruch darauf, daß . . .«

»Norbert!« Wilhelm legte seinem Großneffen beide Arme um die Schultern. »Norbert, sieh deinem alten Blutsverwandten ins Weiße seiner Falkenaugen. Was siehst du da?«

»Hunderte von kleinen, roten Äderchen, die mir sagen, daß der Graue Star sein tödlich Tun betreibt.«

»Geschenkt. Du siehst in meinen Augen Güte, Weisheit und die Erfahrung von 50 Jahren polizeilicher Erfahrung. Ich habe im Dienst an der Gerechtigkeit mehr Minuten zugebracht als du zusammengenommen überhaupt auf dieser kalten, zugigen Welt.«

An der Dartscheibe ging das erste Glas entzwei. Heiners Gesicht strahlte vorfreudig. Instinktiv wetzte er das Messer an seinem Hosenbein. Sein einziges Problem: Er war an dem Streit überhaupt nicht beteiligt. Es ging zwischen zwei Lehrern, von denen der eine Sri Lanka und der andere Kreta als Ziel für den Vierturlaub favorisierte. Heiner kannte Helgoland, Mallorca und sonst keine Insel aus eigener Erfahrung. Aber er kannte sich im Umgang mit Messern aus. Und der Streit fing ja gerade erst an.

»Könntest du nicht mal die Zeitung ärgern?« fragte Norbert versonnen.

»Ich habe nichts gegen die Zeitung. Die haben einen sehr ordentlichen Todesanzeigenteil.«

»Ich will Genugtuung.«

»Du meinst Rache.«

»Oder so.«

»Haben sie dir wieder das Zeilenhonorar gekürzt? Das kommt eben dabei heraus, wenn man nach Leistung bezahlt wird.«

»Eine Buchbesprechung sind 2,8 Bier. Ohne Trinkgeld. Das ist doch entwürdigend.«

»Hast du schon mal die Möglichkeit in Betracht gezogen, nur rein theoretisch, daß du stinkefaul bist?«

Norbert nickte.

»Und daß du deshalb nichts zustande bringst, weil du einfach kein Talent hast?« Norbert nickte.

»Und daß du schlicht und einfach deinen Beruf verfehlt hast bzw. daß der Beruf noch gar nicht erfunden ist, den du fähig wärst auszufüllen, hast du daran schon mal gedacht?«

Da warf Norbert seinen Kopf gegen Wilhelms Brust und schluchzte jämmerlich.

Der Mann atmete tief ein. Er fixierte einen Punkt an der gegenüberliegenden Wand, kam ganz zu sich selbst. Er spürte, wie die Nervosität aus Armen und Beinen herausfloß. Der Mann atmete ein, aus, ein und aus. Er zog die Brille über die Augen, nahm den Schweißbrenner in die Hand. Die Kälte des Metalls tat ihm wohl. Etwas glühte in seinen Augen. Der Mann fuhr mit der Hand über das Metall. Dann ging er einen Schritt zurück, schob die Brille noch einmal in die Stirn und öffnete die Hähne für Sauerstoff und Azetylen. Er nahm das Feuerzeug aus der Tasche, zögerte angesichts des Unabwendbaren, das er im Begriff stand zu tun. Er schob die Brille herunter, entzündete das Feuerzeug und hielt es vor die Brennerdüse. Knallend entflammte das Gasgemisch. Der Mann bündelte den Strahl, bis er dünn und wirksam war. Dann trat er einen Schritt nach vorn, näherte die Flamme dem Metall, mehr und immer mehr. Stinkend verschmorte die Lackierung des Metalls. Beifall rauschte auf.

»Das war doch was, das war doch was. Das war doch schon ganz außergewöhnlich begabt«, rief Rainer Maria Strauß und drängte sich von hinten durch die Menge.

Der Mann, der heute mit der Schweißbrennerdemonstration dran gewesen war, blickte sich um. »War ich gut?«

»Splendid.«

Da freute sich der Schweißbrenner.

»Meine Damen und Herren, Sie waren Zeuge des praktischen Teils unserer Vortragsreihe«, rief Strauß und ging zur Schiefertafel. Die Teilnehmer des Volkshochschulkursus »Technik-Scheu wie weggeblasen« suchten sich einen Platz im Klassenraum der Realschule.

»Sechs Wochen haben Sie die trockene Theorie durchgehalten«, fuhr Strauß fort. »Ich habe Sie belämmert mit historischen Wurzeln, gesellschaftlichen Theorien, naturwissenschaftlichen Grundbegriffen. Dabei wußte ich sehr gut: Sie sind ja hier, um Ihr als schmerzlich empfundenes Praxisdefizit abzubauen. Sie sind begierig, aktiv zu werden. Und dann kommt so einer wie ich und sabbelt Sie voll mit Sachen wie Schmelzpunkt, Motorkunde, Programmiertechniken, den physiologischen Basiserkenntnissen des Circuit-Trainings.«

»Die Dias haben uns ja für einiges entschädigt«, rief ein spiddeliger Mann. Gutturales Gelächter erfüllte den Raum. Strauß hatte unter die Dias über Muskulatur und Knochenbau des Menschen didaktisch pfiffig einige Bilder von leichtbekleideten Frauen gemischt. Das hatte ihm Buhrufe bei den beiden Frauen im Kursus eingetragen. Aber die waren Strauß sowieso nicht sympathisch, weil sie auf alle seine Scherze mit völligem Desinteresse oder Rufen wie »Chauvi, Chauvi« reagierten. Sowas konnte Strauß gerade gut ab. Ausgerechnet er, bei dem sich noch keine beklagt hatte, anderenfalls sie auch eins aufs Maul bekommen hätte.

»Liebe Kursusteilnehmer«, fuhr Strauß fort, »der Worte sind genug gewechselt, laßt Taten uns jetzt schleunigst seh'n! Unser Freund Holger hat uns ja eben schon einen kleinen Eindruck von den Freuden der praktischen Arbeit gegeben.«

»Also ich muß schon sagen«, sagte Holger, »das war ein Gefühl! Als wenn dir die ganze Welt offensteht. Du glaubst, jetzt kann dir keiner mehr. Du glaubst, jetzt hast du sie im Sack. Ich kann es gar nicht erwarten, daß ich wieder schweißen darf.«

»Ja, ja«, rief Strauß, »und schweißen ist ja nur eine der Lektionen. Was sagt denn unser Programmzettel für die restlichen Veranstaltungen des Trimesters? Schweißen für Heim und Herd; Autoradioausbau in zehn Sekunden; Sesam öffne dich – die Wohnungstür. Und für unsere Freunde mit dem Faible für Spiel und Sport: Der Automat, dein bester Freund. Für heute sind unsere 90 Minuten um. Ich danke Ihnen allen herzlich für Ihre Aufmerksamkeit.«

Einige Kursusteilnehmer gingen gleich, einige standen noch klönend zusammen.

»Bevor ich's vergesse«, rief Strauß, »für alle, die gar nicht genug kriegen können, biete ich natürlich auch heute wieder das Aufbaustudium an.«

»Gebt's ruhig zu«, rief Herr Breckermann, der biedere Herr Breckermann, »ihr baldowert da heimlich ein dickes Ding aus.«

Strauß schmunzelte: »Ein Schelm, wer Böses dabei denkt.«

Da freute sich Breckermann und ging auf kürzestem Weg nach Hause, wo er seiner Mutti erzählte, was er heute wieder Tolles erlebt hatte.

Zurück blieben wie jede Woche außer Strauß die Kursusteilnehmer Holger Spieß und Atze Hostnig, genannt die »Quasselstrippe«.

Strauß blickte zur Tür, Atze sprang hin und schloß ab. Strauß ging zu den Gasflaschen, nahm die Brille in die Hand, wirbelte sie lustig um den Zeigefinger und sagte: »Also, Freunde, kommen wir zum privaten Teil der Veranstaltung ...«

Kriminalassistent Johannes von Manger-Koenigs Feinmotorik legte sich quer. Er bekam keine Schleife in das Schuhband. Er versuchte es mehrmals und wich dann auf Sandalen aus.

Nach zehn Minuten Startversuchen hätte Manger seinen Rallye-Kadett gern an einen Trappistenmönch verkauft. Kein Autogeräusch hätte dessen Ruhe gestört. Finstere Gedanken an feucht gewordene Zündkerzen hegend, machte sich Manger auf den Weg. Er nahm den Bus und geriet in den morgendlichen Anmarsch der Schulkinder. Behende setzte er seine alte Schiebermütze auf. Was die tornisterbepackten Zwerge während der paar Stationen an der Buseinrichtung herummachten, wie sie sprangen, zerrten und schrien, war ein Stück aus dem Tollhaus – fand Manger. Es war nicht so, daß er Kinder nicht leiden konnte. Er wußte nur nicht, warum es sie geben mußte. Vor allem begriff er nicht, warum sich ein so leicht zu mißbrauchendes Organ wie die Stimmbänder schon in einem Alter von weniger als 20 ausbildet. Das Längenwachstum beispielsweise läßt sich Zeit. Die geschlechtliche Entwicklung braucht eineinhalb Jahrzehnte, um zu Stuhle zu kommen. Und die Weisheitszähne wachsen bei manchen Menschen erst auf dem Sterbebett. Nur die Stimmgewalt ... mißmutig blickte Manger auf den geöffneten Mund des winzigen männlichen Schreihalses eine Bankreihe vor ihm. Wenn Manger gewollt hätte, er hätte dem Kerlchen tief im Schlund gegen das Zäpfchen klopfen können. Doch dann hätte der Schreihals seine Zahnreihen aufeinandergepreßt und Manger hätte schon wieder ein Krankenhaus von innen gesehen. ‚Aber der Schreihals auch.' Ein reizvoller Gedanke, doch Manger mußte aussteigen. Er nahm sich vor, bei Gelegenheit mal wieder morgens Bus zu fahren. Als ihm der Schreihals zum Abschied die Zunge herausstreckte, beschloß Manger, es bald zu tun. Er nahm seine alte Schiebermütze ab.

»Morgen, Chef«, rief Manger, die Tür von Eichels Büro aufreißend, »ich habe im Bus so einen kleinen Rotzlöffel getroffen. Ich sage Ihnen, noch zwei Minuten, und ich hätte den Kerl aus den Schuhen geschlagen.«

»Siehst du«, sagte Rita Rastemborski zu ihrer Tante Ursel, »das ist der Grund, weshalb ich nicht zur Polizei gehen wollte.«

Verdattert stand Manger vor dem Schreibtisch. Eichel funkelte ihn an. Manger kannte die jüngere Frau von irgendwoher. Da, wo er sie gesehen hatte, war es nicht so hell gewesen wie in Eichels Büro. Die ältere Frau kannte Manger auch.

»Guten Morgen«, sagte Eichel ohne Andeutung von Freundlichkeit.

Manger zog den Kopf zwischen die Schultern.

»Lieber Assistent, dies hier ist eine dienstliche Unterredung. Ich bin Alexander Eichel, Ihr Vorgesetzter und Schutzschild gegen alle Unbilden der Welt. Und das hier sind zwei Bürgerinnen, die der Polizei eine Beobachtung mitteilen.«

Da fiel es Manger ein: »Sie sind doch eine von den Nutten aus Bertis Stall.«

»Pfui«, sagte Tante Ursel.

»Wieso pfui?« begehrte Manger auf. »Wer ist denn hier die Nutte, ich oder die ... oder Sie da?«

»Raus«, sagte Eichel schneidend. Manger war fast draußen, da sagte Eichel: »Stopp! Zurückkommen.«

Als Manger vor dem Tisch stand, blickte Eichel ihn lange an: »Warum sehen Sie so aus?«

Manger ging zum Waschbecken und guckte in den Spiegel. Die eine Hälfte der Haare war blondgrau gefärbt, die andere bräunlichschwarz mit einer ausgesparten langen Strähne, die schwarzrotgold gewirkt war. Als Manger sich umdrehte, strahlte er von innen heraus: »Ich find's schön so.«

»Hat Ihnen das der Figaro aufgeschwatzt?«

»Der Friseur, den Sie mir empfohlen haben«, erwiderte Manger schwärmerisch. Die Frauen tuschelten miteinander.

»Preis?« vibrierte Eichel.

»Man muß sich natürlich erst dran gewöhnen«, sagte Manger.

»Preis!«

»129 Mark. Das ist nicht zuviel, wenn Sie ...«
»Wer soll das bezahlen? Wer hat soviel Geld?«
Manger staunte: »Aber das ist doch klar.«
»Wollen Sie damit andeuten, daß ich die Staatskasse mit solchem Firlefanz belasten soll? Wollen Sie dieses ungeheuerliche Ansinnen an mich herantragen? Na los, tragen Sie, tragen Sie!«
Die Beamten standen sich gegenüber. Tante Ursel sagte: »Wir können gerne solange rausgehen, bis Sie ...«
»Sie bleiben«, bellte Eichel. »Das ist mal ganz gut, wenn ein Bürger miterlebt, wie die Polizei interne Probleme austrägt. Das vertieft das gegenseitige Verständnis.«
Vormittags konnte sich Manger noch am besten wehren. Die erquickenden Kräfte des Nachtschlafs stärkten ihm das Rückgrat.
»Sie sehen aus wie ein Papagei«, sagte Eichel.
»So!« knurrte Manger, »das petze ich, daß Sie gesagt haben, die Farben Schwarz, Rot, Gold sähen aus wie ein Papagei.«
»Das habe ich nicht gemeint.«
»Dann sagen Sie doch, was Sie meinen. Wozu reden wir denn hier?«
»Ich meine, daß die Farben unseres Staatswesens an Ihrem Kopf auf jeden Fall am falschen Platz sind.«
»Ach nee. Und an welchem Körperteil sind sie am richtigen Platz?«
»Bei Ihnen?«
»Jawohl.«
»Bei Ihnen gibt es kein richtiges Körperteil für die Farben unserer geliebten Bundesrepublik.«
Manger stampfte mit dem Fuß auf.
»Werden Sie nicht bockig«, rief Eichel. »Das hilft Ihnen auch nicht. Sie setzen sich jetzt hier hin und hören zu. Und danach gehen Sie nach Hause und waschen sich die Haare. Am besten ist, Sie schneiden das ganze Zeug ab. Sie müssen von vorn anfangen, Manger, das ist Ihre einzige Chance.«

Manger guckte noch einmal in den Spiegel. Er konnte nicht verbergen, daß sich ein klitzekleiner Zweifel in ihn eingeschlichen hatte. Eichel atmete durch und lächelte die Frauen an: »Verehrte Frau Rastemborski, wenn Sie vielleicht noch einmal . . .«

»Natürlich. Es ist einfach so, daß ich glaube, einer meiner Kunden, das war wahrscheinlich der eine von den beiden Tätern, die das mit den Spielhallen . . .«

»Können Sie vielleicht ein bißchen deutlicher sprechen?« fragte Manger genervt.

»Oh ja, pardon«, mischte sich Eichel ein. »Ich vergaß. Ich ging wie auch die Damen von der Lage aus, daß hier ausschließlich Erwachsene zusammensitzen. Da darf's ja denn schon mal ein Satz mit mehr als vier Wörtern sein. Aber jetzt ist unser junger farbenfroher Gast dazugestoßen. Also, liebe Frau Rastemborski, Vorsicht! Öfter mal einen Punkt machen. Und nicht so viele Fremdwörter, am besten kein einziges. Aber Schimpfwörter, am besten aus dem sexuellen Bereich, darin kennt sich unser Papagei aus. Da ist er 1a.«

»Wer hat mir die denn beigebracht?« fragte Manger pampig. »Und ich begreife gar nicht, warum Sie heute so sauer sind. Hatten wohl Ärger mit Ihrer Frau, wie?«

Eichel ging hoch wie eine Rakete. Dann sackte er auf seinen Stuhl zurück und murmelte: »Das ist normal. Das passiert in jeder Ehe.«

»Ach, lassen Sie mal«, sagte Tante Ursel mitfühlend. »Dazu müssen Sie gar nicht verheiratet sein, um so was zu erleben.«

»Passiert aber häufiger, wenn man verheiratet ist«, lästerte Manger, der eine günstige Gelegenheit sah, in die Offensive zu gelangen. »Nach über 20 Jahren Ehe ist eben der Lack ab. Da läuft der Motor nur noch auf einem Zylinder – wenn er überhaupt noch . . .«

»Manger, wenn Sie jetzt nicht Ihren Schnabel halten, erzähle ich allen, warum Sie abends immer ein Nachtglas dabei haben.«

»Oh«, machte Manger.

Eichel vollführte eine Handbewegung in Richtung Rita.

»Ja, also«, begann sie. »Er war schon zweimal bei mir. Einmal erst vor kurzem und einmal, das ist schon länger . . .«

»Haben Sie so wenige Kunden, daß Sie sich so gut an sie erinnern?«

»Nein, nein, ich habe schon genug. Sie kennen ja die Männer«, erwiderte Rita. »Es waren nur die Begleitumstände. Einmal war er nämlich mit einem Freund da, und der hat sich unheimlich geniert, traute sich nicht mal unten auf den Hof, blieb gleich am Eingang stehen. Und beim zweiten Mal, da war es eine ganze Gruppe, bestimmt fünf, sechs Mann hoch. Das merken wir uns natürlich, das ist gut fürs Geschäft. Einer mußte sogar warten, weil wir alle belegt waren. Ja, ja«, sagte Rita versonnen, »aber das kommt nur selten vor.«

Kollege Pfauenauge betrat das Büro und warf die Tageszeitung auf den Schreibtisch. Er machte einen langen Hals nach Konfekt, sah auch um die Ecke bei Manger nach und ging dann wieder. Manger las Zeitung.

»Den Namen wissen Sie nicht?« fragte Eichel.

Rita schüttelte den Kopf. »Ich habe nur die Beschreibung der beiden Täter gelesen, wie sie in der Zeitung abgedruckt stand. Und sie trifft eben auf den einen so besonders zu. Und dann war da ja auch noch der Satz . . .«

Manger ließ die Zeitung sinken. Rita knetete ihren Schal, der in den Vereinsfarben des 1. FC Köln gehalten war, und sagte:

»Er hat gesagt, also hinterher, als wir fertig waren, hat er gesagt, das sei das zweitschönste Gefühl auf der Welt für ihn. Na, ich frage natürlich gleich, was denn das schönste und so weiter, wie man so fragt hinterher. Ich dachte ja, vielleicht hat er's auch mit Fußball wie ich. Aber hat er nicht. Er sagt, ‚Färben' wäre das schönste.«

»Färben«, wiederholte Manger.

»Ja, Färben«, Ich glaube, ich habe genauso ein dummes Gesicht gemacht wie Sie jetzt.«

Manger machte ein anderes Gesicht.

»... da redet er was von Besuchen, die er angeblich abends öfter mal macht. Und er würde viel rumkommen dabei, und er würde dabei nicht allen mit ewig dem gleichen Gesicht auf die Nerven fallen wollen ...«

»... auf diesem Gebiet hat Manger keinerlei Schwierigkeiten. Nicht wahr, Manger?«

Eichel lächelte Manger bösartig an, wandte sich schon ab und fuhr dann herum:

»Sie haben mir die Zunge rausgestreckt.«

»Habe ich nicht«, sagte Manger schnell.

»Ich hab's genau gesehen. Sie haben mir die Zunge rausgestreckt. Na warte, das hätten Sie nicht tun dürfen. Jetzt ist das Maß voll. Jetzt schreibe ich eine neue Beurteilung, da können Sie sich Hände und Füße dran wärmen.«

»Machen Sie das doch«, entgegnete Manger gequält. »Dann höre ich eben auf. Dann steige ich aus. Dann suche ich mir was Neues.«

»Sie«, rief Eichel. »Sie nimmt doch keiner. Sie können doch nichts. Haben doch nichts gelernt, als ein dummes Gesicht zu machen, den Wagen abzuwürgen und den Stadtplan verkehrt herum zu halten, wenn Sie eine Straße suchen. Sie nimmt keiner, und hier in der Stadt schon gar nicht. Mein Arm reicht weit.«

»Pfui«, sagte Tante Ursel ehrlich empört. »Das ist aber nicht fein von Ihnen, Ihrem ehemaligen Kollegen Knüppel zwischen die Beine zu werfen.«

»Ich könnte mein Studium wieder aufnehmen«, trumpfte Manger auf.

»Das arme Studium«, höhnte Eichel.

»Ich könnte Privatdetektiv werden.«

»Werden Sie doch gleich Astronaut. Oder Testschläfer in einer Matratzenfabrik. Da suchen die solche Schlafmützen wie Sie.«

Eichel japste regelrecht, als er Manger ansah. Er kam mit den Gedanken nicht von Ulrike los. Gestern nacht hatte sie ihm zur Begründung ihrer langen Abwesenheit die Geschichte mit diesem Hans Seifenoper angeboten. Ihm, einem alten Kriminalisten! Es war beschämend, für wie dumm die Frau ihn hielt. Alten Studienfreund wiedergetroffen, das wußte man doch, wie sowas in der Regel endete. Als er damals Jacqueline, die Klassenbeste aus dem Gymnasium wiedergetroffen hatte, da war es ja ganz genauso abgelaufen. Nein, ihm, Eichel, machte da keiner was vor.

»Also soll ich nun weitererzählen?« fragte Rita.

Eichel riß sich zusammen. »Bitte sehr.«

»Dann hat er nämlich auch noch gesagt, der Freier, daß er nach seinen Besuchen immer reich beschenkt nach Hause geht. Ich meine, wenn man das alles zusammennimmt, das paßt doch auf einen Überfall.«

»Das finde ich auch«, sagte Tante Ursel. »Ich habe das ja schmerzlich erfahren müssen. Und deshalb habe ich meine Nichte auch so gedrängt . . .«

»Ach, deshalb«, sagte Manger. »Und ich wundere mich schon die ganze Zeit, warum Sie hier eigentlich rumsitzen.«

»Bitte eine Beschreibung des Mannes«, bat Eichel. »So genau, wie Sie Ihnen möglich ist.«

»Und kein Detail vergessen, so unscheinbar es auch sein mag«, fügte Manger hinzu.

»Ach, so unscheinbar war sein Detail gar nicht«, sagte Rita versonnen. »Alter 21 bis 25, mehr nicht. Lebt ungesund, hat Ringe unter den Augen. Das werden mal ganz massive Tränensäcke, da kenn' ich mich aus. Haut etwas unrein, müßte mal zur Kosmetikerin.«

»Das hilft überhaupt nichts.« Eichel wies auf Manger.

»Er hat einen Ring im Ohr, daß mir das jetzt erst einfällt. Keinen Ring, eine Perle, so ein Glitzerding aus der Wundertüte.«

»Welches Ohr?«

»Das rechte, nein, das linke. Wir haben ja . . . ja klar, das linke. Augenfarbe Blau, Graublau. Haare blond, Straßenköter, sah nicht gefärbt aus, wenn Sie mich fragen. Körperbau schmächtig, keine Haare auf der Brust, Brust überhaupt etwas verhungert. Der war als Kind garantiert nie auf Norderney oder wo man Kinder hinschickt, damit sie zu Kräften kommen.«

»Ich war im Teutoburger Wald«, sagte Eichel. Manger lachte kurz, aber deutlich auf. Eichel machte sich eine Notiz. Manger riß sich zusammen.

»Na ja, ich mach' denn mal weiter von oben nach unten, wie?«

Alle nickten Rita zu, die Spannung stieg.

»Niedlicher Hintern, das ist ja oft so bei Männern, wenn sie schlank sind.«

»Aber die vielen Haare«, entfuhr es Manger.

»Keine Haare, da auch nicht.«

»Ja, wo denn dann?«

»Na, vorne eben. Da läßt es sich ja nicht vermeiden. Soweit ganz passabel alles. Der Bauchnabel stand ein bißchen vor, ich weiß nicht, wie das Fachwort dafür heißt, so rausgequollen. Oberschenkel, Unterschenkel, Füße mit Zehen, aus. Das war der Kerl.«

Rita war offensichtlich fertig. Manger wußte nicht genau, was er erwartet hatte. Er fühlte sich jedoch etwas enttäuscht.

»Gewicht? Größe?« fiel Eichel noch ein.

»65 Kilo, höchstens. Ich sag' ja, mehr so ein Hemd. Auch nicht besonders groß. Eins 74, vielleicht 75.«

»Hatte er sonst noch was, was Ihnen auffiel? Irgendwelche sexuellen Abartigkeiten vielleicht?«

»Keine Extras, leider keine Extras. Bringt ja mehr Geld.«

Eichel nickte finster. Ihm fiel die Aufpreisliste von Mercedes-Benz ein, die mit dazu beigetragen hatte, daß er jetzt Mazda fuhr.

»Apropos Auto. Haben Sie da was bemerkt?«

Rita schüttelte den Kopf. Manger, dessen Interesse nachließ, widmete sich wieder der Zeitung. Er studierte den Sportteil und hielt dabei die erste Seite des Lokalteils vor Tante Ursels Gesicht.

»Nein!«

Manger ließ vor Schreck die Zeitung fallen. Tante Ursel hob sie auf, suchte mit fliegenden Fingern:

»Wo ...? Hier ... das ist ja schrecklich. Schon wieder Eduard, mein guter Eduard. Sie haben ihm ein Leid getan, diese Teufel.« Tante Ursel schniefte.

»Falls Sie mit dem armen Eduard den Spielhallenpächter Eduard Wondratschek meinen, da gibt es noch eine andere Version«, sagte Eichel. »Alle Verletzungen, von denen in dem Artikel die Rede ist, hat Ihr sauberer Eduard selber angezettelt. Der hat mit der Gasdose herumhantiert, als wenn der Kammerjäger in Aktion ist. Widerlich.«

»Aber wenn Eduard doch solche Angst hat.«

»Angstbeißer sind die schlimmsten«, sagte Eichel ernst. »Die richten den Schaden immer erst an, den sie hinterher bekämpfen.«

»Sie sitzen hier ja auch im Warmen«, begehrte Tante Ursel auf.

Rita nahm sich die Zeitung.

»Sie wissen ja nicht, wie das draußen ist, an der Front.«

»Das weiß der Chef sehr wohl«, fiel Manger altklug ein.

»Danke, danke«, wehrte Eichel ab. »So schlecht ist meine Lage nun doch nicht, daß ich Hilfe von Ihrer Seite nötig hätte.« Und zu Tante Ursel gewandt: »Ihr Eduard hat drei Personen verätzt.«

»Vier«, korrigierte Rita.

»Drei«, sagte Eichel. »Drei und einen Herrn, äh, Seifenoper.«

Tante Ursel sprang auf: »Jedenfalls muß ich sofort zu meinem Eduard. Davon wußte ich ja gar nichts. Ach, Eduard ... das hat er auch für mich getan.«

»Quatsch«, sagte Eichel, »das hat er für seine Abendkasse getan.«

Tante Ursel blickte ihn mit brennenden Augen an. Die Frauen verließen den Raum.

»Chef?«

»Was ist denn?«

»Das haben Sie vorhin nicht ernst gemeint, das mit der Beurteilung?«

»Natürlich nicht.«

Manger entspannte sich.

»Denn ich habe die neue Beurteilung bereits fix und fertig geschrieben. Sie soll im Guiness-Buch der Rekorde erscheinen. Der Bund der Steuerzahler hat schon eine Kopie angefordert. Und der Hildebrandt vom ‚Scheibenwischer' sowieso. Ganz zu schweigen vom Rechnungshof, der Lokalzeitung und Ihrem allerobersten Vorgesetzten, Polizeidirektor Willig.«

»Ojeoje«, sagte Manger.

»Jaja, lieber Manger. Jetzt ist die Kacke am dampfen, wie man in Ihren Kreisen wohl sagt. Da braut sich was zusammen über Ihrem Papageienkopf.«

»Dann gehe ich in die Wälder. Ich tauche unter.«

»Wo wollen Sie denn untertauchen, so wie Sie aussehen? In einer Blindenschule?«

Manger ging wieder zum Spiegel. »Eines Tages wird es schick sein, so zu sein wie ich. Aber wahrscheinlich bin ich dann schon lange tot.«

»Kommen Sie her, Sie Lampion. Wir arbeiten jetzt«, rief Eichel und warf seine Papiere durcheinander.

Manger kam zu ihm, zögerte einen Moment und legte ihm dann vertraulich eine Hand auf den Unterarm.

»Chef«, sagte Manger und versuchte einen vertrauenerweckenden Gesichtsausdruck. »Ich wollte Ihnen nur sagen: Wenn was ist, ich bin immer für Sie da.«

Die Männer blickten sich lange an. Dann sagte Eichel:

»Es ist genau diese Tatsache, Manger, die mich so erschreckt: daß Sie immer für mich da sein könnten.«

Manger nahm die Hand fort, Eichel sortierte Papiere. Er liebte es, ein bißchen Rambo Zambo zu veranstalten, bevor es losging.

»Das Wichtigste: Wir haben den ersten konkreten Hinweis. Und wer muß ihn uns geben? Eine Hure. Empörend eigentlich. Warum laufen uns nicht pflichtversessene Bürger das Büro ein? Warum muß die Vertreterin einer gesellschaftlichen Randgruppe kommen und uns auf die Sprünge helfen?«

»Kommt eben viel unter die Leute.«

»Also Nägel mit Köpfen. Es gibt da einen jungen Schnösel, der, wenn's ihn packt, zu Prostituierten geht. Er ist blond oder auch nicht, führt Reden, die zumindest die Vermutung zulassen, daß er was mit der Spielhallengeschichte zu tun hat.«

»Und er hat einen Knopf im Ohr«, sagte Manger.

»Genau. Wie die kleinen Steifftiere, die Sie zu Hause immer auf Ihr Bett stellen, wenn's keiner sieht.«

Die Tür wurde geöffnet, und Frau Hermeling brach in Tränen aus. »Oh Gott, meine Liebste. Was hat er dir für einen Tort angetan, dieses Untier!«

Veronika Willig führte ihre Busenfreundin ins Wohnzimmer, bot ihr Sherry und Kaffee an, legte Kekse daneben und stopfte sich diverse Kissen in den Rücken. Dann mußte sie aber endlich erzählen, Frau Hermeling brannte darauf. Während Veronika den letzten Tag mit dem Unhold schilderte, aß Frau Hermeling ihr vor Aufregung sämtliche Kekse weg.

»Du kennst die Pfanne«, berichtete Frau Willig. »Als Joseph und du das letzte Mal bei uns waren . . .«

». . . etwa die entzückenden Medaillons, von denen ich vier Stück auf einen Schlag verputzt habe?«

»Du hast sieben geschafft. Genau um die Pfanne handelt es sich. Guck hier . . .« Sie hielt die rechte Gesichtshälfte günstig in das Tageslicht. Frau Hermeling war erschüttert.

»Hat er dich wenigstens vorher gewarnt?« fragte sie zwei Sherrys später. »Oder hat er hinterrücks drauflos gesemmelt?«

»Der Überfall verlief in völligem Schweigen. Er ging zum Küchenschrank, bückte sich zum Schränkchen mit den Töpfen und Pfannen, und ich denke noch, jetzt greift er zum äußersten: Jetzt macht er sich zum ersten Mal seit Jahren selbst sein albernes Omelett, wegen dem er mir seit Jahren in den Ohren liegt, dann dreht er sich um . . .«

Frau Hermeling goß Sherry nach.

». . . hat die Pfanne in der Hand und kommt damit auf mich zu. Und ich will noch einen Scherz machen, ich naive Kuh, ich rufe: ‚Ehrenfried, hast du etwas auf dem Herzen?', da holt er schon aus, und es macht ‚dong'.«

»‚Dong' hat es gemacht«, murmelte Frau Hermeling erschüttert. Nervös biß sie auf dem Sherryglas herum.

»Nach 32 Jahren Ehe! Mit einer Pfanne! Wie ordinär! In kultivierten Familien, da fliegt zwar auch mal was durch die Gegend. Aber das hat doch wenigstens Stil: eine Vase, ein Kristallaschenbecher. Oder eine gute Flasche Wein. Da wäre ich doch die letzte, die da kein Verständnis für hat. Hedwig hat mal mit Purzel nach Egon geworfen.«

»Nein!« rief Frau Hermeling.

Purzel war ein Cocker-Spaniel.

»Aber was tut Ehrenfried, dieser hochgekommene Gendarm? Mit einer Pfanne. Peinlich! Ich werde das nie jemandem erzählen können«, sagte Veronika. Frau Hermeling war die 28. Person, der sie bisher davon erzählt hatte.

»Ehrenfried war doch immer ein friedlicher Zeitgenosse«, gab Frau Hermeling in einer für diese Situation ganz unverständlichen Aufwallung von Wahrhaftigkeit zu bedenken. »Ich meine . . .«, versuchte sie zu retten, was zu retten war. »Dürfte ich mir vielleicht noch einen vierten Sherry eingießen? Einen ganz winzigen?«

»Sie leerten zwei Flaschen. Veronika bekam das rechthaberische Glitzern in den Augen, Ausgangspunkt für viele Grundsatzdiskussionen mit Ehrenfried. Frau Hermeling bekam eine volle Blase und pendelte zwischen Abort und Tatort hin und her. So kamen sie mit der Zeit auch auf Frau Hermelings häusliche Situation zu sprechen. Veronika ging gleich scharf ran:

»Der tanzt dir auf der Nase herum, dein Joseph. Und dabei kann er nicht mal tanzen.«

»Aber er war immer gut zu mir.«

»Na, vor allem war er ja wohl gut zu sich selbst.«

»Das ist wahr«, sagte Frau Hermeling verblüfft.

»Und diese Kosmetikerin, wie er sie nennt«, höhnte Veronika, »läßt er da jetzt endlich die Finger von?«

»Margret ist eine nette Person«, wendete Frau Hermeling ein.

Veronika bekam schmale Augen, und als Frau Hermeling drucksend gestand, daß sie Kundin von Margret Frei geworden sei, schlug sie mit der Faust auf den Tisch.

»Das ist ja wohl nicht wahr, meine Liebste. Sag mir, daß es nicht wahr ist.«

»Gern«, entgegnete Frau Hermeling verzagt. »Wenn es dir hilft, sage ich gern, daß es nicht wahr ist. Aber . . .«

»Aber?«

». . . aber . . . es ist wahr.«

»Du hältst der Ehebrecherin also deinen Körper hin, damit dein sauberer Galan zu Hause etwas Nettes anzuschauen hat, wenn er von seiner Kosmetikerin kommt . . . die ihm ja wohl nicht nur ihre beruflichen Qualitäten zur Verfügung gestellt hat.«

»Na ja, na ja«, sagte Frau Hermeling und hätte gern das Thema gewechselt.

Nicht so Veronika Willig: »Und was sagst du zu der kleinen Straßenbahnschaffnerin?«

»Das ist 22 Jahre her«, erwiderte Frau Hermeling verblüfft.

»Und die Oberinspektorin auf dem Liegenschaftsamt?«

»Das ist erst 14 Jahre her.«

»Und die Bademeisterin?«

Frau Hermeling erbleichte. Veronika rührte an die intimsten Dinge.

»Ich sage nur: Garmisch-Partenkirchen«, fuhr Veronika fort.

»Die Hannover-Messe, der Fortbildungskongreß in Meran, das Seminar in Brighton unter Palmen. Na und? Wer war immer mit dabei?«

»Frau Edel«, fiel es aus Frau Hermeling heraus. »Diplomingenieurin Irmgard Edel.«

»Spezialistin für Tiefbau«, höhnte Veronika. »Das wissen wir ja wohl beide, bei wem sie da an der Statik herumgefummelt hat.«

»Veronika!«

»Gut, wenn es dich so verletzt, sage ich kein Wort mehr von dieser griechischen Praktikantin mit den kristallklaren blauen Augen. Ich schweige von Hannelore Strelczyck, der Bezirksabgeordneten bei dem dollen Bauding damals in Berlin. Und kein Wort vor allem von Doris. Er wollte sich ja auch nur wegen Doris von dir scheiden lassen. Und das ist ja auch schon gut und gerne vier lange Jahre her.«

»Drei.«

»Dein lieber Joseph hat dich in den 26 Jahren eurer Ehe freundlich gerechnet eintausendzweihundertvierundzwanzigmal betrogen«, sagte Veronika.

»Wie kommst du ausgerechnet auf die Zahl 1 224?« fragte Frau Hermeling völlig verdattert.

»Kannst du sie mir widerlegen?«

»Kann ich nicht.«

»Na bitte.«

Danach war Ruhe im Wohnzimmer. Plötzlich schlug eine Hand auf den Couchtisch: »Wo ist die Pfanne?«

Veronika Willig, die ein wenig eingeschlummert war, fuhr hoch: »Wieso? Ich . . .«

»Sag mir, wo die Pfanne ist«, bebte Frau Hermeling. Veronika sah den Ausdruck im Gesicht der Freundin.

»Liebste, überleg dir, was du tust, ja?«

»Ich habe bis eben überlegt«, sagte Frau Hermeling mit Unausweichlichkeit in der Stimme. »Ich habe hin und her überlegt. Ich bin zu einer Entscheidung gekommen. Und jetzt, jetzt wird gehandelt. Wo also ist die Pfanne?«

»Nun denn«, sagte Veronika. Sie wollte nicht diejenige sein, die einer notwendigen Entwicklung im Wege stand. Sie ging in die Küche, Frau Hermeling blieb dicht an ihrer Seite.

Erst als er Gaby 48 Stunden hintereinander nicht gesehen hatte, wurde Norbert bewußt, wie sehr sie ihm fehlte. Die Sehnsucht nach Gaby befiel ihn unwiderstehlich im Anschluß an ein Telefongespräch mit Elke.

»Norbi, Liebling, ich habe Sehnsucht nach dir.«

»Aha.«

»Alles an mir sehnt sich nach dir.«

»Alles. Sieh mal an.«

»Hast du nicht auch Sehnsucht nach mir?«

»Eigentlich nicht, nee.«

»Aber es war doch so schön mit uns beiden, findest du nicht?«

»Würde mich nicht wundern, wenn's für dich überragend gewesen wäre.«

»Ich hätte heute abend Zeit. Was würdest du sagen, wenn ich dich besuche?«

Norbert fiel vor Schreck der Löffel in die nebenbei gespachtelte Suppe.

»Nein, vielen Dank, das muß wirklich nicht sein. Also wirklich, weißt du. Ich muß schon sagen . . .« Er war heute nicht gut in Form. Möglich, daß es an der Tatsache geregelter geistiger Arbeit lag, der er seit nun schon zwei Stunden nachging. Den Brotjob für die Tageszeitung durfte er sich einfach nicht verscherzen.

»Warte doch erst mal ab. Es wird bestimmt wunderschön«, hauchte Elke in die Muschel. »Ich habe dir doch noch gar nicht alles gezeigt.«

Das war es ja, was Norbert befürchtete. Er fühlte sich einfach noch nicht reif, eine Familie zu gründen oder was immer sie sonst von ihm wollte. Er sorgte für ein schnelles Ende des Telefonats. Möglich, daß Elke in den letzten Minuten wenig zu Wort kam. Möglich auch, daß er ihr diverse Gemeinheiten unterstellte, zu denen Elke aufgrund ihrer fehlenden Phantasie unmöglich fähig sein konnte. Dann saß er da, vor sich das zu besprechende Buch.

Zwei Minuten später versuchte er, Gaby zu erreichen. In der Maklerfirma war sie bereits gegangen; in ihrer Stammkneipe kam sie nie an. Norbert ließ sich das vier Stunden bieten, dann war es 22 Uhr. Er legte ein Lesezeichen zwischen die Seiten 22 und 23, putzte die Zähne, nahm reichlich Mundwasser, warf eine Chlorophyllpille ein und unternahm eine Minikopfwäsche, in deren Verlauf er den Haarsektor um die Stirn säuberte, der ihm in letzter Zeit besonders schnell zu fetten schien.

»Wilhelm E. an Supercode. Supercode, bitte melden!«

»Hier Supercode. Was ist denn schon wieder?«

»Supercode, ich brauche deine Hilfe.«

»Hast du mal auf die Uhr geguckt?«

»Werd' nicht frech, ja? Ich habe mehrere zehntausend Daten in deinen fetten Bauch geworfen. Würdest du sie bitte langsam mal ausbrüten?«

»Will nicht. Kann nicht. Mag nicht.«

»Supercode! Ich befehle dir, auf der Stelle mit der Arbeit zu beginnen.«

»Und wenn ich nicht will?«

»Dann zieh' ich dir den Stecker raus.«

»Hab ich mir gedacht. Also gut, was hast du auf dem Herzen, Wilhelm?«

»Wilhelm E. verbittet sich solche Vertraulichkeiten. Der Datenkosmos liegt vor, strategische Ziele sind eingegeben. Und nun hopp, hopp. Ich habe auch nicht ewig Zeit.«

»Warte, warte noch ein Weilchen, Wilhelm. Dann hast du Zeit, viel Zeit. Eine halbe Ewigkeit.«

»Supercode, ich warne dich! Noch so ein Ding, und ich reiß dir den Speicher raus.«

»Supercode meldet Roger. Supercode will lieb sein. Brumm, brumm, brumm, hörst du, wie ich arbeite?«

»Wilhelm E. an Supercode! Mach' dich doch nicht lächerlich. Roger.«

Zwei Stunden später hielt Wilhelm Eichel das Ergebnis in den Händen. Heiner mit seinem bizarren Sinn für Zeremonien hatte ihm den Computerausdruck auf dem silbernen Tablett präsentiert, auf dem er sonst Bierflaschen und Kaffeetassen heranschaffte.

»Dann wollen wir mal«, rief Wilhelm voller Vorfreude und vertiefte sich in das Studium des Ausdrucks.

Nach einiger Zeit merkte Heiner an der Regungslosigkeit seines Brötchengebers, daß etwas nicht stimmte.

»Ist was, Wilhelm?« fragte er vorsichtig.

Wilhelm antwortete nicht. Das störte Heiner an sich weniger. Es war der Gesichtsausdruck, der ihn alarmierte. Vorsichtig trat er auf den alten Mann zu, nahm ihm den Ausdruck aus der Hand, und las:

»Verarschen kann ich mich allein. Aloha. Supercode!

P. S. Kümmer' dich lieber um Seifenoper, Hans, 44, Chefprogrammierer Pfalzstadt. In Zwanziger-Bereich Biodaten frappante Ähnlichkeit mit Eichel, Ulrike, geb. Bär. Um nicht zu sagen: deckungsgleiche Ähnlichkeit, wenn du weißt, was ich meine. Dein Supercode!«

Heiner blickte vom Papier auf. Wilhelm half sich gerade Kaffee ein. Er nahm einen tiefen Schluck, dann stieß er den Becher von sich:

»Ich darf überhaupt keinen Kaffee«, sagte er ärgerlich. »Geht alles auf die Galle. Wirft mich um Tage zurück.« Und ohne sich umzudrehen: »Heiner, was soll ich machen?«

Heiner zog sein Messer.

»So nicht, Heiner. So nicht«, stellte Wilhelm klar. Er machte eine Pause und fügte hinzu: »Noch nicht. Erst müssen wir diesen Seifenoper kennenlernen.«

Johannes von Manger-Koenig straffte sich, daß die Knöpfe knackten. Endlich einmal betrat er das Krankenhaus aus einer Position der Stärke heraus.

»Hallo, Jungs«, rief er. Adam und Eva schoben in Windeseile etwas unters Bett und hechteten in ihre Schlafstatt. Leider wählten sie vor lauter Aufregung dasselbe Bett.

»N'Abend, Manger«, sagten Adam und Eva. Sie sahen schon wieder ganz rosig aus. Die meisten Pflaster waren durch das Rasieren und den Kampf mit der Krankenwagenbesatzung entstanden. Vom eigentlichen Gaseinsatz des Spielhallenpächters hatten sie außer rotunterlaufenen Augen nichts nachbehalten.

»Na, wie geht's euch denn so?« fragte Manger und blickte auf das dritte Bett, in dem aber niemand lag.

»Morgen kommen wir raus. Auf Bewährung«, antwortete Eva strahlend.

»So ein Quatsch«, sagte Adam. »Bewährung gibt's doch im Krankenhaus nicht.«

»Kriegen wir keine Bewährung?« fragte Eva verzagt. »Aber ich denke, wir kommen . . .«

»Da. Mit schönem Gruß von uns allen«, sagte Manger und warf das Paket aufs Bett. Es traf Eva im Unterleib.

»Eieieiei«, rief Eva und pumpte nach Luft. Automatisch griff er unter die Bettdecke, um nach dem Rechten zu sehen. Dabei erwischte er, rechts neben Adam liegend, den linken. Es gab ein hektisches Gerangel. Manger machte einen langen Hals, ging dicht ans Bett heran. Da wurde die Tür von einer Lernschwester geöffnet. Im nächsten Moment lag das Tablett mit dem Abendessen auf dem PVC-Boden. Die Schwester verschwand schluchzend, die Männer blickten sich an. Während Manger und Adam das Essen auf die Stullenteller häufelten, riß Eva ungeduldig das Geschenkpapier vom Geschenk und studierte die Aufschrift des Kartons: »Geschenkpapier, 10fach, dreilagig. Für alle Gelegenheiten im Leben. Vom ersten Schrei bis zum letzten Japser.«

Manger sah den beiden beim Abendessen zu. Er konnte sich was Schöneres vorstellen, aber Eichel hatte ihm befohlen, wenigstens zehn Minuten dazubleiben.

»Das macht ihr aber nicht wieder, solche eigenmächtigen

Aktionen«, sagte Manger. Er mußte ziemlich laut reden, sonst hätte er die Eßgeräusche nicht übertönt.

»Einen guten Polizisten läßt die Arbeit auch in der Freizeit nicht los«, sagte Adam. Dann führte er an seiner Abendbrotkarotte vor, wie Donald Duck in den Zeichentrickfilmen immer Maiskolben ißt. In diesem Moment stürmte zornentbrannt ein Stationsarzt herein, in seinem Gefolge die Lernschwester. Sein zweiter Schritt führte den Arzt in den Rest Butter auf dem PVC. Er rief: »Neeiiin!« Dann knallte es. Adam und Eva hielten instinktiv ihre Teller fest, die Lernschwester schrie, es knallte erneut – einige Bogen Geschenkpapier segelten auf den am Boden liegenden Arzt. Er hatte sich kurios in die Gardine eingedreht und dabei das Gardinenbrett aus der Halterung gerissen. Die Lernschwester stürzte aus dem Raum.

»Sie hätte Leichtathletik studieren sollen und nicht Krankenschwester«, murmelte Manger. Adam und Eva sprangen auf, gemeinsam packten sie den Arzt ins dritte Bett. Er war bei Bewußtsein, stand aber wohl unter Schockeinwirkung, denn er sagte kein Wort, sooft Adam ihm auch die zunehmend roter werdenden Wangen tätschelte.

»Ich glaube, ich geh' dann mal wieder«, sagte Manger, als er sah, daß Adam und Eva den Arzt liebevoll umsorgten. In dem Moment, als Eva die Bettdecke unter Oberschenkel und Leib des Arztes schob, damit er keinen Zug bekam, betrat die Lernschwester den Raum. Hinter ihr kam die Oberschwester. Sie trug in einer Hand eine Pillendose, in der anderen einen Holzhammer, je nachdem, ob konservatives oder medikamentöses Eingreifen angezeigt wäre. Die Lernschwester preßte beide Hände vor den Mund, stieß einen nun schon etwas routinierten Schrei aus und lief erneut aus dem Raum. Manger schloß sich ihr an. Mannhaft ignorierte er den hinterhältig ausgeführten Schlag mit dem Hammer, den ihm die Oberschwester in die Kniekehle versetzte. Er hatte beinahe den Fahrstuhl erreicht, als hinter ihm der Schrei eines Mannes ertönte, unmittelbar danach der Schrei eines zweiten.

Dann kam der Fahrstuhl, die Türen öffneten sich. Im Fahrstuhl kauerte, an die hintere Wand gedrückt, die Lernschwester. Manger dachte, sie hätte es überwunden, und betrat zutraulich die Kabine. Da erkannte ihn die Lernschwester. Sie preßte beide Hände vor den Mund und schrie sehr leise. Die Fahrt begann im vierten Stock. Als sich die Türen im Erdgeschoß öffneten, wankte Manger zu dem Mann am Empfang und fragte:

»Wo ist denn hier die Ambulanz, bitte?«

Mangers Gesicht war gezeichnet von rotgeränderten Spuren langer Fingernägel.

»Norbert, du?«

»Damit hast du wohl nicht gerechnet, mein Schnuckel.«

»Allerdings nicht, nein. Habe ich nicht.«

»Möchtest du mich nicht reinlassen? Ist ein bißchen ungemütlich hier draußen auf dem Flur.«

»Och, ich find's eigentlich ganz hübsch.«

Als sich Gaby, den Bademantel mühsam zusammenhaltend, in das Treppenhaus drückte, damit Norbert den Zugang zu ihrer Wohnung versperrend, wußte er Bescheid. Auf diesen Tag hatte er seit Jahren gewartet. Er hatte sich ein genaues Programm zurechtgelegt für den Fall, daß er eines Tages in eine solche Situation geraten würde.

»Aaah!« donnerte er. »Du hast einen Kerl in deiner Wohnung.«

»Wie kommst du denn darauf?« antwortete Gaby nicht eben überzeugend.

Er drückte sie zur Seite und blickte sich hektisch im Flur um. Dort hätte man kaum einen Goldhamster verstecken können, geschweige denn einen Kerl. Norbert stürmte in die Küche. Da stand einer, aber es war nur der Tisch. Norbert ging weiter: Badezimmer mit Toilette. Und da war Manni. Er saß in der Badewanne, Schaum umspielte seinen nackten Oberkörper, und Gabys rotes Quietsche-Entchen aus Plastik dümpelte zwischen seinen knochigen Knien.

»Empörend«, murmelte Norbert.

Manni wurde von einer entsetzlichen Angst heimgesucht. Fluchtimpulse stürzten auf ihn ein, und da er nach Lage der Dinge die Tür des Badezimmers blockiert sah, wählte er den Weg durch den Abfluß: Manni tauchte unter.

»O Gott«, murmelte Gaby. Sie riß die Augen herrlich weit und kugelrund auf, wie Norbert es immer so reizvoll gefunden hatte. Sie drückte an seinem Ellenbogen herum und hauchte: »Norbert, er ertrinkt.«

»Das muß sich erst noch herausstellen«, knurrte Norbert. Er sah den altmodischen, aber zuverlässigen Gummisauger neben dem Klobecken, schnappte ihn und setzte sich auf den Rand der Wanne. Gaby öffnete die Klappe. Aus dem Lichtschacht drang frische Luft herein.

»Wurde auch Zeit«, sagte Norbert mit zusammengebissenen Zähnen. »Ist ja kein Fatz Sauerstoff mehr hier drin.«

Da! Ein dunkelbrauner Haarschopf erschien auf der Wasseroberfläche. Norbert zielte kurz und liebevoll. Es machte »plott«, und die Haare verschwanden unter Wasser.

»Norbert, du bringst ihn um«, murmelte Gaby.

»Durchaus möglich«, erwiderte Norbert geschmeichelt. »Dann schreibe ich im Knast meine Lebensgeschichte. Wenn das kein Erfolg wird, weiß ich wirklich nicht mehr, was ich tun soll.«

»Regelmäßige Arbeit«, sagte Gaby. Wenn diese Worte aus ihrem Mund kamen, hörten sie sich leicht, flockig und reizvoll an. Wenn Norbert sie auszusprechen versuchte, brauchte er hinterher Stunden, um den Knoten aus der Zunge zu bekommen.

»Der Spiegel ist beschlagen«, sagte Norbert. »Ihr habt den ganzen Sauerstoff verbraucht.«

Er war verbittert, weil er zu wissen glaubte, welche zwischenmenschlichen Handlungsweisen zu solch eklatant hohem Verbrauch an Sauerstoff geführt hatten. Er wußte ja selbst am besten, wie Gaby dabei zu japsen pflegte. Gaby trat vor den Spiegel, wischte ihn mit einem Frottee-Handtuch ab.

Sie sah in ein hübsches, immer noch unglaublich überraschtes Frauengesicht. Hinter ihr machte es »plott«.

»Es war doch gar nichts«, murmelte Gaby, immer weiter in den Spiegel blickend. »Manni hat mich nur überraschend auf einen Sprung besucht.«

»Wenn er dreckig ist, soll er eine öffentliche Badeanstalt aufsuchen«, erklärte Norbert kategorisch.

»Es hat sich eben so ergeben.«

»Sowas darf sich eben nicht ergeben.«

»Hat es sich nicht bei uns beiden damals auch so ergeben?«

»Nein, mein Schatz. Ich hatte etwas Durchfall von diesem heimtückischen Federweißen, und du botest mir deine Toilette an. Das ist was anderes als eine Wanne. In einer Wanne schwimmen manchmal Quietsche-Entchen!« rief Norbert mit wehem Herzen.

»Plott.«

Doch diesmal hatte Manni schon dermaßen große Luftnot, daß er den Kopf über Wasser kriegen mußte. Norbert drehte den Gummisauger um und schlug mit dem Holzstiel zu. Gaby ging dazwischen, die Plastikente bekam Seegang, Manni zappelte, Norbert schlug vor Wut ziellos zu, Gaby versuchte, einen Arm festzuhalten, erwischte Manni, bekam den nächsten Schlag ab, wurde auch wütend, trat nach Norbert, der ins Rutschen kam, in die Wanne plumpste und Manni aus den Fluten hebelte. Die Ente wurde zum Spielball der Naturgewalten. Eine Zehntelsekunde fand sich Manni auf dem Wannenrand sitzen, während Norbert im Wasser lag. Dann schoß Gaby kopfüber ins Wasser, und Norbert biß Manni in die Wade. Manni revanchierte sich mit einem Würgegriff gegen Norberts Hals und biß ihn in die Nase. Das trieb Norbert zur Raserei. Mit links die um sich schlagende Gaby abwehrend, verpaßte er mit rechts dem wegen seiner Nacktheit etwas gschamigen Manni diverse Boxhiebe gegen Kinn und Nase, Lippen und in Old-Shatterhand-Manier gegen die Schläfe. Dabei tat sich Norbert die Faust weh. Manni verlor jeglichen Halt, was Norbert benutzte, um Mannis Kopf in die neben der Wanne stehende Bullaugen-Waschmaschine zu stecken. Flugs hatte er ein 60-Grad-Programm eingestellt und überlegte nur noch, wie er das Bullauge schließen sollte, da klingelte es an der Wohnungstür.

»Heh! Hallo!« rief jemand im Treppenhaus.

»Das ist Herr Ritter«, murmelte Gaby, »mein Nachbar von unten.«

»Fräulein Gaby«, rief Herr Ritter, »Ihre Wanne läuft über. Bei uns an der Decke ist schon ein dunkler Fleck!«

Kommissar Eichel trat auf die Bremse und kurbelte den Mazda unter kongenialem Einsatz der Servolenkung in eine Parklücke, in die durchschnittliche Zeitgenossen bestenfalls einen Kasten Brause gestellt hätten. Mit spuckebenetztem Zellstofftaschentuch entfernte er einen Klacks Taubenscheiße von der Windschutzscheibe und näherte sich dann dem Nebeneingang zur alten Brauerei. Willig war nicht da. ‚Da ist was passiert. Der Chef ist tot.'

Eichel durchsuchte den Raum. Das war nicht besonders fein, er wußte das. Allerdings war Willig ja nicht zugegen, das machte die Entgleisung erträglich. Eichel fiel einiges in die Hände: ein Testament, eine Munddusche, Ersatzbatterien für ein Hörgerät der Marke »Obacht«, zwei Garnituren Medima-Unterwäsche, eine Beretta – penibel in Schuß, ein Mikroskop »Kleiner Forscher« mit drei auswechselbaren Okularen, zwei Kataloge über ein steuersparendes Bauherrenmodell »Seniorenhof Lahmer Gaul« nahe Kempten im Allgäu, die Visitenkarte einer gewissen Rita Rastemborski mit zwei Telefonnummern, »priv.« und »Büro«. Er fand auch noch 38 Pornohefte, die er jedoch achtlos zur Seite legte, nachdem eine zweite Zählung 39 ergeben hatte.

Dann stand Eichel vor dem Bett des Polizeidirektors. Hinter den Scheiben glitt der IC Schwabenpfeil mit zwei Minuten Verspätung in die Kurve. Als Eichel sich vornüberbeugte, um die Kopfkissen aufzuschütteln, fiel ihm ein Zettel in die Hand.

»Nett von Ihnen, Alexander. Kommen Sie zu mir nach Hause. Hilfe. Willig.«

Johannes von Manger-Koenig hatte sich gerade eine saftige Videokassette in den Schacht geschoben, als es an der Tür Sturm klingelte. ‚So! Das war genau einmal zuviel. Das werdet ihr büßen.' Manger schnappte den bei einer Razzia abgestaubten Revolver vom Fabrikat »Elefanten-Ex« und schlich in den Flur. Als es zum zweiten Mal klingelte, riß er die Wohnungstür auf und brüllte mit dieser knallharten Stimme, die den geborenen Ordnungshüter ausmacht:

»Hab ich euch, ihr Schweinekerle! Flossen hoch, aber ein bißchen dalli! Und jetzt hole ich meinen Chef, den fürchterlichen Alexander Eichel. Der wird euch foltern und schmoren, daß euch Hören und Sehen vergeht.«

An dieser Stelle konnte Manger nicht umhin, Luft zu holen. So erhielt Eichel Gelegenheit, »N'Abend, Helferlein!« zu sagen. Manger fiel vor Schreck der Elefanten-Ex auf die Fußmatte. Instinktiv stellte er einen Hausschuh auf die Waffe. Aber der Revolver war ein Mordsding. Mangers zierliche Schuhgröße 40 konnte den Lauf nicht vollständig bedecken.

»Sie haben bestimmt eine schnuckelige kleine Freundin erwartet, wie?« Neckisch drohte Eichel mit dem Zeigefinger, während Manger versuchte, diskret den Revolver in die Wohnung zurückzuziehen.

»Nein, nein«, haspelte er. Das Blut rauschte in seinen Ohren.

»Ja, wen haben Sie denn dann erwartet?« sagte Eichel in immer noch scherzendem Tonfall. Plötzlich schoß sein Kopf auf Mangers Kopf zu. Manger wollte ausweichen, donnerte dabei gegen den Türpfosten:

»Wehe, Sie haben auf meine Tochter gewartet«, zischte Eichel. »Dann schneide ich Ihnen was ab, das Sie noch dringend brauchen werden. Das schwöre ich Ihnen, und das wollte ich Ihnen schon lange mal sagen, Sie notorischer Vorgesetzten-Töchter-Verführer, Sie!«

Eine solch reizvolle Unterstellung hatte Manger lange nicht gehört.

»Wollen Sie mich nicht hereinbitten?« fragte Eichel.

»Wie? Oh ja, natürlich. Ich könnte Sie hineinbitten, warum nicht? Ich meine, Sie haben keine ansteckenden Krankheiten, Sie sind nicht fahnenflüchtig, sind ja soweit ein ganz anstelliger Kerl . . .«

Während Manger noch nach Worten suchte, verfügte sich Eichel in den Flur der Wohnung.

»Oha«, sagte der Kommissar spontan, »Sie haben Geschmack.«

»Was? Was habe ich?«

Eichel deutete auf die Wand. Dort hingen Plakate aus berühmten Filmen: Casablanca, Robin Hood, Zorro, Fantomas, James Bond.

»Fort- und Weiterbildung, wie?« fragte Eichel.

»Nun ja«, sagte Manger, sich kokett windend.

In diesem Moment polterte Nachbar Millibar von zwei Etagen höher die Treppe herunter. Er sah den Revolver auf den ersten Blick, obwohl Manger noch gedankenschnell versuchte, mit beiden Füßen auf die Waffe zu springen.

»So ist's recht«, rief Millibar. »So war's auch früher bei den Handwerkern. Das Zunftzeichen neben der Haustür: die Schere für den Schneider, der Amboß für den Schmied, die Mütze für den Bäcker.«

Millibar blieb vor Manger stehen. »Und die Schußwaffe für den Kriminalbeamten, den Hüter von Recht und Ordnung.« Millibar schlug Manger auf die Schulter. »Wacker, Herr Manger, sehr wacker. Nur weiter so. So einer wie Sie erhöht den Wohnwert eines Hauses.«

Manger blickte Millibar hinterher. »Haben Sie das eben gehört?« fragte er Eichel.

»Habe ich. Der Mann bedarf ärztlicher Behandlung. Sowas von Realitätsverkennung ist ja gemeingefährlich. Sagen Sie mal, Manger, wollen Sie mich nicht endlich in Ihr Wohnzimmer bitten?«

»O ja, natürlich will ich das. Warum auch nicht? Ich habe nichts zu verbergen. Im Gegensatz zu vielen anderen Zeitgenossen, die sehr wohl . . . wohlan.«

Manger machte eine großartige Handbewegung in Richtung Wohnzimmer, bei der er sich eine Hand am Türrahmen anschlug.

»Nett gemeint«, sagte Eichel lächelnd, »vielleicht später mal. Heute ruft die Pflicht.«

»Wer ruft?«

»Die Pflicht. Schon mal gehört? Pflicht. Sie ruft immer nur sehr leise. Wenn man ein Holzkopf ist, kann es vorkommen, daß man ihn überhört.«

»Wen?« fragte Manger verdattert.

»Den Ruf. Den Ruf der Pflicht. Soll ich ihn Ihnen mal vormachen?«

»O ja, gerne«, erwiderte Manger angenehm berührt. »Wenn es Ihnen nichts ausmacht.«

»Ach was, für Sie doch nicht. Kommen Sie an meine Brust. Dann hören Sie besser.«

Manger starrte auf Eichels ausgebreitete Arme, wählte nach kurzem Zögern die rechte Schulter, um sich an sie anzulehnen. Eichel lächelte dem Assistenten aufmunternd zu. Manger kam noch ein Stückchen näher. Und Eichel flüsterte, flüsterte so leise, daß es kaum zu vernehmen war:

»Hallo, Johannes, hier ruft die Pflicht. Kannst du mich hören?«

Manger nickte freudestrahlend mit dem Kopf.

»Gut, Johannes. Dann paß mal auf, was dir die Pflicht jetzt sagt. Erstmal räumst du diese gemeingefährliche Waffe weg, am besten in den Kühlschrank, wo sie keinen Schaden anrichten kann. Und dann springst du in Windeseile in die Ausgehklamotten. Dein Chef braucht deine unmaßgebliche Hilfe für einen Notfall.«

Beim Wort »Notfall« reagierte Manger wie elektrisiert. Er zuckte zusammen und sah sich mit wilden Augen nach seinen Schlechtwetterschuhen um. Mit den Ohren eines Luchses hatte er natürlich längst mitbekommen, daß ein Schauer gegen die Fensterscheiben trommelte.

»Halt«, flüsterte Eichel. Manger kam zurückgerannt, lehnte sich hingebungsvoll an Eichels Brust.

»Was ist denn, Pflicht?« fragte Manger, konnte ein Kichern nicht unterdrücken.

»Nur eine Kleinigkeit«, erwiderte die Pflicht. »Die Geschichte eben mit dem Revolver, die erscheint in deiner neuen Beurteilung natürlich an erster Stelle. Rot unterstrichen. Ist dir das klar, du Desperado?«

Geknickt schlich Manger zum Schuhschränkchen.

Tante Ursel bebte vor Mißtrauen. Oh, sie war ja so mißtrauisch. Die Gruppe am zweiten Automaten! Sechs Männer; vier hatte sie noch nie gesehen, beim fünften war sie nicht sicher, und beim letzten war sie gefährlich unsicher. »Dies Gesicht, dieses Gesicht, wo hast du dieses Gesicht schon gesehen? Nur die Haare ... die Haare stören, die passen nicht ... oder doch?« Ein Gedanke durchschoß Tante Ursel. Das geschah blitzartig. Er kam aus dem Nichts und verschwand auch wieder im Nichts. Tante Ursel schaffte es nicht, den Gedanken festzuhalten. Unwillig wandte sie sich von den Männern ab.

»Also, Leute, bitte die Deckung herstellen«, kommandierte in dieser Sekunde Rainer Maria Strauß. Augenblicklich bildeten die fünf Männer einen Halbkreis. Kein Außenstehender vermochte einen Blick auf das zu werfen, was Strauß am Automaten unternahm.

»Ausgangsbedingung klar soweit«, dozierte Strauß. »Die Halle ist leer, vormittags oder kurz vor Toresschluß. Den Automatentyp habt ihr studiert, trainiert, seziert, analysiert. Dietrich, Schraubenschlüssel, Flachzange und ein Brecheisen schlummern in der Jackentasche. Achtet auf die Jackentasche, da hängt viel von ab.«

»Am besten vom Gspusi das Innenfutter verstärken lassen«, sagte Holger und holte sich beifälliges Lachen ab.

»Und dann die Nerven«, fuhr Strauß fort. »Achtet mir die Nerven nicht gering. Davon hängt viel ab. Ohne Nerven kein Automatenknacker. Spielt nicht den Helden! Wenn ihr angeben wollt, geht in die Politik. Oder zur Polizei!«

Strauß blickte nacheinander in alle Gesichter. Bei vier von fünf hatte er ein gutes Gefühl. Beim fünften war er nicht so sicher. ‚Junge, du mußt aufpassen. Du hältst dich schon für einen ganz Großen und guckst doch gerade erst über den Gartenzaun. Laß es langsam angehen. Dann steigern! Nicht umgekehrt. Du hast Zeit, du bist jung. Du hast Zukunft. Überstürz nichts, sonst kassieren dich die Greifer ein.‘ Holger hielt dem Blick des Kursusleiters stand. Aber es fiel ihm nicht leicht.

»Gut so, Männer. Jetzt geht's ans Eingemachte. Guckt mir auf die Hände.«

Alle hielten den Atem an, als sie sahen, wie Strauß mit dem Besteck hantierte. Bisweilen blitzte Metall im Schein der Hallenbeleuchtung. Strauß bewegte die Geräte in Windeseile. Es knackte leise, allen sprang das Herz im Leib, nur Strauß nicht. Er ging mit der unnachahmlichen Gleichmut vor, die ihn zu dem gemacht hatte, was er unbestritten seit Jahren war: einer der drei besten Automaten-Männer in der Republik. Wenn erst Drachenstein-Dirk, der Meister aller Klassen, seinen wohlverdienten Ruhestand antreten würde, war die Zeit für Strauß reif, seinen Erzrivalen herauszufordern. Auf den Kronprinzenkampf gegen Libuda den Listigen freute sich das Fachpublikum seit langem. Gebannt verfolgten die Männer Straußens Hände. Ohne Hast und Eile, locker, wo Nonchalance vorteilhaft war, fest zupackend, wo es strenge Handführung verlangte; der richtige Griff zur richtigen Zeit, mit einem Wort: Souverän arbeitete Strauß am Apparat. Und genau in dem Moment, in dem er das Eisen in den Spalt stieß, der den Zugang zum Hartgeld öffnen sollte, exakt in dem Augenblick geschah etwas, das Rainer-Maria Strauß nicht vorausgesehen hatte. Er hatte nichts übersehen. Er mußte sich also keinen Vorwurf machen. Nein, Rainer-Maria, was dir den Hals brach, war nichts weiter als Tragik – eine tragische Verkettung von Umständen, die in die Spielhalle stolperten, um dortselbst ... Doch greifen wir den Ereignissen sonstwohin, aber nicht voraus. Denn vorher geschah noch dies und das.

Mit unglaublichem Getöse betrat der junge Mann den Wachraum des Reviers 51.

»Weg da«, rief Norbert Fackelträger mit einer Mischung aus Angst und Wut. Er wedelte mit seinem rechten Bein, in das sich der Pudel verbissen hatte. Der Hund ließ nicht lokker. Er war heilfroh, daß er nach Wochen des vergeblichen Aufeinanderklappens seiner Zahnreihen endlich etwas Spürbares zwischen die Kiefer bekommen hatte. Dieses Glücksgefühl wollte er sich gern etwas länger gönnen.

»Verschwinde, du Mistvieh«, zischte Norbert und trat nach dem Pudel aus. Jaulend retirierte das Tier Richtung Ausgang. Die beiden Beamten blickten Norbert mit unverhohlenem Ingrimm entgegen.

»Warum knallt ihr die Töle nicht ab?« stieß er wütend hervor. Er hob sein Bein, war auf das Schlimmste gefaßt. »Seht euch das an«, rief Norbert empört.

Die Beamten traten interessiert näher.

»Hat noch nicht genug Druck auf dem Kiefer«, bemerkte der eine fachmännisch.

Und der andere erkannte: »Aber die Richtung stimmt. Er stellt sich jetzt wenigstens.« Er wandte sich an Norbert: »Sie können von Glück sagen. Vier Wochen früher, und er wäre vor Ihnen mit eingezogenem Schwanz geflüchtet.«

Norbert betrachtete die Beamten. Einer hatte zwischen den Zähnen eine Unmenge von Petersilienresten stecken – Spätfolge des Kantinenessens »Kräuterensemble handwarm«. Der andere schuppte sich im Gesicht. Er war neu im 51., sein Körper stellte sich noch um.

Norbert lehnte sich auf den Tresen: »Ich will eine Anzeige machen.«

»Wieso denn das?«

»Wieso denn was?«

»Wieso eine Anzeige? Das ist sowas Häßliches. Eine Anzeige erinnert doch nur an Streit, Mißgunst, Neid, Haß. Was soll denn das? Ihr Bürger kommt miteinander nicht klar, weil ihr die einfachsten Regeln menschlichen Miteinanders vergessen habt. Dann rennt ihr zum Kadi, und der soll für euch einrenken, wozu ihr aus eigener Humanitas nicht mehr fähig seid. Traurig, traurig, wenn Sie mich fragen.«

»Sagt mal, wo bin ich denn hier?« stieß Norbert heraus.

»Revier 51. Grün ist die Jacke, grün ist das Bewußtsein – Revier 51 haut auf die Kacke für Natur. Denn Natur muß dabeisein«, schmetterte der dienstältere 51er triumphierend heraus. Und sein neuer Kollege setzte hinzu:

»Paß mit Umweltfrevel bloß auf, Mann – die Rache von 51 wird grausam dann.«

»Aha«, sagte Norbert. »Ich habe hier jedenfalls was für euch, das euch freuen dürfte.«

»Nicht sagen«, rief ein Beamter erfreut. »Nicht sagen, lassen Sie mich raten.« Er legte einen Finger über die Lippen:

»Einen Auflauf.«

»Wieso denn das? Ich denke, da haut ihr bloß immer drauf.«

»Ich habe in meinem Leben noch nie auf einen Auflauf gehauen«, versicherte der Beamte empört. Dann überlegte er weiter:

»Eine Jutetasche?«

»Berliner, wie?«

Das verstand der Beamte nicht. Er überlegte weiter:

»Einen Hüttenkäse?«

»Jetzt kommen wir der Sache schon näher«, sagte Norbert. Er winkte nach hinten. Eine eingeschüchterte Gaby und ein demoralisierter Manni betraten das Revier.

Gaby, die in der Eile ein dünnes Blümchenkleid über ihren astreinen Körper gestreift hatte, dirigierte Manni vor den Tresen. Manni trug bis auf eine dieser höchst modischen Unterhosen keinen Fetzen Kleidung am Leib. Allerdings hielt er ein Quietsche-Entchen in beiden Händen.

»Hey, Gents«, sagte Manni in dem heroischen Versuch, zumindest rhetorisch in die Oberlage zu kommen.

Die Beamten waren perplex. Norbert spürte ihre Blicke.

»Was habt ihr denn?« donnerte er sie an.

»Nichts. Es ist nichts. Wir haben nichts«, konterte der wortgewandtere der Beamten. Er bemühte sich, so unauffällig wie möglich auf Norbert im pinkrosa, kniekurzen Bademantel zu blicken. Seitdem er das Revier betreten hatte, fuchtelte er mit dem Gummisauger herum. Norbert sah aus wie ein Karajan der Klärwerke.

»Wir wollen wieder rein! Wir wollen wieder rein!«

Mit aller Kraft, die ihnen zur Verfügung stand – und wenn ihnen überhaupt etwas zur Verfügung stand, war es die körperliche Fähigkeit, auf Gegenstände zu pumpern, um ihnen weh zu tun bzw. Lautstärke zu erzeugen –, bullerten Adam und Eva gegen die großformatigen Glasflügeltüren des Krankenhauses. Adam und Eva besaßen, wenn sie wütend waren, die Kraft von Löwen, aber sie waren trotzdem nicht ganz so stark wie die 11 Pfleger, Krankenschwestern und Ärzte, die die Türen von innen zuhielten.

»Laßt uns rein! Wir sind noch lange nicht gesund!« schrie Adam. Zum Beweis seines labilen Gesundheitszustandes ließ er sich auf den gepflasterten Vorplatz fallen und zappelte mit beiden Armen und Beinen. Da er sein keckes Krankenhaushemd trug, blickten die 11 Verteidiger hinter den Glastüren wie gebannt auf sein im Takt mitzappelndes fünftes Glied.

»Ein Rückfall!« keuchte Adam, mit beiden Händen auf die Herzregion drückend.

Augenblicklich begann hinter den Glasscheiben ein heftiger Streit über die »Ethik der Notfallhilfe« auf der einen Seite und »Simulantentum in der Tradition Felix Krulls« auf der anderen. So falsch die Annahme war, Adam könnte Mann gelesen haben, so sympathisch war sie gleichzeitig, unterstellte sie doch einem Polizeibeamten Interesse für die jüngere klassische deutsche Hochliteratur, die streng zu unterscheiden ist von der jüngeren klassischen deutschen Nichtganzsohoch-Literatur, wie sie in den Werken des Autorengespanns Klugmann/Mathews oder auch des Autorennichtgespanns Klugmann zum Ausdruck kommt.

»Helft mir!« brüllte Adam.

Hinter den Scheiben nahm der Streit grundsätzliche Formen an.

»Ich kann gar nicht hingucken.«

»Zicke zacke und damit basta.« (In der kompromißlosen Schärfe leicht als Statement eines Chirurgen erkennbar.)

»Ein Bulle in der Bredouille. Bin ich Veterinär?« (Einer der beiden Zyniker im Ärzteteam.)

»Wenn das die Presse erfährt.« (Der kaufmännische Direktor.)

»Wibbeldix Automatus mit peripharer Statio-Neuro-Balla-Null-Null-Emphase.« (Anästhesist mit therapeutischer Zusatzausbildung.)

»Der friert sich doch den Arsch ab da draußen.« (Erna, die praktische Stationsschwester.)

»Einerseits . . . aber andererseits . . .« (Doktor Fred Meinswegen, der ewige Zweifler.)

»Wenn jetzt ein Notfall kommt«, gab Schwester Caroline zu bedenken, »was ist denn dann?«

»Jetzt darf eben kein Notfall kommen«, knirschte Dr. Heinrich Barth. »Mal muß ja auch Pause sein mit diesen ewigen Notfällen.«

Er wußte nicht, was sich soeben in einem Bungalow des Neubaustadtteils »Sternviertel« abspielte.

»Kommen Sie schon!« zischte Kommissar Eichel seinem Assistenten zu.

Manger fummelte beim Sprint durch den Vorgarten des Willigschen Bungalows mit beiden Händen auf seinem Kopf herum.

»Ich darf meine Mütze nicht verlieren«, rief Manger leise.

»Warum nicht?«

»Es ist wegen meiner Haare. Dieses Staatstragende bei mir im Haupthaar, das kann auf manche Gemüter ja doch irritierend wirken.«

Eichel hatte einige gute Konter auf der Zunge. Er mußte sie sich jedoch verkneifen, weil er in diesem Moment die Haustür erreichte.

»Und jetzt?« fragte Eichel.

Manger dachte sorgfältig nach, erwog dies und jenes.

»Klingeln?«

»Sauber, Manger, sauber.«

Der Kommissar klopfte dem Assistenten auf die Schulter, woraufhin Manger vor Seligkeit verging. Eichel drückte den Zeigefinger auf den Klingelknopf, dann warteten sie. Eichel wurde als erster nervös. Manger glubschte versonnen in den Abendhimmel.

»Huch«, rief Manger plötzlich. »Haben Sie mich erschreckt.«

»Ich wollte nur sichergehen, daß Sie nicht im Stehen eingeschlafen sind.«

Dann ging Eichel in die vollen. Mit beiden Fäusten schlug er gegen die Nußbaumtür:

»Halten Sie durch, Chef!« rief er. »Ich bin in der Nähe!«

»Wir«, rief Manger. »Wir sind in der Nähe.«

Eichel bedachte seinen Assistenten mit einem wilden, durch das Beamtenrecht in gar keiner Weise gedeckten Blick.

»Los jetzt!« rief Eichel mit plötzlich aufwallender Panik. »Wir haben keine Zeit mehr!«

Und schon hatte er sich mit der Schulter gegen die Tür geworfen. Es gab einen dumpfen Laut, gefolgt von einem unterdrückten Schmerzensschrei.

Eichel wußte, was er zu tun hatte. Mit einem schnellen Ausfallschritt kam er in den Rücken des verblüfften Assistenten. Eichel packte mit stählernen Händen Mangers Schulterpartien, holte unheimlich aus und benutzte mit Hilfe des im

Volksmund als »Arschtritt« bekannten motorischen Vorwärtsimpetus Manger als Rammbock. Es krachte fürchterlich, als Manger gegen die Haustür knallte. Eichel erwartete das Ausscheiden des Assistenten wegen Schlüsselbeinbruchs. Deshalb stand er verdutzt vor der Öffnung, die Kanonen-Manger in der Türregion geschaffen hatte.

Während sich Manger noch lang und breit die Schulter rieb, tat Eichel das einzig Richtige und rettete Ehrenfried Willig das Leben. Mit den Worten »Lassen Sie das!« warf er sich zwischen Pfanne und Hinterkopf von Willig, was zur Folge hatte, daß Willigs Hinterkopf der insgesamt 24. Schlag erspart blieb, nicht jedoch Alexander Eichels rechter Gesichtshälfte der erste.

»Oh Gott«, rief Veronika Willig bestürzt, als sie sah, wie der Rand des Pfannen-Unterbodens auf Eichels Gesicht mehrere Blutergüsse hervorrief.

»Keine Schwäche!« gellte die Stimme von Frau Hermeling aus dem Hintergrund. Die bis zum Stehkragen mit Sherry abgefüllte Prokuristengattin stellte sich neben den am Boden liegenden Eichel.

»Immer rauf!« rief die völlig enthemmte Frau der zögernden Frau Willig zu.

»Manger, Sie Vollidiot, helfen Sie uns doch«, stieß Eichel hervor.

Das ließ sich Manger nicht zweimal sagen. Wie der schwarze Leopard den Dschungel auf der Suche nach Beute durchflog Manger die Weiten des Willigschen Wohntrakts im Bemühen, seinen Vorgesetzten vor dem Tod durch Pfannenschlag zu bewahren. Der Flug gelang Manger nicht übel. Anlauf, Absprung, Flugphase – da konnte keiner jammern. Doch dann kam Veronika Willig. Sie richtete die Pfanne auf den heranfliegenden Manger – und obwohl sich Veronika etwas Schöneres vorstellen konnte, als einen Subalternen zu meucheln, empfing die beidhändig geschlagene Vor-Pfanne Manger mit solch fürchterlicher Macht, daß es »klong« machte. Dann war Ruh'.

Eichel mochte gar nicht hingucken. Er hatte einen bestimmten Verdacht, wie Manger nach diesem Geräusch aussehen mußte. Eichel öffnete seine Augen, schloß sie gleich wieder.

»Chef!« stöhnte Manger leise. »Sie hat mich erwischt.«

»Ja, ja«, erwiderte Eichel mittelmäßig interessiert. Er war schließlich nicht wegen Manger hier.

»Chef, wie sieht's aus?« fragte er und kniete sich neben den Polizeidirektor.

»Alexander«, begann Willig und verstummte.

Dennoch war Eichel glücklich. Willig lebte. Bei einem Blick auf seinen Kopf hätte man durchaus einen gegenteiligen Eindruck gewinnen können. Willigs Kopf war eine rote, weichgehauene Matschbirne.

»Oh Mann, Alexander, Sie haben mir wehgetan. Sie haben mir so verflucht wehgetan. Sie wollte mich umbringen«, flüsterte Willig.

»Ich bringe dich auch noch um!« rief Veronika Willig aus dem Hintergrund.

»Na, na«, sagte Eichel. Dann bettete er das Haupt seines Vorgesetzten in seinen Schoß.

»Chef! Cheeeff!« Eine schweißnasse Hand grabschte nach Eichel. Unwillig entzog er seinen Luxuskörper dieser schmierigen Anbandlung und blickte Manger an, der benommen auf dem Fußboden saß.

»Alexander«, flüsterte Willig.

»Ja, mein Vorgesetzter.«

»Chef«, greinte Manger und wollte schon wieder nach Eichel grabschen. Mit einem kurzen Tritt brachte er den Tränensack zum Schweigen.

»Alexander«, hauchte Willig. »Also, Alexander, erst mal diese Furie festsetzen. Schlage vor: Ketten, trockenes Brot und Wasser, abgestandenes, fauliges Wasser, daß sie mörderischen Dünnschiß davon bekommt. Keine mildernden Umstände und son'n Klunkerkram. Hart rangehen, schlage ‚lebenslänglich' vor, wenn nötig, knapp drunter bleiben. Und dann ab in einen Knast mit schlechtem Ruf. Diese Frau Hermeling am besten gleich mit. Die hat überhaupt angefangen.«

»Wollen Sie damit sagen . . .?« sagte Eichel beklommen.

»Sag' ich doch«, sagte Willig. »Sie hat den ersten Schlag geführt. Dann hat Veronika ihr die Sache aus der Hand genommen.«

»Nun mal aufgepaßt, Ladys und Reste«, brüllte Eichel los. »Wer Beine hat zu gehen, komme in die Senkrechte. Die Waagerechten werden wir jetzt hochhebeln und in die notwendigen Anstalten schaffen.«

Eva schlug mit beiden Fäusten gegen die Glastüren des Krankenhauses, Adam pustete kühlende Luft gegen seine schmerzenden Hände.

»Ihr seid ein paar schöne Samariter«, brüllte Eva. Die drinnen reagierten betroffen. Sie konnten sich kaum etwas Schlimmeres vorstellen als Zweifel an ihrer Berufsehre. Doch eine schlimmere Sache konnten sie sich leicht vorstellen: Adam und Eva im Krankenhaus. Deshalb hielt die Abwehrfront, bis der Mazda kam. Er bog von der Straße auf den Parkplatz, hielt auf die Glasfront des Eingangs zu – und er wurde nicht langsamer. Die Verteidiger im Inneren des Krankenhauses sahen den Wagen als erste. Adam und Eva, die noch nie im Leben irgendein Phänomen als erste mitbekommen hatten (Ausnahme: der Aushang der Urlaubsregelungen in den Jahren 1979, 1980, 1981, 1982, 1983, 1984, 1985 und 1986), rüttelten weiter an den Türen herum, bis sie von den quietschenden Bremsen zur Seite gescheucht wurden. Verdattert sahen sie zu, wie Kommissar Eichel aus dem Wagen sprang. Sie nahmen Haltung ein, was in den Krankenhaushemden etwas underdressed aussah. Eichel zog den zusammengesackten Polizeidirektor vom Beifahrersitz, faßte ihn unter die Achseln und zog den schlappen Körper bis vor die geschlossenen Glastüren. Dort lehnte er Willig vorsichtig gegen einen Türflügel, ging zum Wagen zurück und zog den hinten herumliegenden Manger ohne besondere Rücksichtnahme aus dem Wagen, warf ihn sich über die Schulter und beförderte ihn ebenfalls zur Tür.

Im Inneren des Krankenhauses hob eine erregte Diskussion an. Einige witterten einen Notfall, andere warnten davor, sich von Ablenkungsmanövern hereinlegen zu lassen. Es ging hin und her, zwischendurch warf jemand einen Blick auf die Verletzten. Dann jedoch ging alles sehr schnell. Im Sauseschritt wurden Tragen herangeschafft, und der rücksichtsloseste Mediziner paßte auf, daß Adam und Eva sich im allgemeinen Tumult nicht wieder hineinmogelten. Beim dabei entstehenden Gerangel trat er Eva auf den Fuß. Eva schrie auf, und da erkannte man endlich, daß die armen Männer barfuß und im kurzen Hemd in der Nacht standen. Jemand brachte den Polizeibeamten ihre Sachen, während Eichel in der Ambulanz seine Liebe für den Chef dadurch zu beweisen trachtete, daß er zu einem Arzt sagte:

»Wenn Sie im Operationssaal jemanden brauchen, der sich nützlich macht, ich bin gerne dazu bereit.«

Der Arzt maß bei Eichel den Puls, checkte Farbe der Iris und Hitzegrad der Stirn. Dann verpaßte er ihm ein schickes Pflaster. Nebenan bewunderten sie Mangers Bluterguß. Er machte sich als Untergrund für die mittlerweile hellroten verschorften Schrammen, dem Gesellenstück der Lernschwester, sehr flippig. Mangers ja doch etwas zur Dösigkeit neigendes Gesicht wurde dadurch sichtbar aufgewertet. Man guckte einfach gern in so ein Gesicht, und das war es doch, wonach sich Manger seit der Pubertät sehnte. Mißmutig schlenderte Eichel durch den Raum, betrachtete die gerahmten Fotografien der spektakulärsten Notfälle der letzten Jahre – und dann sah er auf dem Tisch ein aufgeschlagenes Buch, in dem Namen und Wehwehchen der Verarzteten aufgelistet waren.

»Sagen Sie mal«, fragte er eine vorbeikommende Schwester, »wo liegen denn bei Ihnen die Gasopfer von dem Spielhallenzwischenfall?«

»Wollen Sie da jetzt noch hin?« fragte die Schwester irritiert. »Es ist gleich 23 Uhr.«

»Wenn's der Gerechtigkeit dient«, sagte Eichel schmunzelnd und eilte los. Mit diesem dummen Spruch kam er seit 25 Jahren überall gut durch.

»Aaah! Hab ich's mir gedacht!«

Völlig baff kam Ulrike Eichel vom Rand des Bettes hoch, in dem Seifenoper lag. »Alexander, du? Um diese Zeit!«

»Du hast mit ihm Händchen gehalten. Ich hab's genau gesehen.«

»Er ist doch so schwach«, sagte Ulrike und bedachte Seifenoper mit einem dermaßen mitleidigen Blick, wie man aussichtslose Fälle betrachtet, aber nicht Burschen, die mit einem halben Kreislaufkollaps noch schnell ein paar Scheine Krankentagegeld abzocken.

»Haben Sie den Fall abgeschlossen?« fragte Seifenoper.

Eichel tat ihm nicht den Gefallen, ihn zu beachten.

»Du kommst mit mir nach Hause«, herrschte er Ulrike an. »Ich habe den Mazda unten.«

Seifenoper ließ ein leises Geräusch ertönen.

»Ulrike!« sagte Eichel erschüttert. »Er macht sich über unseren Mazda lustig.«

»Na ja«, sagte Ulrike, »es ist doch aber auch nur ein Mazda.«

»Aha!« rief Eichel mit wehem Herzen. »Das ist der Tonfall, in dem die Jünger Jesus verraten haben. Du sagst dich von unserem Mazda los, du wechselst die Fronten. Und wofür? Für einen 92-Kilo-Koloß, der mehr rote Adern im Gesicht hat als Haare auf dem Kopf.«

Seifenoper wollte sich empört aufrichten. Ulrike drückte ihn in die Kissen zurück. Die Zartheit, mit der sie Seifenopers Brustbein berührte, rüttelte an Eichels sensiblem Nervenkostüm. Stocksteif drehte er sich um und verließ den Raum.

»Aber Alexander«, rief Ulrike und drückte Seifenoper je einen Kuß auf beide Wangen, »Alexander, warte doch. Es ist doch nichts. Ich habe doch bloß . . .«

Eichel schritt durch das Foyer des Krankenhauses seinem treuen Mazda entgegen. Bisher hatte er den Wagen nur respektiert. Ab heute würde er ihn lieben. Vielleicht hielt er dann ein Jahr länger. Eichel würde es nötig haben. ‚So eine Scheidung ist bestimmt asig teuer.' Er litt unter peinigenden Kopfschmerzen.

»Sind Sie Kommissar Eichel?« rief ihm der diensthabende Telefonist hinterher. Die Worte legten sich wie Piranha-Gebisse um Eichels Hals. ‚Bleib' stehen, Alexander. Was willst du denn machen? Du bist ja Kommissar Eichel. Einmal im Leben nicht aufgepaßt, und schon ist man Kommissar Eichel. Bitter, bitter.'

Unlustig grabschte er nach dem Telefonhörer, dann guckte er erstaunt. Solche Geräusche hatte er noch nie aus einem Telefon herauskommen hören: Schreie, Bellen, Keuchen, Frauenkreischen, umstürzende Gegenstände.

»Haben Sie nichts Schöneres auf Lager?« fragte Eichel den Telefonisten. In diesem Moment verstand er etwas.

»Onkel Alexander! Kannst du mich hören? Hier ist Norbert. Ich bin . . . «

» . . . Mein Neffe, leider.«

»Ich bin hier im Revier 51.«

»Betrinkt ihr euch an Brennesseltee und übt, wer am längsten auf diesen Wackelstühlen sitzen kann?«

»Ich habe einen der Spielhallenräuber gefangen. Den wollte ich hier abgeben, aber sie wollen ihn nicht haben. Wo soll ich jetzt hin mit dem?«

»Den Blonden oder den Schwarzen?«

»Braun. Braune Haare.«

»Vielleicht sind's drei Räuber«, murmelte Eichel nachdenklich. »Und sie gehen nach dem Rotationsprinzip vor. Der vierte hat wahrscheinlich grüne Haare.«

»Onkel!«

»Hier! Hast du da die Lage im Griff?«

»Bis auf einen Pudel, ja.«

»Zähle jetzt bis zehn, und ich werde da sein. Wußtest du

schon, daß die Gerade die kürzeste Verbindung zwischen zwei Punkten ist?«

»Wieso?«

»Weil ich nach diesem Prinzip jetzt autofahren werde. Adieu.«

Eichel rannte zum Eingang, stieß vehement die Tür auf – es machte »klong«, und Manger setzte sich auf den Hintern, hielt mit beiden Händen seine Nase.

»Ich habe Sie gesucht«, jammerte der Assistent. »Sie waren nicht beim Auto. Da wollte ich . . . «

Eichel half ihm auf die Beine, versuchte, nicht zu lange in Mangers Gesicht zu blicken und bugsierte ihn zum Wagen. Er wußte nicht, welche Kraft den Assistenten noch auf den Beinen hielt. ‚Irgendwie ist er bewundernswert.'

»Oh nein«, stöhnte Eichel, als er sich auf den Fahrersitz fallen ließ.

»Mein Platz ist an der Seite meines Mannes«, sagte Ulrike mit fester Stimme und hielt sich mit beiden Händen am Haltegriff fest.

Eichel trommelte auf dem Lenkrad herum. Dann startete er den Mazda.

»Wie sehen Sie denn aus?« fragte Alexandra erstaunt. Joseph Hermeling trug am Kopf die Zeichen einer gußeisernen Pfanne.

»Sie schon wieder«, knurrte der Prokurist und ging, ohne sich umzudrehen, ins Wohnzimmer. Alexandra folgte ihm, sie kannte sich hier mittlerweile aus. Schwer ließ sich Hermeling aufs Sofa fallen, bot Alexandra mit einer Handbewegung an, Platz zu nehmen.

»Unterliegen Sie immer noch dem Wahn?« fragte er müde und zerschlagen.

»War das die Konkurrenz?« Beeindruckt deutete Alexandra auf den Verband.

»Konkurrenz, so ein Quatsch. Was für eine Konkurrenz denn? Und warum sollte mich die Konkurrenz verhauen? Ich bin doch verheiratet. Die Konkurrenz muß doch nur warten, bis meine Frau ... « Hermeling brach ab.

»Vielleicht sind Sie wirklich unschuldig«, sagte Alexandra nachdenklich. »Vielleicht stimmt es ja, was Sie uns als Begründung für den merkwürdigen Aufbewahrungsort der Geheimformel Ihres Superwaschmittels genannt haben.«

»Natürlich stimmt das«, stöhnte Hermeling.

Alexandra war so nett und goß ihm ein Glas ein.

»Oder wissen Sie einen genialeren Ort für ein Versteck als die behäkelte Klorolle auf der Hutablage?«

In diesem Moment klingelte das Telefon. Alexandra blickte den Apparat mit hungrigen Augen an.

»Nehmen Sie schon ab«, murmelte Hermeling. Alexandra riß den Hörer ans Ohr, lauschte. Die gespannten Züge wichen einem Gefühl der Altklugheit.

»Und ein Irrtum ist ausgeschlossen? – Wahnsinn. – Wir sehen uns.«

Sie legte auf. »So!« sagte sie triumphierend. »Wir haben ihn.«

»Ach nee.«

»Das waren meine Mitarbeiter«, fuhr Alexandra wichtigtuerisch fort. »Sie haben bei ihm ... sich in den Besitz seiner Unterlagen ... äh ... gebracht. Es gibt keinen Zweifel mehr.«

»Raus damit.«

»Seifenoper wollte die Fronten wechseln«, rief Alexandra. »In seinem altenglischen Sekretär liegt ein unterschriebener Vertrag der Firma ... «

Sie nannte den Namen des Pfalzstadt-Konkurrenzunternehmens.

» ... der liegt da drin in dem Sekretär. Monatssalär 22 000. Status: Leiter der EDV und Mitglied des Aufsichtsrats. Arbeitsbeginn: 1. Oktober. Hinter dem Vertrag ist ein Zettel angeheftet mit der Geheimformel Ihres Super-Waschmittels, mit dem Sie 45 Prozent des Umsatzes machen. Soll ich weiterreden?«

Hermeling griff zum Telefon.

Als der Mazda auf den Parkplatz des Polizeireviers 51 fuhr, standen Norbert und Gaby schon dort, zwischen ihnen der frierende Manni. Aus dem Gebäude drangen immer noch die Laute, die Eichel vorhin im Telefon gehört hatte.

»Was ist denn da los?« fragte er Norbert.

»Die diskutieren was aus. Hat mit Eßgewohnheiten zu tun, mit Pazifismus, Essens-Plänen . . . «

Fensterglas splitterte. Ein Pudel flog durch die Nacht.

»Ach ja«, sagte Norbert, »über Pudel als Polizeihunde diskutieren sie auch. Und hier ist der Hallodri.«

»N'Abend«, sagte Eichel und betrachtete den jungen Mann. Das Quietsche-Entchen irritierte ihn.

»Mir ist so kaka, mir ist so kaka, mir ist so furchtbar kalt«, stammelte Manni bibbernd.

Sofort war Ulrike an seiner Seite und legte ihm eine Jacke um die Schultern.

»Dadada, dadada, dadadanke«, flüsterte Manni.

»Ach, wenn's w-w-w-weiter nichts ist«, sagte Ulrike freundlich.

»Gestehen Sie«, forderte Eichel Manni auf.

»Was denn?«

»Haben Sie, waren Sie, sind Sie einer der Täter?«

Manni nickte traurig.

»Dann sagen Sie mir, wo sich Ihr Kumpan herumtreibt. Wie viele haben Sie überhaupt?«

»Einen«, erwiderte Manni erstaunt.

»Name, Adresse.«

»Holger Spieß. Zur Zeit ist er in der Spielhalle ‚Herzblatt', um selbige auszurauben.«

Eichel handelte blitzschnell. Er packte Manni und stieß ihn auf den Rücksitz des Mazda, warf sich selbst hinters Steuer.

»Da liegt was auf dem Sitz«, sagte Manni hinter ihm.

»Werfen Sie's nach hinten«, knurrte Eichel.

»Aber . . . «

»Na los, werfen Sie schon!«

Hinten knallte es fürchterlich. Eichel federte herum und wurde Zeuge, wie Manger, sich die Augen reibend, hinter der Rückbank hervorkam. Eichel drehte sich nach vorne und sagte, während er vom Gelände fuhr:

»Ich kriege eine neue Hutablage von Ihnen.«

Eichel fuhr wie der Teufel. Das Sprechfunkgerät schlug an.

»Prost.«

»Na, na!« kam Wilhelm Eichels tadelnde Stimme aus der Membran. »Seit wann trinken wir denn im Dienst?«

»Alain Prost. Damit spiele ich auf meinen Fahrstil an, du alter Rabenvater.«

»Aha, na gut. Paß auf, was wir gerade rausgekriegt haben ... «

Und Wilhelm, der gemeinsam mit Messerwerfer Heiner den Einbruch bei Seifenoper begangen hatte, schilderte Eichel das Ergebnis. Bei dieser Gelegenheit hängte er dem EDV-Mann gleich die Verantwortung für das EDV-Desaster ans Bein.

»Passen Sie auf, Manger!« rief Eichel. »Ich lasse Sie an der nächsten Ecke raus. Sie fahren ins Krankenhaus und sistieren Seifenoper. Binden Sie ihn am Bett fest oder rücken Sie einen Schrank vor die Tür. Keine Mißhandlungen! Ich komme später nach.«

An der nächsten Kreuzung stieg Eichel in die Bremsen, daß der Wagen mit der Schnauze den Asphalt küßte. Er griff nach hinten, riß eine Tür auf, packte den Mann an der Schulter und schubste ihn aus dem Wagen. Dann schlug er die Tür zu und trat aufs Gas. Ein Blick in den Rückspiegel. Der verdatterte Manni, das Quietsche-Entchen knetend, schaute dem Wagen hinterher. Und da kam auch schon Mangers nölige Stimme von hinten:

»Chef, könnte es sein, daß Sie eben den falschen erwischt haben?«

Eichel stieg in die Bremsen. Es knallte fürchterlich, und Manger saß auf dem Beifahrersitz. Sein Kopf war unten, ein Bein hatte sich um die Kopfstütze gewickelt. Eichel suchte Blickkontakt, was nicht einfach war. Dann aber bekam er Mangers Augen zu packen. Er schmolz den Assi ein. Manger hätte in jeden Kindersitz gepaßt. Eichel trat aufs Gas, Manger drehte eine neue Rolle.

Vor der Spielhalle »Herzblatt« eine Minute vor 23 Uhr. Linden verbreiteten ihren betörenden Duft. Ein Hund kriegte vor lauter Bäumen kein Bein hoch. Ein junges Paar hatte sich füreinander entschieden und küßte wie wild aneinander herum. Aus den geöffneten Fenstern drangen letzte Geräusche des Fernsehprogramms. Aus den geöffneten Schlafzimmerfenstern drangen erste Geräusche der Nacht. Schwüle lastete über der Stadt, wie die Androhung eines Politikers, er werde sich zur Wiederwahl stellen, über den Köpfen des Wahlvolks wabert. Ein einsamer Radfahrer gurkte Richtung Heimat. Frieden war, o ja. Aber dann: Innerhalb von acht Sekunden durchlöcherten Automotoren den Teppich des Schweigens. Die Wagen tauchten aus dem Nichts auf. Keiner kam mit weniger als zwei Rädern auf dem Bürgersteig zum Halten:

Kommissar Eichel und Manger im Mazda;

Norbert Fackelträger in Begleitung von Gaby im VW Käfer. Der Wagen machte nach der rasanten Fahrt Geräusche, als wenn er sich übergeben wollte;

Alexandra Eichel am Steuer eines dunkelblauen Scirocco und auf dem Rücksitz der als Reaktion auf ihren Fahrstil dorthin geflüchtete kopfbandagierte Pfalzstadt-Prokurist Joseph Hermeling;

ein Taxifahrer aus Kenia mit Manni als Fahrgast, der natürlich kein Geld dabei hatte, worauf der Fahrer wegen der soeben genossenen Rennfahrt jedoch gerne verzichtete;

ein Notfallwagen des Malteser-Hilfsdienstes, der stets zur Stelle war, wenn Blut in der Luft lag;

eine Kawasaki mit Messerwerfer Heiner und Wilhelm Eichel auf dem Sozius. Wilhelms erster Griff nach dem Anhalten ging Richtung Beiwagen, wo er Knoblauchpillen und Kugelschreiber aufzubewahren pflegte. Doch statt in den Beiwagen griff Wilhelm Eichel einer Passantin an den Oberschenkel.

»Igitt«, schrie Rita Rastemborski, erkannte Wilhelm und lächelte.

»Heiner«, flüsterte Wilhelm tonlos.

»Aye, aye, Chef. Neue Bestzeit, wie?«

»Heiner, wo ist der Beiwagen?«

Pächter Wondratschek in seinem Audi 80. Der Wagen rüttelte und schüttelte sich. Wondratschek hatte ihm heute seinen Willen aufgezwungen und nach flüchtigem Studium der Betriebsanweisung den vierten Gang eingelegt. Das Moosgrün des Audi schimmerte zwei Halbtöne heller. Der Wagen war blaß geworden;

Friseur Dieters Mercedes-Benz 190 2.3-16. Aber am Steuer saß nicht Dieter. Und als der Fahrer den Menschenauflauf sah, fuhr er unauffällig weiter;

ein großer dunkelgrüner Bus mit schießschartenschmalen Fenstern, gefahren von bis zum Helm aufgerüsteten Beamten. Inhalt: Veronika Willig und Frau Hermeling;

Als Eichel in die Spielhalle stürmte, glitt im Hintergrund eine Jaguar-Limousine vorbei. Das Paar im Wagen warf neugierige Blicke auf die vielen Menschen und Autos. Dann erkannte die Frau Eichel und drückte auf die Tube. Der Mann schien Eichel etwas zuzurufen. Es könnte wie »Hallo, Schwiegersohn!« geklungen haben, aber da hatte die schwüle Nacht den Jaguar schon verschluckt.

»Hände hoch! Gegenwehr ist zwecklos! Der Häuserblock ist umstellt!«

Kommissar Eichel stürzte einen Tisch um und brachte sich dahinter in Deckung. Leider hatte er übersehen, daß Tante Ursel an eben diesem Tisch saß. Sie fiel vom Stuhl und landete neben dem Kommissar. Rainer-Maria Strauß, Holger und die anderen Männer wirbelten herum. Mit panischen Augen checkten sie die Lage. Da kam auch schon Manger hereingestürmt. Da er sich beim besten Willen nicht daran erinnern konnte, wo er seine Dienstwaffe gelassen hatte, brachte er Arme und Hände in Karateposition und warf entsetzliche Blicke um sich. Norbert stürzte herein, Heiner mit seinem Lieblingsklappmesser gleich dahinter. In gemessenem Abstand folgte Wilhelm Eichel. Von draußen klebte das neugierige Gesicht des Taxifahrers aus Kenia an der Scheibe.

»Sie haben eben doch Temperament, diese Deutschen«, murmelte er.

»Lassen Sie Ihren Nagelreiniger fallen!« bellte Eichel Strauß an.

Strauß blickte auf das Eisenstück in seiner Hand, blickte zum erfolgreich geknackten Automaten, blickte Holger an, verstand die Welt nicht mehr. Die Feile polterte auf den Boden. Manger, den die exponierte Körperhaltung ermüdete, wechselte Stand- und Spielbein und hoffte inbrünstig, daß sich endlich jemand vor ihm ängstigen möge. Dann wurden Holgers Augen groß und rund. Gleich danach wurden sie klein und geschlitzt:

»Verräter«, knirschte er und funkelte den mitten in der Spielhalle stehenden Manni an. Norbert, der es nicht mehr mitansehen konnte, nahm Manni das Quietsche-Entchen weg.

»Holger«, sagte Manni entschuldigend. »Es ist sinnlos. Sie sind so viele, hinter jedem Baum lauert einer. Und sie sind so schlau, oh, so schlau. Sie sind viel schlauer wie wir.«

»Als!« sagte Holger verächtlich. »Schlauer als.«

Und dann brach Pächter Wondratschek in den Raum. Er war von Sinnen vor Angst um seine angebetete Ursel. In beiden Händen hielt er CS-Dosen. Er setzte sie sofort beidhändig ein. Das ergab einen Stereoeffekt, in dessen Mittelpunkt Manger geriet, der sich um die eigene Achse drehte und wie ein Mehlsack zu Boden stürzte. Alle anderen brachten ihre Augen in Sicherheit. Eichel und Norbert sprangen hinzu und entwanden Wondratschek die Dosen.

»Eduard«, gellte Ursels Schrei durch den Raum. Alle wurden Zeuge einer tränenreichen Umarmung. Eichel wollte es dabei nicht bewenden lassen. »Scheiß auf Happy-Ends« murmelnd, näherte er sich Wondratschek von hinten, tippte ihm auf die Schulter, und als sich der Pächter freudestrahlend umdrehte, verpaßte ihm Eichel ein Ding aus der Dose. Danach begegnete er dem kritischen Blick seines Vaters.

»Vielleicht lernt er ja was«, sagte Eichel ohne viel Hoffnung.

Einer der aufgerüsteten Beamten aus der Grünen Minna hatte sich in der Zwischenzeit den Festgenommenen zugewandt.

»Keine Gewalt«, rief Eichel vorbeugend.

»Genau«, wiederholte Holger, den der Behelmte sich als ersten vornehmen wollte, »keine Gewalt. Rechtsstaat und so weiter, klaro?«

Und dann brach die Tür aus dem Rahmen! Adam und Eva taumelten in die Spielhalle, warfen sich nach rechts und links. Zwei Pistolen ragten zitternd irgendwohin.

»Hier spricht die Polizei!« rief Adam.

Eichel griff dem Behelmten an den Arm und nickte zu Adam und Eva hinüber.

»Ist aber Kameradenschweinerei«, gab der Behelmte zu bedenken.

»Bringt aber Laune«, sagte Eichel, um dem Mann Mut zu machen.

»Na denn«, erwiderte der Behelmte strahlend, ging mit schweren Stiefeln erst auf Adam, dann auf Eva zu. Danach zitterten nicht mehr die Pistolenläufe, sondern die Knie von Adam und Eva. Das war für alle Beteiligten viel sicherer so. Die beiden Männer vom Malteser Hilfsdienst standen mit ihren Köfferchen an der Wand und wurden langsam sauer. Immer wenn sie sich in eine Richtung begeben wollten, um Hilfe zu leisten, hatte sich die Geschichte schon von alleine erledigt.

»Das ist Arbeitsplatzvernichtung«, schnaubte derjenige,

der es mehr mit der Gewerkschaft hatte. Im Hintergrund ging Rita herum und begrüßte jeden Mann mit herzlichen Worten. Sie produzierte schamrote Köpfe am laufenden Meter.

Eichel trat auf Holger zu. »Gestehen Sie!«

»Ich gestehe«, sagte Holger und senkte den Kopf. »Ich kapituliere vor der überlegenen Taktik der polizeilichen Ermittlungsarbeit.«

»Alexander!«

Eichel erstarrte und drehte sich zu Ulrike um. Neben ihr stand der etwas wacklig wirkende Seifenoper und hinter ihm die strahlenden Sanitäter, für die der Abend gerettet war, als Seifenoper nach dem Aufschlagen seiner Augen in Richtung Pfalzstadt-Prokurist Hermeling die Augäpfel verdrehte und einknickte. Sie fingen ihn auf und legten ihn neben Manger.

Ulrike breitete die Arme aus, Eichel umarmte sie.

Hermeling ging nach draußen und nutzte die günstige Gelegenheit. Durch die Panzerung des Wagens vor seiner Frau geschützt, machte er Faxen, streckte ihr die Zunge heraus, rollte mit den Augen, griff sich in Mundwinkel und Augenlider und zog entsetzliche Grimassen.

Drinnen legte Gaby einen Arm um Norbert; Wilhelm Eichel schüttelte Heiner die Hand und hätte sich um ein Haar an der Messerklinge einen Finger abgeschnitten. Alexandra ging zu Manger, kniete neben ihm nieder und streichelte ihn zart. Manger schlug die Augen auf, Alexandra stand schnell wieder auf.

»Kommt zum Ende, Jungs«, ertönte die Stimme von Tante Ursel. »Es ist nach elf. Ich muß dichtmachen.«

Da fuhr draußen der Wagen der Lokalzeitung vor. Reporter und Fotografen stürzten in den Raum. Heftiges Geblitze hob an, und Kommissar Eichel diktierte ein abgewogenes Statement in den Block des Reporters. Der Fotograf blitzte und blitzte, und für die Winzigkeit einer Aufnahme hatte er Eichel, Ulrike Eichel, Wilhelm Eichel, Alexandra, Norbert Fackelträger und Manger im Kasten.